suhrkamp taschenbuch 4422

Seit den siebziger Jahren leben Emil Bub und seine Frau, eine Bibliothekarin, am »Schwarzen Berg«. Ein Refugium, bis das Arztehepaar Rau eines Tages das Nachbarhaus kauft. Schnell »adoptieren« die kinderlosen Bubs Peter, den kleinen Sohn der Nachbarn. Emil zieht Peter tief hinein in seinen Kosmos aus schwäbischer Gelehrsamkeit und gemäßigter Anarchie und findet in ihm einen eifrigen und gelehrigen Schüler. Seit aber Peter mit seiner Freundin Mia zusammenwohnt, sehen sie sich selten.

Im Sommer 2010 beobachtet Emil, inzwischen kurz vor der Pensionierung, wie Peter in sein Elternhaus zurückkehrt. Mia ist mit den Söhnen verschwunden. Einen Sommer lang kämpfen die beiden älteren Paare um das Wohl des Verzweifelten. Auf der Suche nach Mia und den Kindern durchstreift Emil mit Peter die überhitzte Großstadt (»Stuttgart 21«), und Peters Vater entwickelt eine Therapie. Aber was hilft das jetzt noch?

»... ein grandioses Buch. Anna Katharina Hahns Roman ist ein Meilenstein im literarischen Mainstream unserer Tage.«

die tageszeitung

Anna Katharina Hahn, geboren 1970, lebt in Stuttgart. Zuletzt erschien ihr Roman *Kürzere Tage* (st 4158). Der Bestseller wurde 2010 mit dem Roswitha-Preis der Stadt Gandersheim und dem Heimito von Doderer-Literaturpreis ausgezeichnet. Für den Schriftsteller und Kritiker Franz Schuh ist es »einer der besten deutschsprachigen Romane – unserer Zeit sowieso, aber auch überhaupt«. 2012 erhielt sie den Wolfgang-Koeppen-Literaturpreis.

Anna Katharina Hahn

Am Schwarzen Berg

Roman

Suhrkamp

Für Moritz und Nicolas

Erste Auflage 2013
suhrkamp taschenbuch 4422

Umschlag: Michels, Göllner, Zegarzewski
Umschlagfoto: Danny Gonzalez
Druck und Bindung: CPI – Ebner & Spiegel, Ulm
Printed in Germany
ISBN 978-3-518-46422-9

Am Schwarzen Berg

1

Es war noch früh und doch schon sehr warm, als Emil Bub an den Rand seines Balkons trat. In der Einfahrt des Nachbargrundstücks hob ein Mann einen schlammverschmierten Glasbehälter aus einem rostigen Fiat. Beim Bükken rutschte ihm das T-Shirt aus den Jeans und gab einen breiten blassen Hautstreifen frei, übersät mit entzündeten Eiterpusteln. Ihr wildes Erdbeerrot wechselte sich mit dem Bläulichbraun der heilenden Stellen ab. Der Mann ging leicht in die Knie, preßte seine Last gegen die Brust und lief langsam auf die geöffnete Haustür zu. Seine Flip-Flops klatschten bei jedem Schritt gegen die nackten Fußsohlen. Die Sonne schien in den schmutzigen Glasquader. Auf seinem Grund lagen mehrere wassergefüllte Gefrierbeutel. Unter ihrer zitternden Plastikhaut schossen dunkle Schatten hin und her. Erst jetzt wurde Emil klar, daß es Peter war, der Sohn seiner Nachbarn, der das leere Aquarium schleppte. Peter bemerkte Emil nicht, stieß mit der Schulter gegen die Tür, drehte sich dabei ein wenig zur Seite und schob sich durch den Spalt. Emil sah sein kurzes, filziges Bartgestrüpp, die schmale Nase, seine hohe blasse Stirn und die halbgeschlossenen Augen. Die Tür fiel hinter Peter ins Schloß. Auf dem schwarzen Holz wackelte ein mit blauen Schleifen geschmückter Weidenkranz an seinem Haken.

Emil umklammerte das Geländer mit beiden Händen, fühlte den brüchigen Lack. Immer wenn er Peter traf, sah er ihn als kleinen Jungen, der auf ihn zuflog, für den er in die Knie gehen mußte, damit er sich nicht an seiner Gürtelschnalle verletzte, wenn er sich mit knochigem Schwung an ihn preßte, um schließlich hochgehoben zu werden – kaum 25 Kilo, die gerippte Zartheit der Cordhosenbeine, das sehnige Zappeln, der leuchtendgelbe Kaugummigeruch. Das glatte Gesicht von dunkelblondem Haar verhangen, sein Geflüster in Emils Ohr: »Buckelköpfe sind die besten Fische, die sehen aus wie böse Männer. Klasse, Emil.«

Emil verharrte am Rand seines Balkons. Im Kofferraum des Fiats lagen schmutzige Baumwollbeutel, vollgestopfte Plastiktüten und eine schwarze Reisetasche aus Nylon, die er Peter vor Jahren für einen Türkei-Urlaub geliehen hatte. Der silberne Daimler von Peters Vater war verschwunden. Hajo war meistens schon vor sieben Uhr auf dem Weg in seine Praxis.

In der Küche pfiff der Wasserkessel. Emil eilte hinein, fast dankbar dafür, seinen Posten verlassen zu müssen. Mit einem wattierten Ofenhandschuh riß er die Tülle ab, damit seine Frau nicht geweckt wurde, goß das kochende Wasser in den Porzellanfilter und sah zu, wie das Kaffeepulver im hellbraunen Papier moorig aufwallte. Auf einem Tablett stand das Geschirr, das er gleich nach dem Aufwachen zurechtgestellt hatte, um draußen den Frühstückstisch zu decken. Die Sommerferien dauerten schon eine Weile. Trotzdem war Emil wie gewohnt bei Sonnenaufgang wach geworden. Ihm war übel gewesen, und seine Knie hatten gezittert, als er barfuß in die Küche geschlichen war. Zwischen den Einbauschränken roch es nach sonnenwarmem Linoleum und Brot. Als er sich über die Spüle beugte, um einen Schluck aus dem Hahn zu trinken, sah er sein Gesicht im Chrom der Armatur, eine winzige verzerrte Faschingsmaske, von der er sich schnell abwandte.

Emil war ein sehniger Mann mit schlechter Haltung, großnasig, großäugig, im eigenen Körper zu Hause wie in einem ehemals eleganten Anzug. Erblickte er sich nackt im Spiegel, erschrak er manchmal über den alten Kerl. Seinen Kopf fand er noch am besten, mit dem vollen Haar, das in einer grauen Tolle in die Stirn hing. Emil wußte, daß seine Schüler ihn wegen dieser Frisur, seiner zarten Gestalt und einer Vorliebe für pastellfarbene Pullover manchmal ›das Büble‹ nannten. Er unterrichtete Deutsch und Geschichte an einem Stuttgarter Gymnasium; bis zur Pensionierung fehlte ihm noch ein Jahr. Er trug das Tablett auf den Balkon und setzte es auf dem taufeuchten Oval des Tisches ab. In Veronikas Blumenkästen summten ein paar Bienen. Die struppigen Lavendelbüsche boten ausreichend Schutz, um noch einen verstohlenen Blick nach drüben zu werfen. Die Tür war geschlossen. Emil verteilte Teller und Tassen. Beim Hinstellen bemühte er sich, nicht zu klappern.

Am Vorabend hatten Veronika und er hier draußen Cognac getrunken. Er wußte nicht mehr, ob sie die ganze Flasche geleert hatten, erinnerte sich aber an den starken Duft des Geißblatts, das an der Dachrinne hochrankte, an die weit heraushängenden rosa Blütenzungen. Als es dämmerte, hatten sie sich ins Wohnzimmer gesetzt und die Fenster geöffnet. Draußen flogen Fledermäuse als schwarze Umrisse vorüber. Veronika blieb wortkarg, die Hitze machte ihr zu schaffen. Kurz vor dem Schlafengehen lehnte sie sich mit ihrer letzten Zigarette an das Balkongeländer. Lavendelblüten streiften ihr nachtcremeglänzendes Gesicht, während sie sich über die umgedrehten Schraubgläser lustig machte, die Peters Mutter Carla zum Abkühlen auf die Fensterbank gestellt hatte. Der helle Schein aus der Küche der Nachbarn beleuchtete dunkelbraunes Zwetschgenmus, rubinrotes Träublesgelee. »Muddi ist wieder am Kochen.« Die Bubs hatten sich beide gefragt, wann Peter, seine Freundin Mia und ihre kleinen Söhne, Ivo und Jörn, wieder nach Burghalde, in sein Elternhaus am Schwarzen Berg, kommen würden. Ihr letzter Besuch nebenan lag schon länger zurück. Von Carla und Hajo kamen auf Emils Nachfrage die üblichen Ausflüchte, meistens über die Hecke hinweg: »Sicher ist alles bestens, wir haben auch nichts gehört. Wir können nicht immer hinter ihnen her telefonieren, da macht man sich keine Freunde. Es sind schließlich erwachsene Menschen.« Veronika war sich sicher, daß sie zu einem spontanen Urlaub aufgebrochen waren. »Peter hat sein Handy abgestellt, er haßt es doch, ständig erreichbar zu sein.«

Emil ging zurück in die Küche, spuckte einen Speichelklumpen in den Ausguß, spülte ihn weg und öffnete den Kühlschrank, um eine Dose Kondensmilch herauszunehmen. Verschiedene Spirituosen präsentierten ihre beschlagenen Bäuche in der Tür: Wodka und öliger Aquavit. Der saure Luftschwall, das künstliche Goldlicht und die Kälte ließen Emil würgen. Er hustete, doch es kam so gut wie nichts hoch, ein bißchen Galle, das zwischen zwei Lagen Zewa passte. Danach fühlte er sich besser. Er lief ins Wohnzimmer und betrachtete das Aquarium zwischen den Bücherregalen. Das Licht war noch nicht angegangen, der Filter plätscherte und bewegte die breiten Blätter der Wasserpflanzen im Halbdunkel. Seit Jahren wuchsen hier nur noch Froschlöffel und die unverwüstliche Vallisneria. Die Fische dümpelten träge. An der Scheibe klebten mehrere Antennenwelse. Ein Schwertträger ließ seinen Schwarm im Stich, der auf halber Höhe in der Beckenmitte stand, und schwamm hinab auf den Kiesgrund, wo er mit spitzem Maul zwischen den Steinen herumpickte. Außer Welsen und Schwertträgern gab es bei Emil noch Neons und ein schwarzgestreiftes Paar Prachtschmerlen, die sich meist unter einer Kokosnußschale versteckten. Kompliziertere Gesellen wie Buckelköpfe oder Skalare hielt er seit Peters Auszug nicht mehr; wenn kein begeistertes Kind täglich mehrfach hereinschlüpfte, um durch das zarte Stoffgitter des Zuchtbeckens nach den fingernagelgroßen Jungfischen zu linsen, lohnte sich die Mühe nicht.

In der Küche goß Emil einen neuen Schwall in den Porzellanfilter, das Wasser kochte längst nicht mehr. Er lauschte auf das hohle Tropfgeräusch in der Thermoskanne, verschraubte ihren Deckel und ging wieder nach draußen. Vom nahen Waldrand wehte eine kühle Brise herüber. Vögel zwitscherten. Das Grundstück lag am Ende der Straße, die aus dem Dorf hinausführte, vorbei an Weinbergen und Gärten, und als Schotterweg weiter in den Wald lief. Das Haus der Bubs und das Nachbargebäude, das Peters Eltern gehörte, waren noch im Krieg entstanden. Zwei befreundete Burghalder, stramme Parteigenossen, hatten sich nach den ersten Bombenschäden in der Innenstadt Balken, Ziegel und Mauersteine fast umsonst beschafft und oberhalb ihres Heimatdorfes mitten in den Streuobstwiesen ihrer Großväter gebaut. Schlicht, zweistöckig, mit niedrigen Decken, kleinen Fenstern und spitzen Dächern saßen die beiden Häuser im Hang am Waldrand. Veronika und Emil hatten ihres relativ günstig gekauft und bis auf den Innenausbau wenig daran gemacht. Es war bräunlich verputzt und sah mit seinen grünen Sprossenfenstern und Klappläden gleichzeitig bieder und hexenhaft aus. Aus dem Anwesen der Raus nebenan war mit Hilfe eines Architekten ein weißer Bungalow geworden.

Schon vor dem Krieg war das Weingärtnerdorf Burghalde in den Vorort Stuttgart-Burghalde umgewandelt worden. Auch wenn die meisten Burghalder nach Feierabend noch ihren Garten, manche auch einen Rebenhang bewirtschafteten, verschwanden die letzten Kühe in den fünfziger Jahren, ebenso Maisfelder und Beerenpflanzungen. Aus den Bauern wurden Daimler-Facharbeiter. Neue Straßen fraßen sich in das ehemalige Landschaftsschutzgebiet. Von seinem Balkon aus sah Emil auf grüne Hügel, umgürtet von den Sandsteinmäuerchen alter Weinberge. Bis auf ein paar hölzerne Wengerterhütten standen hier keine Häuser. Dahinter lag der Neckarhafen mit seinen Industriebauten.

Emil starrte die Umrisse der Bäume auf dem Hügelkamm an und spielte mit einem Kaffeelöffel. Dann sprang er wieder auf und trat an das Balkongeländer, wo er langsam in die Hocke ging und sich leise ächzend neben einem Rosenkübel auf den Boden setzte. Er atmete vorsichtig, voller Furcht, man könnte unten sein Schnaufen, sein Herzklopfen hören. Durch das brüchige Gewebe der Bastmatten, die um das Geländer gespannt waren, behielt er das Nachbarhaus im Blick und blieb selbst unsichtbar. Seine Knie schmerzten, Arthrose und seine störrisch kultivierte Unsportlichkeit. Er verzog das Gesicht und gab sich Mühe, nicht zu stöhnen. Es war feige, sich hier zu verkriechen, aber er spürte, daß er nicht einfach fröhlich rufen und winken konnte, wenn nebenan die Tür wieder aufging, um den bärtigen Mann auszuspeien, an dem offensichtlich nichts mehr stimmte.

Oben ging die Toilettenspülung, ein Fenster wurde gekippt. Veronika war aufgestanden. Emil roch ihre erste Zigarette und ärgerte sich. Er begann erst am späten Vormittag mit dem Rauchen, wenn er bereits etwas geschafft hatte: Rasen mähen, Altglas wegbringen, endlich die Textausschnitte für die erste Klausur nach den Ferien heraussuchen. Er fixierte die Tür der Raus, bis das schwarze Viereck wie ein Block aus dem weißen Mauerwerk trat, und wünschte sich, seine Frau käme endlich herunter, um an seiner Seite zu warten und den Schrecken zu mildern, den er dahinter vermutete.

Ein Ohrenzwicker krabbelte über Emils nackten Fuß. Er beobachtete das Insekt eine Weile bei seinem beschwerlichen Weg über die blasse, haarige Haut, streckte dann den Zeigefinger aus. Der braunglänzende Chitinleib mit der winzigen

Zange wackelte, als er sich hochzog. Emil setzte den Ohrwurm in die Rose.

Ende März war er zum letzten Mal im Etzelweg gewesen, wo Peter mit Mia und den Jungen seit fast sieben Jahren wohnte. Gleich nach dem Nachmittagsunterricht hatte er sich auf den Weg gemacht. Vom Gymnasium neben dem Staatstheater dauerte es mit dem Wagen eine knappe Viertelstunde, nicht zu vergleichen mit der Weltreise von Burghalde nach Heslach, diesem letzten Wurmfortsatz der Stadt, eingepreßt in ein enges Tal. Der Tag war von einer herausfordernden weißen Helligkeit gewesen. Alles schien sich im unverbrauchten Licht aufzuheizen, das durch das blasige Nachkriegsglas der großen Fenster in den Klassenraum fiel. Auf den Arbeitstischen war jede Kritzelei zu erkennen (›Jasmin, du Nutte!‹ ›Kentucky Schreit Ficken‹). Vom graugeriebenen Eichenparkett stiegen glühende Stäubchen auf. Die hängenden Köpfe seiner Schüler waren umgeben von flüssigen Metallströmen, Bronze, Gold, Schwarz. Sie rissen die Münder zum Gähnen auf, jeder Speichelfaden ein glitzernder Strang. Draußen auf der Schillerstraße wirbelten die Fahrzeuge Staub auf. Dahinter lagen die Wiesen des Schloßgartens. Auf dem winterlich vergilbten Rasen hockte die blauschwarze Spinne des Planetariums. Mit dem Klingeln war Emil noch vor seinen Schülern aus dem Klassenzimmer gestürzt. Am Rand des Lehrerparkplatzes ließen die Raucher bläuliche Wolken aufsteigen. Emil klemmte seine Tasche unter den Arm, ein speckiges Ungetüm voller Bücher, die größtenteils nichts mit dem Unterricht zu tun hatten. Seine Schüler nannten die Mappe ›Bubs Mops‹. Für die stärkste Ausbeulung sorgte eine PET-Flasche Apfelschorle, zu einem Viertel mit Aquavit gefüllt, der um diese Uhrzeit schon lauwarm war. Emil überhörte das Herr-Bub-Herr-Bub-Gesäusel seiner beiden Klassenprimadonnen und überquerte den

Parkplatz, während sich die meisten Jugendlichen die Ohren mit den weißen Pfropfen ihrer iPods zustöpselten und in einen Nachmittag voll Lernsklaverei hineintaumelten. Manchmal hatte Emil gegenüber seinen Schülern ein schlechtes Gewissen. Er selbst war nach langen träumerischen Umwegen an das Amt des Studienrates geraten und war sich sicher, daß seine Abiturienten, hätten sie von dieser Mühelosigkeit gewußt, in wütende Tränen ausgebrochen wären. Oft dachte er, daß sie ihn nicht ernst nahmen, aber sobald er vor ihnen stand, fühlte er sich sicher, häufig sogar wohl, und er wußte, daß nicht viele seiner Kollegen dies von sich behaupten konnten.

Das Auto fand den Weg nach Heslach fast von alleine. Emil hatte irgendeinen Rock-Sender eingestellt und folgte im Strom der Beats der Konrad-Adenauer-Straße. Er wippte im Takt, passierte die Alte Staatsgalerie und das grünliche Reiterstandbild davor, sah die leuchtenden Röhren am Neubau entlanglaufen, dann die Sprudelgarben der Wasserspiele vor dem Haus der Geschichte, den massigen Turm der Musikhochschule. Er blickte kurz nach links auf das muschelgraue Palais der Stadtbücherei, kreuzte die Planie und erinnerte sich daran, wie er für einen Augenblick überlegt hatte, Veronika in den Etzelweg mitzunehmen. Doch der Wunsch, mit Peter allein zu sein, war stärker gewesen, und so fuhr er weiter. Veronika war gut aufgehoben in diesem Königssitz voller Bücher, hinter Sandsteinsäulen und sanft geschwungenen Treppenaufgängen. Im Gegensatz zu ihm verschwand sie tagsüber nie in der Toilette, um einen schnellen Erlösungsschluck zu nehmen. Sie achtete darauf, eine gefürchtete Erscheinung zu bleiben, besonders unter den jüngeren Bibliothekarinnen: streng stöckelnd, unerbittlich genau und bedacht auf Etikette gegenüber allen Benutzern, seien sie auch noch so alt und abgerissen. Ihren geflüsterten Beinamen, Bub-Beyer, die Hex, trug sie mit Stolz. Wegen ihrer Aufmüpfigkeit wurde sie nicht von allen Vorgesetzten geschätzt. Lachend und kopfschüttelnd erzählte sie von ermahnenden Gesprächen. Ihr stacheliges, schwarzblau gefärbtes Haar schien dann zu knistern, und die schwer beringten Hände fuhren abwehrend durch die Luft.

Die Ampel am Charlottenplatz zeigte Rot. Emil erblickte die Leonhardskirche zwischen den glänzenden Fassaden der Halbhochhäuser und davor, im Licht fast knöchern weiß, die Kreuzigungsgruppe, umringt von Obdachlosen. Auf den Verkehrsinseln wogten Narzissen in der Auspuffluft. Die Hauptstätter Straße stieß in die sonnengeblendete Leere des Marienplatzes hinein, darüber stieg die Zahnradbahn schräg in den noch blattlosen Wald. Emil ließ den Audi langsam dahinzockeln und genoß, daß sich die Böblinger Straße vor ihm auftat wie eine Vergnügungsmeile. Hier begann Peters Revier: Rot, gelb und orange leuchteten die Schilder der Bäckereiketten und Discounter, ein grinsender Hahn blinkte an der Fassade des Schnellrestaurants. Vor dem türkischen Markt lagerte in bunten Schrägen Obst und Gemüse. Hinter den schmutzblinden Schaufenstern eines Secondhand-Ladens häuften sich Berge von Schuhen. Vor der Post stieg die Stadtbahn aus dem Tunnel und fuhr in der Straßenmitte weiter. Emil erkannte das kleine Blumengeschäft wieder, in dem er Peter zum Einzug ein Tränendes Herz für seinen Garten gekauft hatte. Er zwang sich, an dem Laden vorbeizufahren, auch wenn er seinen Kofferraum gerne mit Tulpen, Scylla und Osterglocken gefüllt hätte. Der alte Drang, Peter zu verwöhnen, war stark. Bei dem Kind war das einfach gewesen. Damals hatte er Peter mit Haribo-Tüten, Kinderüberraschungseiern und mit seiner Zeit überschüttet, langen Nachmittagen im Burghalder Garten oder in seinem Wohnzimmer vor dem Aquarium.

Nach dem Bihlplatz wurden die Häuser niedriger. Es gab Fachwerk, Satteldächer wie dunkle Hauben. Das Dorf schälte sich heraus. Was sich nicht am Rand der Hauptstraße drängte, wich in die schmalen Straßen aus, die sich zwischen Wald und Gärten die Hänge emporwanden. Rote und schwarze Bierkästen türmten sich im Hof der Brauerei. Eine Gruppe junger Türkinnen mit Kopftüchern und langen, fließenden Mänteln bummelte den Gehweg entlang. In ihren Armbeugen hingen Plastiktüten. In einer Wäscherei lagen Papierpakete im Fenster, ›Bluse, schrankfertig, 2,50 Euro‹. Emil passierte den Friedhof neben der Kreuzkirche, dessen immergrüne Nadelbaumkühle ein Holzzaun einfriedete.

An der Böblinger Straße parkte Emil den Audi hinter einem alten Toyota. An dessen Innenspiegel hing ein Gebetskettchen aus blauen Glasperlen. Starker Malzgeruch stieg Emil in die Nase. Die Etzelstaffel nahm er im Laufschritt, am Anfang zwei Stufen auf einmal. Bald ging ihm der Atem aus. Er lehnte sich gegen das Geländer und sah nach unten. Am Fuß der Treppe stapelten sich Mehrfamilienhäuser aus der Vorkriegszeit mit gelben und cremebraunen Fassaden wie Schuhkartons übereinander. Ihre winzigen quadratischen Fenster waren allesamt mit hölzernen Klappläden versehen. In den Gärten standen Wäschespinnen und Gänse aus Ton. Je höher man stieg, desto häufiger wurden freistehende Villen. Emil schnaufte. Es roch nach feuchter Erde und Schnittlauch. Ein Haselbusch hing über den Zaun, stäubte gelb auf seine Schulter. Im Gegensatz zu anderen Hanglagen der Stadt sah man in Heslach auch schmutzigen Putz, schadhafte Dächer, Fensterrahmen mit abblätterndem Lack und wildwuchernde Gärten.

Emils Hintern schmerzte auf den Balkonfliesen. Erst jetzt wurde ihm bewußt, daß er nur seine Unterwäsche trug, verwaschene dunkelblaue Boxershorts und ein ausgeleiertes

T-Shirt. Er zog die Knie bis unters Kinn und lauschte auf das Geplätscher der Dusche. Veronika mußte bald kommen, er roch ihre Seife durch das gekippte Fenster. Nebenan rührte sich nichts. Carlas Marmeladengläser standen immer noch auf dem Küchensims. Die Sonne ließ das Gelee rot funkeln.

Nachdem Peter bei seinen Eltern ausgezogen war, hatte er häufig die Wohnung gewechselt. Der Eintrag in Emils Adressbuch war umkränzt von vielfach durchgestrichenen Telefonnummern und Straßennamen in Gaisburg, Bad Cannstatt, Freiberg. Immer waren es Wohngemeinschaften – mit Schulfreunden, später mit Kollegen aus der Logopädieschule, dazu ständig wechselnde Freundinnen.

Eines Tages kam eine Postkarte aus dem Etzelweg, auf der zwei rosige Ferkel über den Rand eines Umzugskartons schauten und verkündeten: ›So schön hatten wir's noch nie!‹ Peters hastige Schreibschrift schwankte über die vorgedruckten Linien. Neben seinem Namen stand: Maria ›Mia‹ Müller. Der Spitzname hatte Emil verdrossen. Er fand ihn affig und gewollt, es roch nach Plattencover oder Filmabspann, besonders im Kontrast zum Nachnamen. Bei Peters Frauen hatte Emil schon lange den Überblick verloren. Ihm schien es immer dieselbe zu sein: ein schweigsames, ungeschminktes Mädchen mit langen Haaren, das flache Schuhe trug, sich mit Halbedelsteinketten schmückte und Lederbändchen um das Handgelenk wickelte. Mia hatte ihn überrascht, weil sie ganz anders gewesen war. Schlank, nur wenig kleiner als Peter, der sie mit strahlendem Gesicht vor sich her in den Türrahmen schob, Emil und Veronika entgegen. Die Bubs wippten auf der Fußmatte, versteckten sich hinter einem zellophanverpackten Rosenstrauß und einer schleifengeschmückten Sektflasche. Mia hatte den Kopf mit den schwarzen Locken hoch getragen. Ein Gemmengesicht mit zartem gelblichem Teint, braunen Augen, über denen dünne, dunkle Brauen in weiten

Bögen standen. Sie sah Emil und Veronika direkt an und lächelte. Unter einer dunkelblauen Kostümjacke trug sie eine weiße Bluse mit Schleifenkragen und einen kurzen Rock, dazu perlmuttglänzende Strumpfhosen. Ihr Bauch wölbte sich weich unter dem seidigen Stoff. Die Füße steckten in flauschigen Pantoffeln mit Hundegesichtern.

Die neue Wohnung bestand aus drei kleinen Zimmern, ausgelegt mit grauem Linoleum. Emil erkannte Peters Kelimteppiche, seine abgeschabten Sperrmüllsessel und indischen Wandbehänge, die doppelreihig gefüllten Bücherregale. Die beigefarbene Couch, zu der Peter sie geführt hatte, war neu, ebenso das gelb gemusterte Kaffeegeschirr. »Ich werde noch ganz ordentlich, seht ihr.« Sie bekamen Apfelkuchen mit Sprühsahne und musterten verstohlen die junge Frau, die in ihrem Chefsekretärinnen-Outfit zwischen Küche und Wohnzimmer hin- und herlief, eine Thermoskanne hereinbrachte und Peter übers Haar strich. Mia folgte Emils Blick durch das Zimmer und zeigte aus dem Fenster ins Grüne hinaus. »Das ist nichts für ewig. Aber das Kind kann später draußen spielen, man geht direkt aus dem Wohnzimmer in den Garten. Sie wohnen ja sehr schön, dort in Burghalde. Peter hat mir Ihr Haus gezeigt. Wir haben auch bei Ihnen geklingelt, aber Sie waren nicht da. Peter hat mir gesagt, Sie seien so etwas wie seine zweiten Eltern.« Mia sprach schnell. Rosige Flecken bildeten sich auf den Wangenknochen. Eine Hand spielte mit dem Anhänger, den sie an einer breiten Kette trug: eine schwere, schalenartig geformte Arbeit aus Gold, in deren Mitte in einem Brillantenkranz eine einzelne große Perle saß. Veronika bewunderte das Schmuckstück. Mia errötete noch tiefer: »Das hat meine Mutter mir hinterlassen. Es ist schon lange in unserer Familie.«

Seine Besuche im Etzelweg richtete Emil meistens nach Mias Arbeitszeiten. War sie doch zu Hause, plänkelte er höflich herum, wand sich unter ihrem dunklen Blick, stellte ein paar interessierte Fragen nach ihrer Arbeit und vermied es, von seiner zu reden, um sie nicht zu verletzen. Mia hatte ihr Lehramtsstudium, Deutsch und Geschichte, in den ersten Monaten des Referendariats abgebrochen. Schließlich war sie, auf Halbtagsbasis und schlecht bezahlt, als Linguistik-Dozentin bei der Sanitas-Akademie, einer Weiterbildungseinrichtung für Gesundheitsberufe, untergekommen. Dort hatte Peter sie kennengelernt. Über einem kryptischen Anmeldeformular für einen Lehrgang zu Schluckstörungen bei Kindern, wie er erzählt hatte. Sie mußte oft abends arbeiten, die Schule im Stuttgarter Westen bot berufsbegleitenden Unterricht an.

Das dreistöckige Wohnhaus oberhalb der Etzelstaffel war ein Nachkriegsbau mit vermoostem Dach und bröckelndem blauem Verputz. Im Schutz der vorspringenden Balkone lagerten im Vorgarten Benzinkanister, Werkzeugkisten und Reifenstapel. Magere Rosen und die fetten rötlichen Blätter der Erdwurz wuchsen an der Hauswand. Ölflecken verliefen auf dem Plattenweg. Die Garage, ein graugrüner Zweckbau mit Wellplattendach, lag auf der linken Seite des Hauses; das Holztor stand tagsüber fast immer offen. Dies war das Revier der Steidles, die über Peter wohnten. Zusammen mit seinem erwachsenen Sohn besaß der pensionierte Hugo Steidle drei alte Autos, an denen die beiden ständig herumbastelten. Wenn schönes Wetter war, belagerten sie Garage und Gehweg: zwei rotbackige, übergewichtige Männer mit dichten Schnauzbärten, die sich in ihren Bundfaltenjeans und verschwitzten Pullovern bewegten wie betrunken. Der Sohn lebte nicht mehr bei den Eltern, erschien aber häufig, um mit seinem Vater zusammen zu arbeiten. Peter berichtete, daß sie oft stundenlang unter den Karosserien lagen, ohne ein Wort zu wechseln.

Manchmal hielt sich Emil in Peters Garten auf, wenn niemand zu Hause war. Vor Veronika schämte er sich dafür, daß er alle paar Wochen heimlich in den Etzelweg fuhr. Er schämte sich auch vor den blinzelnden Augen Hugo Steidles, der in seiner Garage werkelte und ihm kurz zunickte. Vor der Wohnungstür stellte Emil eine Tüte Süßigkeiten und eine Flasche Wein ab. Erst danach gestattete er sich einen Rundgang durch den Garten, räumte herumliegendes Spielzeug und Geräte weg, schnitt ein Stück Hecke, zupfte Unkraut und setzte sich kurz auf die kleine Terrasse, die aus dem Wohnzimmer auf den abschüssigen Wiesenzipfel hinter dem Haus führte. Dort betrachtete er die Holunderbüsche am Ende des Abhangs und fühlte sich beruhigt. Von dem Kind Peter hatte er vieles gewußt. Der Erwachsene war nicht mehr so offen. Emil vermißte die selbstverständliche Nähe und suchte sich andere Wege. Er brauchte das Gefühl, mit ein paar Tauen an diesem weit draußen herumschlingernden Schiff verankert zu sein.

Emils linker Fuß war eingeschlafen, er streckte die Beine auf dem schartigen Betonboden aus, der übersät war mit abgebrochenen Baststücken aus der Balkonverkleidung, tanzenden Federchen und gelbgrünem Blütenstaub. Über der Klingel des Nachbarhauses hing noch immer ein getöpfertes Schild, das Carla vor Jahrzehnten in einem Volkshochschulkurs angefertigt hatte. ›Hier wohnen die Raus: Dr. Hans-Jochen. Carla. Peter. Petra.‹ Petra war Peters längst verschwundene Schildkröte. Emil fragte sich, wann Carla das Ding endlich abhängte.

An jenem Märznachmittag war Peter zu Hause gewesen. Die logopädische Praxis, in der er arbeitete, hatte mittwochs geschlossen. Emil war den Kinderstimmen nachgegangen und den struppigen Hang hinuntergestiegen. Hinter einem Mäuerchen lag ein ebener Rasenplatz. Hier hatte Peter aus

Bohnenstangen ein Zelt gebaut und eine verschossene braune Decke über das Gerippe gehängt. Ivo und Jörn hockten darin und sahen Emil mit großen Augen entgegen. Sie benagten Stöckchen und flüsterten miteinander. Grasflecken leuchteten auf ihren Hosen. Am Rande der Terrasse wuchsen Ebereschen. Die alten Bäume warfen lange Schatten. Die Rosenbüsche in der umlaufenden Rabatte waren stark verwachsen, die dünnen, geilen Triebe des letzten Sommers geschwärzt vom Frost. Dazwischen standen, schon eine Handbreit über der Erde, die silbergrün behaarten Blätter von Gartenmohn.

Peter kam lächelnd auf Emil zu. Er zog die Schultern hoch. »Entschuldige, ich will immer anrufen und bin dann abends zu müde, oder die Jungs kommen dazwischen. Ich hätte mich längst melden müssen.« Er legte Emil die Hand auf den Arm. Sein Haar roch nach Sonne und Rauch. »Gestern hab ich an dich gedacht, als ich in der U-Bahn saß. Über mir hing ein Ausschnitt aus diesem Mörike-Gedicht. ›Am schwarzen Berg, da steht der Riese.‹ Ich weiß noch genau, wie du es mir zum ersten Mal aufgesagt hast, abends, unter dem Mirabellenbaum. Es war ganz still, man hat nur ein paar Vögel gehört und deine Stimme. Du hast die Arme ausgebreitet und dagestanden wie ein Zauberer.« Emil lächelte verlegen. Peter sprach weiter, seine Stimme war hell und begeistert: »Als Kind habe ich nur auf das Märchen geachtet und den Rest nicht verstanden. Das beste daran war natürlich, daß wir alle am Schwarzen Berg wohnten.« Emil winkte ab. Er hatte dem kleinen Peter alles vorgetragen, was er auswendig konnte: Uhlands und Schillers Balladen ebenso wie den ganzen Mörike. Wenn Emil mit geöffneten Armen vor die Klasse trat, lehnten sich seine Schüler in ihren Stühlen zurück. Ein paar kicherten, die meisten lauschten schweigend.

Daß seine Straße der Anfang eines Gedichts war und

Mörike diese Verse auf einem Spaziergang von Burghalde in den Gängelbachwald geschrieben hatte, gehörte zu Peters Kindheitsmythen. Erst Ende der achtziger Jahre wurde Emils Erfindung zum Teil wahr, als eine Neubausiedlung am Schwarzen Berg hochwucherte. Seine Bürgerinitiative (›Burghaldener gegen Landschaftsverbrauch‹) verlor ihren Kampf gegen die schmucken Einfamilienhäuser. Dafür wurden die beiden neuen Straßen, die vom Schwarzen Berg abzweigten, auf Emils Vorschlag hin nach den Mörike-Freunden Waiblinger und Hartlaub benannt.

Im Etzelweg hatten Emil und Peter nebeneinander im feuchten Gras gestanden und die reimbefrachteten, wogenden Verse zweistimmig hergesagt, bis sie in einen Rhythmus fielen, aus dem es kein Entkommen mehr gab:

»Am schwarzen Berg da steht der Riese,
Steht hoch der Mond darüber her;
Die weißen Nebel auf der Wiese
Sind Wassergeister aus dem Meer:
Ihrem Gebieter nachgezogen
Vergiften sie die reine Nacht.«

Die kahlen Zweige der Ebereschen stachen in den wolkenlosen Himmel, Meisen zankten über ihren Köpfen, und Emil hatte vorsichtig an Peter hochgeschaut, der etwas größer war als er selbst. Er staunte darüber, wie schön er ihn fand, die breiten Schultern, die stämmigen Beine und das schmale, immer leicht verwundert dreinblickende Gesicht mit den weit geöffneten grünblauen Augen. Peters Wangen waren stoppelig. Er trug einen einfachen Kurzhaarschnitt, vielleicht Mias Werk. Einmal hatte er stolz berichtet, daß sie ihm und den Jungen den Friseur spare. Auch bei diesem Besuch hatte Emil sich gefragt, ob seine Begeisterung für Peter sich irgendwann legen und er nur einen mittelgroßen vierzigjährigen Familienvater vor sich sehen würde, dem ein altes Baumwollhemd aus den verschossenen Cordhosen hing, der Gummistiefel trug und Dreck unter den Fingernägeln hatte. Sie sprachen das Gedicht zu Ende. Peters Jungen, dunkelhaarig und großäugig, mit runden Köpfen und feingliedrigen Körpern, krabbelten aus dem Zelt und stellten sich kichernd neben ihren Vater. Der kleinere ergriff Peters Hand.

»Dann, wie aus Nacht und Duft gewoben,
Vergeht dein Leben unter dir,
Mit lichtem Blick steigst du nach oben,
Denn in der Klarheit wandeln wir.«

Später hatten sie gemeinsam am Zaun ein winziges Hügelgrab errichtet. Die Kinder trugen Kieselsteine, Lehmklumpen und Tonscherben aus allen Ecken des Gartens herbei. Ivo brachte eine Streichholzschachtel, die er mit dem Zeigefinger aufschob. Darin lag, glasig und mit verblasstem Streifenmuster, eine tote Keilfleckbarbe, an deren geöffnetem Maul ein weißer, pelziger Ausschlag hing. »Oh, das ist schade. Die Schimmelkrankheit«, sagte Emil. Der Junge nickte. »Zwei Welse sind schon gestorben. Die haben wir neulich begraben. Aber jetzt ist Medizin im Aquarium. Das Wasser ist ganz grün geworden, und man darf das Licht nicht anmachen. Papa sagt, meistens geht die Krankheit dann weg. Wir haben das Aquarium noch nicht so lange. Papa hat gesagt, als Kind hätte er auch eins gehabt, von dir. Es gibt sechzehn Fische: vier Antennenwelse, sechs Buckelköpfe und sechs Keilis. Wir füttern sie jeden Morgen und Abend, und Papa will mit uns Wasserflöhe für sie fangen, beim Tümpel hinten im Wald.« Der Fisch in der Schachtel wurde mit Tulpenblättern und Moos bedeckt. Über dem kleinen Erdloch häuften die

Jungen Steine auf. Peter ritzte Buchstaben in ein Stück Rinde, und sie steckten es auf das Grabmal.

Während die Kinder mit dem Begräbnis beschäftigt waren, saßen die Männer in der Sonne auf der Mauer. Auf einem fleckigen Holztablett brachte Peter eine Tonkanne mit strohumwickeltem Griff, Henkelbecher, Kekse aus dem Biosupermarkt. Sie zogen ihre Jacken aus und breiteten sie über die Steine. Emil drehte Zigaretten, riß ein Streichholz an, dann ein zweites. Als die dritte Flamme winzig züngelte, schirmte Peter sie mit den Händen ab. Die verglühenden Tabakfädchen knisterten, als Emil den ersten Zug tat. Ihre Stirnen berührten sich fast, als er sich zu Peter vorbeugte, um ihm die brennende Zigarette zwischen die Lippen zu stecken.

Die Jungen kokelten mit angesengten Ästen, stibitzten Kekse, setzten sich auf Peters Schoß, knallten ihre Gummistiefelhacken gegen die Mauer. Immer wieder unterbrachen sie das Gespräch. Peter wurde nie ungeduldig. Später half Emil, das Geschirr in die Küche zu tragen. Aus dem Augenwinkel nahm er die Wohnung wahr. Im Bücherregal saß ein grinsender Ganesha, davor lag ein mumifizierter Apfelbutzen. Auf der Fensterbank stand eine blühende Orchidee in weißem Übertopf. Peter stellte die Tassen in die Spüle und zeigte Emil eine silberne Dose mit mächtiger Typographie: ›Mad Max Proteinshake‹. »Mias neustes Projekt. Sie meint, damit könnte man reich werden. Sie ist mit einer Tasche von dem Zeug losgezogen. Nicht hier in der Nachbarschaft, sondern unten in der Bronx. So nennt sie die Böblinger Straße. Sie haßt Heslach, es stinkt nach Armut, sagt sie. Sie quatscht die Leute voll, stellt den Fuß in die Tür, sagt, daß sie etwas tun müssen, daß sie selbst daran schuld sind, wenn sich nichts ändert an ihrem Gewicht, ihrem Leben. Ein paar haben tatsächlich ihre schäbigen Kunstlederbrieftaschen aus der Gesäßtasche geholt. Mit Kinderbildern hinter den Sichtfenstern. Mia meinte, die Scheine wären noch warm gewesen. Ich hätte ihr bestimmt auch was abgekauft. Sie kann so penetrant sein. Jetzt will sie, daß ich auch mitmache. Aber ich glaube, das bring ich nicht.« Emil hatte die Dose in der Hand gewogen und wieder auf die Anrichte zurückgestellt, zwischen Caro-Kaffee und Wertkost-Müsli.

Emil verabschiedete sich von den Kindern. Sie weigerten sich, ihm die Hand zu geben, und verschwanden im Zelt. Peter zog ihn in eine schattige Ecke am Zaun, zeigte auf ein niedriges Büschel blaßgrüner und roter Triebe: »Schau, da ist die Pflanze, die du damals zum Einzug gebracht hast. Kommt jedes Jahr wieder. Ich vergesse immer den Namen. Die Jungs lieben sie. Sie sagen, die Blüten sehen wie Himbeerdrops aus.« Vor dem Haus hatten sie sich zum Abschied umarmt. Emil lehnte sich an Peters Schulter, so vorbehaltlos wie an die seiner Frau. Nach diesem Besuch besaß er wieder einen Vorrat an Bildern und Sätzen, von denen er eine Weile zehren konnte.

Doch nun ragte die nachbarliche Haustür schwarz und riesig vor Emils Augen auf und füllte sein ganzes Gesichtsfeld aus. Er fühlte sich krumm und lächerlich, am Boden neben dem Blumenkübel. Seine Erinnerung war voll von Peterbildern, doch keines glich dem, das er eben gesehen hatte. Dieser Heslacher Frühlingspeter, Mörikerezitator, Barbenbestatter, Kraftnahrungsverticker war verschwunden, wohin auch immer. Und er saß hier in Unterwäsche und entdeckte Blattläuse auf den Rosenknospen.

Endlich öffnete sich die Tür. Emil rutschte näher an das Balkongitter. Die Bastmatten rochen schimmelig. Peter kam heraus. Das hüpfende Kind, der träumerische Jugendliche, beide waren sie mager gewesen, doch nicht vergleichbar mit diesem ausgezehrten Männerkörper. Die Jeans schlotterten um die Beine, rutschten trotz Gürtel über die Hüften, so daß der Bund seines Slips hervorsah. Die Hosen waren gelb an den Oberschenkeln, das T-Shirt voller Flecken und Schweißränder. Peter hielt den Kopf gesenkt und starrte auf seine Füße.

Hinter ihm trat seine Mutter Carla aus dem Haus. Sie war bereits angezogen, trug Rock und Bluse statt des üblichen Morgenmantels. Von seinem Arbeitszimmer aus hatte Emil über Jahre hinweg Morgen für Morgen Peters Vater gesehen, wie er im gelben Lampenlicht die Kaffeemaschine angestellt hatte. Es war Hajo, der seinen verschlafenen Sohn vor die Tasse Ovomaltine setzte, Muster in Butterbrote ritzte, einen Apfel wusch und in Peters Scout-Ranzen steckte. Vater und Sohn saßen sich stumm gegenüber. Emil wußte, daß sie beim Frühstück die SDR-Nachrichten hörten. Peter hatte ihn einmal gefragt, warum die Amerikaner einen Präsidenten namens Kater hätten. Carla erschien erst zum Winken im Wohnzimmerfenster, wenn die beiden schon in der Einfahrt standen und sich noch einmal zum Haus umdrehten. Der wirre Nachtzopf lag über ihrer Schulter, hilflos zwinkerte sie gegen das elektrische Licht an, hob langsam eine Hand. In diesen längst vergangenen Morgenstunden sah Emil immer zuerst auf den davonhüpfenden Jungen, dem sein Vater die Autotür aufhielt, dann auf den sich langsam hinter der Scheibe dehnenden Frauenkörper. Carla trank einen Schluck Kaffee, fuhr mit der Hand in die Tasche des Morgenrocks und fischte die kleine blaue Nivea-Dose heraus, beschmierte sich den Mund. Immer war ein weißer Rand unter ihrem Zeigefingernagel. Immer hatte sie weiche Lippen. Dieser Babygeruch, völlig unpassend für eine Frau.

Heute morgen trug sie das dunkelblonde Haar zum Knoten aufgesteckt. Sie färbte es schon seit Peters Kindheit. Im Scheitel wuchs der weiße Ansatz nach, ein paar spröde Härchen sprangen hoch. Ihre Gestalt war ein wenig vorgebeugt, der Hals ragte zwischen den Schultern vor wie der Kopf einer Schildkröte aus dem Panzer. Ihre Haltung machte aus dieser Frau ein verbogenes, linkisches Wesen, obwohl sie alle Voraussetzungen für eine Schönheit mitbrachte: schmale Glieder, lange Beine, ein ovales ebenmäßiges Gesicht, Peters helle Augen.

Carla hielt auf der Türschwelle inne und sah Peter nach, der kaum die Füße hob, als er wieder zu seinem Auto ging. Emil merkte, daß sie nervös war. Mit dem Zeigefinger pulte sie in ihrem rechten Auge herum, das dabei nicht geschlossen blieb, sondern sich weißlich nach oben verdrehte. Schließlich tappte sie hinter ihrem Sohn her, hielt aber Abstand, als traue sie sich nicht, ihn zu berühren. Peter blieb mit hängenden Armen vor dem geöffneten Kofferraum des Fiats stehen.

2 Carla schob sich an Peter vorbei und begann, den Kofferraum auszuräumen. Sie hievte zwei volle Plastiktüten heraus, stellte sie aber sofort ab und faßte sich ins Kreuz. Emil verzog mitleidig das Gesicht. Schon die junge Carla hatte bei ihrem Einzug ins Nachbarhaus vor über 30 Jahren keine Kiste, keinen Wäschekorb heben können. Die Galertkissen ihrer Bandscheiben waren zusammengeschnurrt und schützten den Ischiasnerv nicht mehr. Einmal zwischen zwei Knochenblöcken eingeklemmt, wurde er zum Quell schrecklicher Schmerzen. Carlas reflexartiger Griff nach hinten gehörte ebenso zu ihr wie die immer etwas erschrocken aufgerissenen, blaugrünen Augen. Sie hatte blonde Wimpern, viel heller als ihr Haar. Wenn sie sie morgens hastig tuschte, kleckste sie häufig ein paar schwarze Spritzer auf die Wangenknochen, die dann den ganzen Tag über dort saßen. Erwischte man sie abgeschminkt, verbarg sie das Gesicht in der Armbeuge.

Heute morgen war Carla besonders hektisch. Sie nahm ein Paar verdreckter Wanderstiefel und stellte sie neben die Plastiksäcke, stieß einen davon um und mußte in die Knie gehen, um die herausgefallenen Sockenpäckchen und Unterhosen aufzulesen und zurückzustopfen.

Emil hörte ihre halblauten Flüche, das flache norddeutsche »Schiet!«. Carla war Hamburgerin. Sie bezeichnete sich selbst gerne als Fischkopf: »Ich armer Fischkopp unter euch wilden Südländern.« In Hamburg war sie Sprechstundenhilfe bei einem Allgemeinarzt gewesen. Ihren ungeliebten Beruf hatte sie ohne Bedauern aufgegeben, um Hajo nach Stuttgart zu folgen. Entkommen war sie ihm dort nicht. Bald gab ihr Mann sein Angestelltendasein in einer Stuttgarter Klinik zugunsten der eigenen Praxis in Burghalde auf. Hajos Wunsch, sein eigener Herr zu sein, setzte auch Carla unter Druck. Sie ließ sich zähneknirschend zweimal wöchentlich in der Praxis sehen, tippte Privatrechnungen und dekorierte das Wartezimmer. Zufrieden war sie nicht, das wußte Emil seit Jahren aus vielen Gesprächen: »Er ist nicht sein eigener Herr. Das sind seine Krebskranken, das Altenheim, die Nachtdienste. Es gibt nie Feierabend.«

Peter stand noch immer vor dem Auto. Reglos starrte er an seiner Mutter vorbei. Sie zerrte stöhnend die Reisetasche heraus und zog den klaffenden Reißverschluß kopfschüttelnd zu. »Schnuck, kannst du diese Sachen schon hochtragen?« Peter reagierte nicht. Von den alten Kosenamen – Hasenmeister, Erdmännchen, Flock – hatte nur der Schnuck überlebt. Stets waren die zärtlichen Worte zu hören, wenn Carla ihren kleinen Sohn herzte, die Form seiner Nase mit dem Finger nachfuhr oder ihn ungestüm hochhob und das Gesicht unter seinen Pullover wühlte, bis er sich in Kitzelkrämpfen wand.

Carla nahm Peter am Arm, zog seinen schlaffen Oberkörper leicht in ihre Richtung und sprach ihn mit ungewohnter Lautstärke an. Obwohl Emil ihn von oben sah, empfand er Peters Unerreichbarkeit mindestens so sehr wie seine Mutter. Etwas schien über ihn gestülpt wie eine Hülle, unsichtbar zwar, aber ebenso dicht wie jene Gefrierbeutel, in denen er vorher die Fische ins Haus getragen hatte. Carla drückte ihrem Sohn die Säcke in die Hand. »Bring den Kram hier mal nach oben. Oder nein, ich muß das sowieso alles durchwaschen. Bring es in den Keller. Geh schon, min Jung!« Peter nahm die Sachen, das Gewicht der Säcke zog ihn nach vorne, doch er blieb einfach stehen und stierte vor sich hin.

Als die Raus an den Schwarzen Berg zogen, hatten sie das stille Nachbarhaus mit ihrer Gegenwart überrannt. Emil war im Frühjahr 1979 am Fenster seines Arbeitszimmers gestanden und hatte hinuntergeglotzt, vollständig gelähmt von der Wucht der Ereignisse, die nebenan in Auffahrt und Garten ihren Lauf nahmen. Die verstorbene Nachbarin, das alte Fräulein (Freilein) Rieber, genannt das Frei, war eine schweigsam vor sich hin gärtnernde Einsiedlerin gewesen. Sie zog Stecklinge unter umgedrehten Marmeladengläsern, pappte Leimringe um die Stämme ihrer Obstbäume und klaubte mit unverhohlener Freude die zuckenden Raupen des Apfelwicklers ab, um sie zu zerquetschen. Die beiden Gärten verlotterten Seite an Seite, weil das Frei zu alt geworden war für das große Stück Land.

Wie hatte Emil die Neuen gehaßt, die das vereinsamte Grundstück in Besitz nahmen! Allen voran Hajo, der in Anzug und Krawatte aus seinem Auto, schon damals ein Daimler, stieg. Ein Lackaffe, Besserverdiener, der Pfeife rauchte und sich sofort überall zu schaffen machte. Trotz seiner konventionellen Kleidung wirkte der Eindringling draufgängerisch und bewegungsfroh. Er ließ das quietschende Gartentor des Frei kopfschüttelnd hin und her schwingen, trat mit dem Fuß gegen den bröckelnden Putz und beklopfte die schiefen Fensterläden wie ein Fleischhändler das Schlachtvieh. Mitten auf der Wiese stopfte er die Fäuste in die Hosentaschen und strahlte vor Zufriedenheit. Es war klar, daß er die Erwerbung des Frei-Hauses als größten Triumph seiner lumpigen Scheckbuch-Existenz betrachtete. Seine Frau war attraktiv, trotz Blümchenbluse unter ihrer Strickjacke. Ein wenig träge, schob sie sich aus dem Auto, streckte sich und setzte die hohen Absätze vorsichtig auf den matschigen Boden. Emil schüttelte sich hinter seinem Vorhang. Es war klar, daß sich mit diesem Paar, Spießern, wie sie im Buche standen, auf dem wilden Altweibergrundstück von nun an alles breitmachen würde, was er verabscheute: Gartenmöbel mit Auflagen, Pflanzschalen voller Stiefmütterchen und vertikutierter Rasen, Anrufe wegen Samenflug und Heckenschnitt, Wogen seichter Radiomusik, Grilldunst und Beziehungsgeschnatter.

Um die Apfelbäume lag das Laub vom Vorjahr und klebte schwarz an den Schuhen der Fremden. Sie winkten in Richtung Wagen. Die hintere Tür flog auf, und ein Kind stürzte heraus, ein Junge, vielleicht neun, klein, dünn und schnell. Er rannte durch das feuchte Gras, schlug mit der Faust auf die Borke des alten Birnbaums, setzte über ein Mäuerchen, nahm die Hand seiner Mutter, um sie gleich wieder loszulassen und den Hang hinaufzurennen. Dabei brüllte er: »Das ist unser Garten, echt, das ist unserer!« Emil trat vom Fenster zurück und ließ sich auf einen Stuhl fallen. Ein Kind auch noch, ein Blag, ein Gör, eine Krott. Das durfte doch nicht wahr sein! Im Grundschulalter, Gott sei's geklagt. Lärm, Dreck, Unvernunft und, das war das Schlimmste: ein Erinnerer. Veronika und Emil hatten sich über Jahre vergeblich bemüht, ein Kind zu bekommen, und schließlich aufgegeben.

Der Einzug der neuen Nachbarn war in die Osterferien gefallen, und der Junge zeigte sich fast jeden Morgen im Garten. Die Geübtheit, mit der er Gerten aus dem Haselgesträuch riß, ihnen die Würstchen abdrehte und den Blütenstaub in hellgrünen Wolken wegpustete, verriet Emil, daß er es gewohnt war, alleine draußen zu spielen. Seine räumende Mutter rief ihn abwechselnd aus allen Fenstern des Hauses: Peter! Peter wußte, daß die dunklen Büschel, die wie kleine Inseln aus der scheckigen Wiese herauswuchsen, Schnittlauch waren. Einer der scharf schmeckenden Stengel hing ständig zwischen seinen Lippen. Emil fragte sich, ob das Kind auf einem Grashalm pfeifen konnte.

Emil schlief schlecht in dieser Zeit und lag oft in der Dunkelheit wach, bis die Schwärze sich bläulich auflöste und die ersten Vogelstimmen zu hören waren. Seine Träume waren von scheußlicher Plastizität. Immer wieder sah er den Schatten eines haarlosen, vierbeinigen Wesens mit zuckendem Schwanz, vielleicht eine Maus, zwischen Bettbezug und Inlet zappeln. Wenn er zugriff, fühlte er die Hitze des winzigen Körpers, der sich ihm sofort entwand und in der Decke weiterrannte. In einem anderen Traum brach ihm ein Paar dünner, ledriger Flügel aus seiner Rückenhaut. Sie wuchsen unaufhaltsam und mit einem ekelerregenden Knistern bis hinab zu den Kniekehlen. Wollte er sie entfalten, spürte er einen krampfartigen Schmerz. Sie ließen sich nicht öffnen, fielen schließlich ab, und Emil wurde von einem trockenen Schluchzen geschüttelt, das ihn weckte. Obwohl er nicht in die Schule mußte, zog er sich jeden Morgen leise an und stellte sich hinter den Vorhang im Arbeitszimmer. Peter trug Gummistiefel und Parka über seinem Schlafanzug. An den schlotternden Flanellbeinen waren Marmeladenspuren zu sehen. Er schlüpfte durch die Küchentür, vor der ein Holzperlenvorhang hing.

Trotz der Morgenkälte hatte Emil sein Fenster damals immer gekippt gelassen. So konnte er das Klackern der Perlen hören, das matschende Geräusch der Sohlen auf den Wegplatten, die Rufe des Kindes, das ein mit Kalk verschlossenes Weinbergschneckenhaus hochhob, damit seine Mutter es bewunderte. In Hausschuhen und Lammfelljacke trat Carla vor die Tür, um ihrem Sohn eine Tasse Kakao zu bringen und die weichen Stacheln seines Nackenhaares gegen den Strich zu streicheln. Emil fuhr sich durch das eigene Haar. Es war hinten zu lang, seine Finger verhakten sich in den zottigen Strähnen. Der Junge schmiegte sich kurz an die Beine seiner Mutter, drückte das Gesicht gegen ihren Bauch, bevor er wieder losrannte. Seine Bewegungen waren wild und graziös. Er kletterte in den Obstbäumen, balancierte über die Sandsteinmäuerchen. Vor dem diesigen Grau des Morgenhimmels strahlten die spitzen gelben Blüten des Winterjasmins, leuchteten die Narzissenbüschel. Auf seinem Posten vergaß Emil die Zeit. Wenn er Veronika hörte, stürzte er in die Küche und riß das Frühstücksgeschirr aus den Schränken. Auf dem Gymnasium unterrichtete er ab Klasse zehn. Seine Schüler waren junge Erwachsene, die er mit Rousseau, Hesse und Böll fütterte, in Heiner-Müller-Stücke schleppte und im ›Lehen‹ in der Römerstraße beim Lehrer-Schüler-Stammtisch mit Mezzomix-Runden traktierte. Er konnte stundenlang mit ihnen über Erich Fromm und Mitscherlich diskutieren. Sie bemühten sich so sehr um einen erwachsenen Ton, daß er häufig darauf hereinfiel. Die Unterstufe übersah er. Das Kollegium wußte, daß er für diese Altersgruppe nicht zur Verfügung stand: »Ich kann nicht mit so kleinen Kindern, die machen mich nervös.«

Dr. Hans-Jochen Rau und seine Frau Carla klingelten nach einer offiziellen Vorstellung ständig. Sie fragten nach Bohrmaschine, Verlängerungskabel, Kondensmilch, entschuldigten sich für den Baulärm, machten Konversation. »Wenn alles fertig ist, entschädigen wir Sie mit einem schönen Kaffeetrinken auf unserer Terrasse.«

Hajo ging in der liebevollen Renovierung des Hauses auf. Für die Finanzierung nahm er zusätzliche Nacht- und Wochenenddienste auf sich. Auch samstags saß er in der Praxis, führte Vorsorgeuntersuchungen durch, betreute Privatpatienten. Schon vor dem Einzug verbrachte er viel Zeit auf der Baustelle. Unter den lächelnden Anweisungen der Handwerker aus dem Dorf hobelte er an Wetterschenkeln herum, schliff Türen ab und hackte den alten Fliesenboden in Küche und Bad heraus. Seinen Sohn konnte er für diese Arbeiten nicht begeistern. Häufig stahl sich Peter von einem Auftrag davon, verschwand im Unterholz des Gartens, in den nahen Wald oder kroch in der Ligusterhecke zwischen den beiden Grundstücken herum. Wenn er Emil am Fenster entdeckte, winkte er ihm zu.

An seinem letzten Ferientag hatte Emil sich durch diese Hecke gezwängt und Peter eine Schildkröte vor die Füße gesetzt. An ihrem schwarzgelben, gebuckelten Panzer klebte noch Lehm. Der runzlige Hals schob sich aus dem harten Gehäuse. Neben den runden, dunklen Augen verliefen tiefe Furchen in der ledrigen Haut, die dem kleinen Gesicht zusammen mit seinem zahnlosen Maul und schnabelartigen Profil etwas Altfrauenhaftes gaben. »Sie saß heute morgen vor meiner Tür. Wahrscheinlich ist sie gerade aus dem Winterschlaf aufgewacht. Sie graben sich ein, genau wie Weinbergschnecken. Löwenzahn mögen sie gerne. Du mußt ihr einen Namen geben und ein Stück Rasen einzäunen. Wenn du willst, helfe ich dir dabei.« Entzücken krauste die sommersprossige Nase, verengte die runden Augen zu ungläubigen Schlitzen, riß den Mund auseinander. Peter hüpfte vor Begeisterung hoch in die Luft. Petra hatte Emil zwölf Mark gekostet. Sie stammte aus dem Zoohaus Schreiter in der Marienstraße, wo er schon als kleiner Junge seine ersten Fische gekauft hatte und mit Peter später häufig Aquariumszubehör holte. Noch Jahre nach Peters Auszug hatte Petra die Wiesenkräuter der Raus angeknabbert und in einem ehemaligen Vogelbad herumgepaddelt, bis eines Abends das Türchen ihres Gatters offengeblieben war. Veronika behauptete steif und fest, die Schildkröte lebe jetzt im Gängelbachwald. Sie habe sie dort auf einem Baumstumpf sonnenbaden gesehen.

Endlich setzte sich Peter in Bewegung und taumelte auf das Haus zu. Er war ein anderer, nicht allein durch den Schmutz an seinem Körper. Besonders fremd machte ihn der Bart, der in das Gesicht hineinwuchs wie ein haariges Geschwür und die vertrauten Züge lippenlos und wild erscheinen ließ. Peters Rücken war krumm. Emil schämte sich, ihn so zu sehen. Es war, als beobachtete er ihn bei einer peinlichen Angelegenheit. Carla machte einen verwirrten Eindruck. Emil bemerkte, daß sie sich geschminkt hatte; auf den vollen Lippen glänzte der diskrete hummerrote Lippenstift. Aber sie trug dunkelblaue, plumpe Plastiksandalen, mit denen sie normalerweise nie vor die Tür gegangen wäre. Carla hatte große Füße mit langen gelblichen Zehen, die sie ebensowenig mochte wie ihre ungetuschten Wimpern. Mit diesen Zehen konnte sie einen Stift halten und ihren vollen Namen an die Wand schreiben: Caroline Mathilde Rau, geborene Petersen. Mit dem Fuß schrieb Carla kühne, weitausgreifende Buchstaben, ganz anders als ihre geduckte Schülerinnenschrift. Selbst einen Doppelnamen hätte sie fertiggebracht, aber das kam nicht in Frage. »Peinlicher Emanzenkram. Dann denken alle, ich würde es mit Hajo nicht ernst meinen.« Ihre Kunstfertigkeit hatte den kleinen Peter ungeheuer beeindruckt. Es war das erste, was er Emil über seine Mutter erzählte: »Meine Muddi« – er sprach es hamburgisch aus –, »die kann mit dem Fuß schreiben und Sachen vom Boden aufheben wie ein Affe. Sie hat auch in meinem Zimmer was für mich an die Wand geschrieben. Soll ich es dir zeigen?«

Peter verschwand im Haus. Carla sah ihm nach, kurz nur, als ertrage sie es nicht. Sie beugte sich über den Kofferraum und raffte Plastikflaschen, Zeitungen zusammen, dazu eine weitere Tüte, ein schwarzledernes Reisenecessaire, aus dem eine Dose Rasierschaum hervorragte, silbern mit blauer Kappe. Emil erkannte seine eigene Marke. Carla verstaute sie der Länge nach, zog den Verschluß mit einem Ratsch zu, um ihn gleich darauf noch ein paar Mal zu öffnen und wieder zu schließen, als ob das Funktionieren dieses simplen Mechanismus sie beruhigte.

Danach untersuchte sie den Inhalt der Tüte, zog kopfschüttelnd ein paar leere Klopapier- und Zewa-Rollen heraus, zwei angekohlte Stöcke, Bonbonpapierchen, verschiedene Pappdeckel. Sie zuckte mit den Schultern und stopfte die Flaschen dazu. Emil verstand, daß sie einfach klar Schiff machen wollte. Carla war, wie sie selbst zugab, »pütscherig«. Es war nicht immer angenehm in ihrer Gegenwart. Kaum hatte man fertiggegessen, getrunken, ausgeraucht, riß sie einem Teller, Glas oder Aschenbecher weg und verstaute das Zeug in der Spülmaschine. Nie stand etwas herum. Das alles strengte sie an. Den Alltag bewältigte sie mit Hilfe von Listen, über die sie fortwährend stöhnte: Wäsche, 40 Grad, 95 Grad, Blumen gießen, Betten machen, Hühnerfrikassee, Schuster, Reinigung. Nur Licht und Wärme konnten Carlas Umhersausen stoppen. Kaum war es der Januarsonne gelungen, die ersten Krokusse hervorzukitzeln, lag sie schon auf der Gartenliege, eingewickelt in ihren Lammfellmantel. Bei jeder Gelegenheit bot sie ihr sanftes Profil, die zarte, schon früh knitternde Haut der Sonne dar.

Veronika war der Überzeugung, daß hinter Carlas Haushaltsnöten ein System stecke. Sie verdächtigte die Nachbarin, sich selbst mit dem Staubsauger fertigzumachen, damit ihr Mann nicht auf die Idee käme, sie könne ihm täglich in der Praxis helfen. Auch der kleine Peter litt manchmal unter der Ordnung, die ihm abverlangt wurde. Seine Mutter scheuchte ihn gerne, und Emil sah das mit Befriedigung, denn dann floh der Schnuck. Er schlüpfte durch die kahle Stelle in der Ligusterhecke, hinüber zu den Bubs, wo man es mit dem Putzen und Aufräumen nicht so genau nahm.

Carla stand vor dem betonierten Kasten mit den Mülltonnen und klappte einen Deckel auf. Fäulnisgeruch streifte Emil in seinem Versteck. Flink verknotete sie die Henkel und warf die Tüte in die Tonne. Dabei rutschte ein Stück Pappe heraus und landete auf dem Boden. Es war der Deckel eines Schuhkartons, mit leuchtendem Filzstift bemalt: große rote Augen und ein breiter, lachender Mund. Aus dem Gras grinste er in kräftigem Purpur bis zu Emil hoch. Die Augen waren vollständig mit Farbe ausgefüllt. Carla bückte sich stöhnend, hob das Ding auf und stopfte es in die Tonne zurück.

Der Schrei kam vom Haus her, laut und tief. Peter stand in der Tür, das Gesicht verzerrt. Emil zuckte zusammen. Carla fuhr herum. Peter rannte zu den Mülleimern und stieß seine Mutter mit einer Kraft und Grobheit zur Seite, die ihm niemand mehr zugetraut hätte. Carla schrie auf, suchte Halt am Tonnenrand, verfehlte ihn, wankte, verlor eine Sandale, fiel schließlich hin. Emil preßte die Hand vor den Mund. Er spürte seinen Herzschlag in der Kehle, sah auf ihren nackten Fuß, der schlaff und schutzlos im Gras lag. Ein Schmutzstreifen zog sich über den Knöchel bis hinunter zu dem langen Großzeh. Ihre Frisur war aufgelöst, der Rock rutschte hoch. Emil blickte auf die helle, faltige Sohle, von der er wußte, daß Carla sie regelmäßig mit Bimsstein bearbeitete. Er wußte auch von den Besenreisern, die sich hochzogen bis zu den Oberschenkeln und das nachgiebige, gut eingecremte Fleisch mit einem amethystblauen Netz überzogen. Sie kamen immer wieder, auch nach mehrmaligem Veröden. »Ich leg mich in die Sonne, dann sieht man sie nicht mehr so.«

Noch schrecklicher war es, Peter dabei zusehen zu müssen, wie er an seiner Mutter vorbeilief. Er trat auf ihre Hand. Sie schrie erneut auf. Er beachtete sie nicht, beugte sich über die Mülltonne, fischte darin herum, holte die Tüte wieder heraus, riß Flaschen hervor und schleuderte sie davon. Dann hängte er sich nochmals über den schwarzen Rand. Sein mageres

Gesäß ragte erbärmlich in die Luft, der geschundene Rücken lag frei. Er wühlte im Abfall, warf einen Müllsack heraus, der beim Landen platzte. Endlich tauchte Peter wieder auf, das Gesicht rosa vor Anstrengung. In der Rechten hielt er den bemalten Karton und eine Küchenrolle. Er murmelte vor sich hin. Carla rief etwas, er fuhr herum und brüllte: »Das sind meine Sachen, wann kapierst du das endlich, meine Sachen!« Die Schultern hochgezogen, den Kopf gesenkt, lief er auf das Haus zu, trat heftig gegen die Tür und verschwand, während sie mit einem Klappen ins Schloß fiel. Muddi und Schnuck, zusammengekettet durch ein verletzliches Fleischfädchen wie ein Paar Saiten – jetzt trieben sie nebeneinander im heißen Wasser, an den Seiten jämmerlich aufgeplatzt, und zeigten ihre Wunden.

Emil merkte, daß sein T-Shirt am Körper klebte. Er roch den eigenen Schweiß, fühlte die Nässe unter den Achseln, kniff die Augen zusammen. Er bemühte sich, die Geräusche ringsum auseinanderzuhalten: Carlas Wimmern, das Poltern hinter der geschlossenen Tür, die unbarmherzigen Vogelstimmen, seinen eigenen Atem, das hektische Schnaufen eines mutlosen Taugenichts. Gerne hätte er etwas getrunken, ein großes kaltes Glas, zur Hälfte mit Eiswürfeln gefüllt. Veronika sollte endlich kommen und sie mit ihren dünnen Fingern aus der Form drücken, Johnny oder Jimmie darübergießen und sich neben ihn auf den Boden setzen.

Carla stand auf und bückte sich nach ihrem Schuh. Mit überraschend energischen Bewegungen klopfte sie den Staub aus den Kleidern. Ihr rechter Fuß scharrte eine Rinne in den Kies. Der Haarknoten hatte sich gelöst und lag nun als weicher, vom Morgenlicht durchstrahlter Schweif über der Schulter. Carla stand in der Sonne, griff sich in den Nacken, ließ den Pferdeschwanz selbstvergessen durch die Finger laufen, als streichle sie ein Tier. Langsam begann sie, sich einen neuen Zopf zu flechten und diesen mit der lose baumelnden Haarklemme im Nacken festzustecken. Ohne die wirre Frisur bekam ihr Gesicht einen klaren und aufgeräumten Ausdruck. Sie schob die Unterlippe ein wenig vor und wirkte entschlossen, fast trotzig. So sah sie aus, wenn sie in Hajos Praxis an der Anmeldung saß. Einmal im Quartal holte Emil dort die Rezepte für seine Schmerztabletten und Veronikas Betablocker ab. »Meine Mutter hat mir immer gesagt: Carla, du mußt deinen Arsch in die Hose stemmen.« Schon bald nach ihrem Einzug hatte Carla bemerkt, daß ihr neuer Nachbar ungefähr zu der Zeit nach Hause kam, in der sie ihren Nachmittagskaffee trank. Peter war von Emil begeistert, und so ging er fast täglich nach nebenan und hörte sich Carlas Geschichten an. Sie hatte ein Talent dafür, Mimik und Gestik der geschilderten Personen lebendig werden zu lassen, sogar Stimmen zu imitieren, meist mit hamburgischem Akzent. Sie erzählte von ihrer verstorbenen Mutter und wie wichtig es dieser gewesen sei, daß Carla ›sich selbst ihr Brot verdienen konnte‹. Emil betrachtete Fotos einer früh gealterten Frau mit geschwollenen Augen unter einem platinblond gefärbten Pagenkopf. »Sie hat immer nur gearbeitet, um mich durchzubringen. Personalbuchhaltung im Schlachthof an der Sternschanze. Keine Leberwurst, auch kein Roastbeef am Weihnachtsabend oder Kotelett bis zum Abwinken halfen gegen den Gestank dort. Wenn sie betrunken war, klopfte sie Sprüche, die sie von den Schlachtern zu hören bekam: Schee ist's auf der Heiden, Finger in der Scheiden, Sonne scheint auf Penis, schee is. Mit weißen Häubchen über dem Haar und Gummistiefeln voll Desinfektionsmittel kamen sie in ihr Büro getrampelt. Bis aufs Fleisch hat sie mir die Fingernägel runtergeschnitten. Bei uns war es sauberer als in einem Krankenhaus, da wett ich drauf. Ein neuer Mann war nicht in Sicht, jedenfalls niemand, von dem ich wußte.

Papas Foto stand im Silberrahmen auf dem Vertiko. Er blieb jung, ganz unbarmherzig, während Mutter mehr und mehr Falten bekam und gerne mal zu tief ins Glas schaute. In den letzten Jahren, vor dem Krebs, ist sie richtig elegant geworden: Seidentücher, weite, weiche Mäntel, Eidechsenschuhe. Sie hatte zwei Freundinnen aus der Berufsschule, mit denen sie ab und zu das St. Pauli Theater besuchte.« Für das Grab auf dem Ohlsdorfer Friedhof hatte Carla einen Vertrag mit einer Gärtnerei. Einmal im Jahr fuhr sie ›hoch‹. Wenn sie ihr Alpenveilchen abgestellt hatte, trank sie zwei Pharisäer in einem der zahlreichen Cafés, die das Friedhofsgelände säumten.

Emil hing in der staubigen Ecke seines Balkons, gelähmt wie ein Zuschauer im Fernsehsessel. Er war vollkommen zerrüttet von dem, was er gesehen hatte, und dennoch nicht in der Lage, aufzustehen und einzugreifen. Er beobachtete Carla, wie sie den herumliegenden Müll einsammelte, sich die Finger am Rock abwischte, den Kofferraumdeckel zuklappte und die Haustür aufschloß. Er fragte sich, wo sie gewesen war, als Peters Bart gewachsen war. Auf ihrer Gartenliege, in der Praxis, bei ihren Bridgefreundinnen? Für sich selbst konnte er diese Frage eindeutig beantworten. Schon vor Ferienbeginn hatte er herumgeschludert, sich in Burghalde vergraben und die Alkoholvorräte aufgestockt. Er war durch den Wald spaziert und hatte seine alten Helden aus dem Regal gezogen.

Als Veronika mit viel Dreiwettertaft im Haar auf den Balkon kam, um ihren Morgenkaffee zu trinken, saß Emil wieder am Frühstückstisch. Nebenan war die Einfahrt menschenleer. Einen Joghurtbecher und ein paar Papierfetzen hatte Carla übersehen. Ein Buchfink flatterte über die Abfälle hinweg, pickte kurz, ließ einen hellen Triller hören und flog davon. Aus den Fenstern des Nachbarhauses, die zum morgendlichen Lüften offenstanden, drang hin und wieder ein Laut. Es konnte ein Husten sein, ein Schluchzen oder die reine Einbildung. Emil blickte nicht auf, als seine Frau an den Tisch trat, sich rasch eine Tasse Kaffee eingoß und »bin schon viel zu spät« murmelte. Von der Mauruskirche schlug es acht. Emil ritzte mit dem Löffelstiel Wellenlinien in eine dick gebutterte Brotscheibe. Als Veronika mehrfach seinen Namen sagte, schließlich seine Schultern umfaßte, sah er zu ihr auf wie aus einem Traum, ließ den Löffel fallen und verbarg sein Gesicht in den nach Tabak und Jasmin duftenden Falten ihres Kleides.

3 Emil mähte die untere Wiese. Mit gleichmäßigen Schwüngen führte er die Sense durch das halbhohe Gras. Die Halme fielen, das Blatt triefte von dunkelgrünem Saft. Emil atmete schwer. Er setzte die Sense ab und lehnte sie an den Stamm des Zwetschgenbaums vor dem Zaun. Auf der Treppe stand ein Eimer Wasser. Er nahm den Wetzstein heraus. Im Haus klingelte das Telefon. Den triefenden Wetzstein noch in der Hand, rannte Emil durch alle Zimmer des unteren Stockwerks. Das Schnurlose lugte im Wohnzimmer unter einem Sofakissen hervor. Veronika meldete sich. »Ich bin's bloß. Du schnaufst so. Machst du was im Garten? Mähen etwa? Bei der Hitze!« Emil knurrte nur. »Hast du etwas gehört?« Er antwortete, ohne nachzudenken: »Nein, es ist alles ruhig. Sein Fenster steht offen.« Veronika erwiderte nichts. Er konnte das hastige Trommeln ihres Bleistiftes auf der Schreibtischunterlage hören. Sie hängten auf, ohne sich zu verabschieden. Emil stand einen Augenblick lang verdattert vor dem Sofa. Der Wetzstein tropfte den Teppich voll. Auf dem Couchtisch stand der Aschenbecher, in dem sich Kippen mit Lippenstiftspuren am Filter krümmten. Veronika rauchte ihre Zigaretten nie vollständig herunter. Sie hing dem alten Mythos an, daß das meiste Gift kurz vor dem Stummelende saß. Auf einem Teller aus Biskuitporzellan lagen ein paar Mirabellenkerne in einer eingetrockneten Saftpfütze. Das weiße Mittagslicht fiel auf die Rücken von Emils Büchern, die rot, braun und golden in ihren Regalen und hinter den dunstigen Scheiben des hohen Schrankes standen. Gestern abend hatte er mit Veronika hier gesessen.

Die Balkontür war weit geöffnet gewesen, ebenso das Fenster, durch das man den Wald sehen konnte, über dem in roten Wolkenschlieren die Sonne untergegangen war. Die Zugluft, die die Haarsträhnen um Veronikas Schläfen zittern ließ, war heiß gewesen und hatte nach einem weit entfernten Grillfeuer gerochen und schwach nach trockenen Buchenblättern, die auf den Waldwegen zerfielen.

Emil wußte nicht, was er jetzt tun sollte. Als er zum Bücherregal ging, streckte er die Hände aus, in der Hoffnung, dort Trost zu finden. Er zog ein in dunkelrotes Leder gebundenes Buch heraus, blätterte darin, ohne wirklich zu lesen. Die schwarz verschnörkelten Kapitelvignetten traten aus dem Papier hervor wie große Tätowierungen, und Emil dachte zurück an den Tag, an dem er Peter dieses Buch zum ersten Mal gezeigt hatte.

Peter war damals dreizehn oder vierzehn, stimmbrüchig und wortkarg. Das Forstgebiet um den Gängelbach, sein unüberschaubares Knabenrevier, reduzierte sich täglich mehr auf einen Mischwald, der von Straßen durchquert und von Wohnsiedlungen bedrängt wurde. Wenn er seine alten Weinbergpfade entlanglief, hörte er das Keuchen der B10 aus dem Tal, sah die Schornsteine des Kraftwerks am Neckarufer, die Blechbaukastensysteme der Hafenanlagen, die den Fluß umstellten. »Eigentlich ist es hier wahnsinnig häßlich«, hatte er bei einem gemeinsamen Spaziergang mit Emil am Rennweg gesagt. Rasch hatte die Langeweile auch den Garten seiner Eltern verwandelt, genauso wie den der Bubs: in klägliche Abhänge, an denen Staudenbeete, Mäuerchen und mittelständische Einfamilienhäuser klebten. Die Kinderherrlichkeit war zu einer reizlosen Modelleisenbahnlandschaft zusammengeschrumpft und durch nichts Neues ersetzt worden. Auch Emil gegenüber war Peter oft mürrisch und wütend.

Damals war Peter fast jeden Nachmittag allein. Auch

wenn Sonnenglast den Garten füllte, ließ er die Rolläden herunter und hängte sich auf die olivgrüne Ledercouch vor den Fernseher. Die Linie 9 brachte den wenig erfolgreichen Gymnasiasten jeden Nachmittag auf einer schläfrig zuckelnden Halbstundenfahrt aus der Innenstadt zurück. Er besuchte das Gymnasium an der Schillerstraße, an dem auch Emil unterrichtete. In den ersten Jahren hatten Veronika und Emil ihn im Auto mit in die Stadt genommen und häufig auch wieder zurück nach Burghalde gefahren. Inzwischen wollte er von den Bubs ebensowenig abgeholt werden wie von seiner Mutter. In Wangen hatte eine Videothek aufgemacht, und Peter stieg häufig an der Haltestelle Marktplatz aus. Dort lieh er bei einem quarkgesichtigen Jugendlichen, der nur wenige Jahre älter war als er, Filme aus, manchmal auch solche, die er eigentlich noch nicht sehen durfte. Carla arbeitete jetzt häufiger in der Praxis. Hajo hatte sie dringend gebraucht. Ihr schlechtes Gewissen ihm gegenüber war stärker gewesen als ihre Sehnsucht nach Peter. Natürlich rief sie dauernd an, was ihren Sohn so sehr störte, daß er den Telefonstecker manchmal aus der Wand zog. Dann klingelte es bei Emil, und er wurde nach nebenan geschickt: »Was ist mit dem Jungen? Du mußt nachschauen, ob alles in Ordnung ist. Sofort. Ruf mich wieder an, ich kann nicht weg, hier ist der Teufel los.« Der fernsehende Peter schämte sich, wenn ein Erwachsener dabei war. Leute beim Küssen zu beobachten ging allein, aber nicht zusammen mit Emil. Trotzdem schaute er nicht immer genervt, wenn dieser durch die Terrassentür trat. »Peterle«, das blieb erlaubt, »was treibst du?« Im Zimmer war es stickig. Ausgesperrte Lichtstrahlen warfen durch die Rolladenritzen ein Muster auf den Teppich. Der Geruch von Kurzgebratenem hing in der Luft. Emil hörte die Titelmelodie: »... *I'm the unknown stuntman that made Redford such a star.*« Colt, Howie und die weißblonde Jody jagten auf Motorrädern eine kalifornische Küstenstraße entlang, helmlos, frei, das Haar der Frau wie ein leuchtendes Tuch. Emil blieb vor Peter stehen. »Ich wollte dir etwas zeigen. Eine ziemlich abenteuerliche Geschichte, für die wir auch noch einmal in die Stadt fahren müßten, wenn du Zeit und Lust hast.« Peter schaltete den Fernseher aus, als Emil sich neben ihm niederließ. Er gab ihm das dunkelrote Buch.

Es war die Mörike-Biografie von Carl Fridolin Weinsteiger, im Sommer 1899, lange nach dem Tod des Dichters, in verschwindend geringer Auflage in Stuttgart erschienen. Über den abgeschabten Purpur des Einbandes krochen Blätterranken. Grünspan lag in sanfter, giftig glänzender Tönung auf den goldenen Ornamenten und Titelbuchstaben: Mörikes geheimes Leben. Peters Gesichtsausdruck war gleichgültig. »Mörike, das ist doch unser Straßenpate. Am schwarzen Berg, da steht der Riese. Und der Feuerreiter. Mußten wir in der fünften auswendig lernen. Das Hutzelmännle hast du mir vorgelesen. Seppe und der Krakenfischzahn. War okay.« Emil nickte und sah zu, wie Peter das weiche Leder streichelte, die erste Seite aufschlug und das Porträt des Verfassers betrachtete: »Im Alter von 25 Jahren nach der Zeichnung eines unbekannten Freundes.« Ein stattlicher Bubenkopf mit runden Wangen und viel dunklem Haar, das seitlich aus der Stirn gebürstet war. Herausfordernde, fast arrogant blickende Augen, eine Knubbelnase über vollen, verächtlichen Lippen. Das Kinn war gespalten wie ein verwachsener Apfel. Weinsteiger sah aus wie einer, der schon viele Frauen flachgelegt hatte und gerne darüber redete. Die offensichtliche Selbstgewißheit, mit der er die Arme über der Samtweste kreuzte, schien auch Peter zu beeindrucken. Doch nicht lange, da hob er den Blick. Seine Augen irrten zurück zu der erloschenen Mattscheibe. Er kratzte sich, und Emil begann hastig zu sprechen: »Carl Fridolin Weinsteiger war Anfang Zwanzig, als er anfing, an diesem Buch zu arbeiten. Im Vorwort nennt er sich einen Verehrer Mörikes. Aber eigentlich war er das, was man heute einen Fan nennt, ein glühender, bedingungsloser Fan.« Peter nickte zweimal. »Weinsteiger folgte Mörike jahrelang, und zwar ohne dessen Wissen. Er zog ja sehr oft um, und Weinsteiger begleitete ihn von Stadt zu Stadt. Unermüdlich wechselte er die Wohnung, um seinem Idol nahe zu sein, gab sich aber nie zu erkennen. Wenn er sich, meist nebenan oder schräg gegenüber, eingemietet hatte, lag er den ganzen Tag lang auf der Lauer und notierte alles, was er vom Leben des Dichters mitbekam. Um seinem Dauernachbarn und dessen Familie nicht aufzufallen, verkleidete er sich ständig.« Peter lachte: »So ein Spinner!« »Weinsteiger war von Mörike besessen. Für das Verkleiden muß er enorm talentiert gewesen sein. Er benutzte Masken, falsche Bärte, künstliche Falten, die er mit Gummiarabicum aufklebte. Er ließ sich Haarfärbemittel aus London und Paris kommen, besaß zahllose Perücken und einen ganzen Schrank voll Männer- und Frauenkleidung für die unterschiedlichsten Anlässe. Er beschreibt das alles in seinem Vorwort ›Zu meiner Methode‹. Polizei und Agenten des Kaiserreichs haben Weinsteigers Verkleidungstricks später für ihre Zwecke benutzt, weil sie so raffiniert waren.«

Peter hatte sich im Schneidersitz zwischen Carlas hellen Cordkissen niedergelassen. Emil sah die abgeschabte Bläue seiner Jeansknie, die nackten, braunen Füße. Er wußte noch, wie er damals dachte: Jetzt hab ich dich. In dieser Haltung hatte Peter ihm jahrelang zugehört, wenn er ihm die Klassiker seiner eigenen Jugend vorlas: Rulaman, Die Höhlenkinder, Lederstrumpf. Er sprach weiter, erzählte, wie Weinsteiger Mägde, Kutscher und Köchinnen bestach, um an zerknüllte Zettel aus Mörikes Papierkorb, Briefentwürfe, selbst an Haare aus seinem Kamm oder ein Paar löchrige Socken zu kommen. Mit fliegenden Fingern durchblätterte Emil das Buch. Hitze strömte von der Terrasse in den abgedunkelten Raum. Die Sohlen brannten, wenn man über die Steinplatten lief. Emil zeigte Peter, der verwundert die Augenbrauen hochzog, ein paar schiefergraue Bildtafeln: Bleistiftskizzen von Mörike, der immer nur von hinten zu sehen war, eine gebeugte Figur, der sich das Haar im Nacken kringelte. »Weinsteiger hatte viel Geld geerbt. Er war völlig unabhängig und konnte tun und lassen, was er wollte. Sein Vater besaß eine große Kammgarnspinnerei in Metzingen.« Peter las kichernd eine Liste von Mörikes Lieblingsschimpfwörtern vor. Der Frakturdruck bereitete ihm keinerlei Schwierigkeiten, was Emil stolz machte. »Aber das alles ist nicht die Sensation.« Emil schlug erneut den Bildteil auf. »Weinsteigers größte Entdekkung war sie.« Er zeigte auf die einzige Fotografie des Bandes: eine nicht mehr ganz junge Frau, schlank und schwarzhaarig, die über ihrem Kleid eine weiße Schürze trug. Ihr Gesicht hatte einen sanften, ermatteten Ausdruck. Die großen Augen blickten schläfrig geradeaus. Ihre linke Hand ruhte auf der Schulter eines ebenfalls schwarzhaarigen Jungen von ungefähr acht Jahren. Zu ihren Füßen saß ein großer Hund. Die Gruppe stand vor einem gedrungenen Fachwerkhaus, auf dessen Tür eine große Brezel gemalt war. »Das ist Maria Merten, die Frau des Stuttgarter Bäckermeisters Leopold Merten. Ihr Haus stand ganz in der Nähe der Leonhardskirche, du kennst die Gegend als Bohnenviertel. Maria hieß vor ihrer Heirat Meyer, und jeder, der mit Mörike zu tun hat, weiß über sie Bescheid.« Emil sprach über die leidenschaftliche Liebe zwischen Maria und dem jungen Mörike, ihren ansteckenden Wahnsinn, Mörikes Weigerung, sie wiederzusehen, die Peregrina-Gedichte. Er bemerkte, wie Peter krampfhaft die Zähne zusammenbiß, ein unterdrücktes Gähnen, ein Blick nach draußen. Über die Blumenkübel seiner Mutter flatterte eine schimpfende Amsel. Emils Stimme wurde lauter: »Weil Weinsteiger Mörike auf Schritt und Tritt verfolgte, ist er einem Geheimnis auf die Spur gekommen. Mörike und Maria hatten sich nie wirklich getrennt. Sie kam in den 1830er Jahren nach Stuttgart und arbeitete zunächst als Dienstmädchen. Dann heiratete sie den braven Bäckermeister, eine späte Braut. 1845 trafen sich Mörike und Maria zufällig wieder und nahmen ihre Affäre erneut auf. Ferdinand, der Junge auf dem Foto, ist nach Weinsteigers Vermutung Mörikes Sohn, auch wenn Meister Merten ihn treusorgend und nichtsahnend als den seinen aufzog. Der gute Mann erlitt dann einen Schlaganfall und starb, er war auch nicht mehr der Jüngste. Maria führte den Laden weiter, und Mörike besuchte seine Zweitfamilie so oft wie möglich. Aber das allerwichtigste …« Emil machte eine Kunstpause, in die Peter tatsächlich hineinfragte: »Was denn noch?« »Das allerwichtigste war, daß Mörike im Bäckerhaus auch schrieb. Er lebte mit seiner Frau Margarethe und seiner Schwester Clara zusammen, später kamen noch zwei kleine Töchter hinzu. Er hatte nie Geld, und die beiden Frauen vertrugen sich nicht. Weinsteiger berichtet über »Weibergezerfe der übelsten Sorte vom Sonnenaufgang bis daß die letzte Lampe verlosch«. Bei Maria ging es wohl ruhiger zu, denn dort verfaßte Mörike während seiner Besuche eine große Anzahl von Gedichten, Erzählungen und einen Roman.«

Emil erinnerte sich jetzt, während er den Weinsteiger mit beiden Händen umklammerte und seine Zehen in den vollgekrümelten Perserteppich bohrte, an das Glück, das er damals empfunden hatte. Beim Reden hatte er Peters Gesicht betrachtet, das ihm die ganze Zeit über zugewandt geblieben war. Der Junge hatte genickt, die Augen weiteten sich, die Zungenspitze fuhr ein paar Mal über die trockenen Lippen. Er zwirbelte Haarsträhnen zusammen, die ihm in die

Stirn hingen, aber er lauschte aufmerksam. Emil war in jenen zwanzig Minuten auf dem Ledersofa etwas gelungen, das er mit seinen Schülern, größtenteils älter als Peter, höchstens alle paar Jahre erleben konnte. Er setzte seine Worte vorsichtig, bemühte sich, nicht zu ausführlich über die Werke Mörikes zu dozieren und dabei in Weinsteigers altertümliches, von Begeisterungsklischees des 19. Jahrhunderts durchsetztes Deutsch zu fallen. Weinsteiger schwärmte von der »cherubimischen Herrlichkeit« der Lyrik und nannte den Roman, der Mörikes einzige Italienreise zum Thema hatte, »ein Werk, in dessen Schatten selbst Goethen als ein braver, aber geistloser Bub beschämt stehen bleiben müsse«. Für Peter portionierte Emil die Geschichte von Mörike und Maria in mundgerechte Häppchen. Er erzählte ihm von der Italienfahrt, die der Dichter 1857 in Begleitung der Geliebten, des kleinen Ferdinand und des wahlweise als Kutscher und Pferdeknecht getarnten Weinsteiger unternahm. Frau und Schwester vermuteten den Dichter am Bodensee. Ausgestattet mit einem kleinen Erbe aus der Familie des verstorbenen Bäckers bestritt Maria alle Kosten. Emil sprach von Mörikes Bezauberung durch das italienische Licht und seiner Verzückung in der Sixtinischen Kapelle, davon, wie Mörike und Maria ihre Namen und den ihres Sohnes in den weichen Gips eines Wandreliefs in der Nähe der Chorschranken eingruben, etwas unterhalb der Delphischen Sibylle, und ihre protestantischen Stirnen mit Weihwasser zeichneten. Er schilderte die beschwerliche Rückreise, »Schlammlawinen, Regengüsse, betrügerische Wirte«, auf der Mörike aber unentwegt und mühelos schrieb; in der Kutsche, auf Almwiesen, abends in der Herberge. Und er erwähnte immer wieder jenen ›Kasten‹ im Bäckerhaus, in dem Mörike seine neuen Arbeiten verschlossen hielt. Weinsteiger hatte dies mit eigenen Augen gesehen, da er sogar in der Verkleidung als Dienstmagd Ursel – Peter kicherte – mit dem Kehrwisch um den schafsgeduldig dasitzenden Dichter herumfegte. Das einzige, was Emil Peter an Originaltext zumutete, war der Schluß von Weinsteigers Aufzeichnungen: »In den frühen Morgenstunden des 25. November 1858 brach in der Backstube im Erdgeschoß ein Feuer aus. Maria war noch rechtzeitig den Flammen entkommen. Barfüßig stand sie auf der schneebedeckten Gasse. Sie führte ihren Sohn, der nur einen Packen Papiere trug, und übergab ihn einer Nachbarin. Obwohl viele Hände versuchten, sie zurückzuhalten, betrat sie erneut das Haus, dem die Flammen schon aus den geborstenen Fensterscheiben sprangen. Da sei noch was, wichtiger als ihr armes Leben.« Es ging wohl um die Kommode, in der Mörike die gesamte Produktion aus den gemeinsamen Jahren zurückgelassen hatte. Weinsteiger berichtete vom dumpfen Dröhnen des Feuers, den brüllenden Aufschlägen zusammenstürzender Balken und einem gräßlichen Schrei, bei dem die Nachbarin Ferdinand die Ohren zuhielt. Mörike, der gerade in Tübingen weilte, hatte bei seinem nächsten Besuch nur noch das schwarze Gerippe des Hauses vor Augen. Marias schauerliche Reste waren im Bäckergrab versenkt, der Sohn, der nicht seinen Namen trug, zu unbekannten Verwandten weggeführt. Von Ferdinand ebenso wie von Mörikes Arbeiten fehlte jede Spur. »Er kehrte zurück zu Margarethen als ein Schiff mit gebrochenem Mast. Aller Wille zum Leben, jede Kraft schien ihm geschwunden. Seine letzten Jahre verbrachte er in Lähmung und Trauer, gepeinigt von Gedanken an den geliebten Knaben, der nicht mehr aufzufinden war. Und mich, den ständigen Begleiter, der doch so viele Gelegenheiten gehabt hätte, die unbegreiflich hohen Werke an sich zu nehmen und ihrer Bestimmung zuzuführen, trifft die größte Schuld, da ich jenen Schatz im Bäckerhause beließ, im festen Glauben daran, er werde bald gehoben und gedruckt sein. Nur weniges habe ich notiert;

wenigstens dies gebe ich, scherbengleich, aus dem Gedächtnis wieder – im Anhang dieses Buches von Seite 353 an.

Gott sei uns allen gnädig, auch dem armen Weinsteiger. Gegeben zu Stuttgart, am Morgen des Reformationsfestes.« Ausgerechnet jener Anhang fehlte in Emils Ausgabe. Anscheinend war er herausgerissen worden. Peters Mund stand halb offen. Er fuhr mit dem Zeigefinger, der Nagel war bis aufs Fleisch abgekaut, an den welligen Rändern entlang.

Jetzt, in der stickigen Wärme seines Wohnzimmers, fiel Emil wieder ein, daß er selbst als Junge sehr geweint hatte, als er dieses Ende zum ersten Mal las. Seine Mutter hatte ihn, den Schluchzer schüttelten bis zum Schluckauf, aus dem dunklen, eiskalten Schlafzimmer, wo der Bücherschrank stand, in die Küche vor den Kohleofen geführt. Dort hatte sie Emil auf ihren Schoß gezogen. Sie duftete nach Puder und darunter leicht und giftig nach schlechtem Schnaps, den sie getrunken hatte, um ihr Lampenfieber zu besiegen. Es war früher Abend gewesen, und sie war wahrscheinlich auf dem Weg zu einer Probe. Draußen lag die Stadt in Trümmern, es mußte Anfang der Fünfziger gewesen sein. Die Mutter hatte tröstend zu ihm gesprochen und versichert, sie glaube daran, daß Maria und Ferdinand das meiste von Mörikes Werk gerettet hätten und daß es bestimmt auf irgendeinem Stuttgarter Dachboden herumläge wie ein Schatz auf dem Meeresgrund. Emil wäre vielleicht eines Tages dabei, wenn man es fände. Der Grundschüler Emil war von Weinsteigers Buch fasziniert gewesen. Stundenlang blätterte er darin herum, sah in das verschattete Gesicht der Maria, betrachtete die Zeichnungen von Gassen, Gärten und Gebäuden, allesamt in seiner unmittelbaren Nachbarschaft, wo kein Stein mehr auf dem anderen lag. Wenn er mit seiner Bande in den Ruinen spielte, suchten sie unter seiner Führung oft nach einem Schatz, der in Emils Kopf immer Mörikes Schatz war und nichts mit der Gier seiner Kameraden nach Taschenmessern, Feuerzeugen und Patronenhülsen zu tun hatte. Wenn die Jungen etwas Befriedigendes unter den Trümmern hervorgekratzt hatten, endete das Spiel stets damit, daß Emil einen Zeitungsfetzen, ein aufgeweichtes Buch aus dem Schutt riß, dicht vor sein Gesicht hielt und Verse deklamierte, die seine Freunde jedesmal losgrölen ließen: »Emil, gang weiter, s'langet mit dem Zeugs!« Er aber stand da, dünnbeinig, schmutzig und verschwitzt und schrie ihnen entgegen, während kleine Gänsehautwirbel über sein Rückgrat wanderten und er selbst nicht recht wußte, ob er sich schämte oder stolz auf seinen Mut war, etwas so vollkommen Unpassendes zu tun:

»Sehet ihr am Fensterlein
Dort die rote Mütze wieder?
Nicht geheuer muß es sein,
Denn er geht schon auf und nieder.
Und auf einmal welch Gewühle
Bei der Brücke, nach dem Feld!
Horch! das Feuerglöcklein gellt:
  Hinterm Berg
  Hinterm Berg
Brennt es in der Mühle!«

Später schwenkte Emil auf seinem Heimweg vom Karlsgymnasium, dessen mit dem stumpfen Bleiglanz von Gorgonenaugen gefüllte Fenster ihm bis in den Schlaf hinterherglotzten, in die Heusteigstraße zum Laden des Herrn Tudium ein. Dieser handelte eigentlich mit Gemüse, bot aber auch Knöpfe feil, Gummilitze und Esslinger Garn, gewickelt auf einen vielzackigen Pappstern, oder ein paar Riegel rotzgrüne Seife, die er mit dem Messer portionierte und an die schimpfenden Frauen verkaufte, die sich vor seiner mit Kartoffelerde bestäubten Holztheke drängelten. Manchmal hatte Tudium auch eine Kiste voller Bücher, zersprengte Bürgerbibliotheken aus den Gründerzeithäusern ringsum, die wohl im Tausch für Nahrhafteres in seinen Besitz gekommen waren. Er verriet nichts. Emil und seiner Mutter wäre es nie eingefallen, ein Buch herzugeben. Sie hielten ihren verglasten Bücherschrank fest verschlossen. Es war derselbe, der jetzt, ebenso staubig wie damals, im Wohnzimmer stand. Vor Tudiums Kiste machte Emil oft Halt, faßte die goldgeprägten Bände behutsam am Rücken und wartete, ob etwas herausflatterte, das zu stehlen sich lohnte. Einmal fiel eine Postkarte vor seine Füße. Auf der Rückseite der Schwarzweißaufnahme stand: ›Bayerische Ostmark. Die Luisenburg bei Wunsiedel, größtes Felsenlabyrinth Europas.‹ Ein andermal war es ein Sträußchen getrockneten Enzians, das er mit dem Fuß in den Schmutz trat, weil es ihn ekelte, die flachgepressten, violett geäderten Blütenkelche mit den Fingern zu berühren.

Emil schwitzte jetzt stärker als vorhin beim Mähen. Der Geruch des ungelüfteten Zimmers war widerlich. Rasch ging er in die Küche und trank Wein direkt aus der Flasche. Im Garten war das Wasser im Eimer warm geworden, der Wetzstein mußte noch im Haus liegen. Unten auf der Straße rannte eine Frau in kurzen glänzenden Hosen und riesigen neonblauen Sportschuhen keuchend in Richtung Wald. Ein großer Hund folgte ihr langsam, die Nase am Boden. Emil stieg auf die Mauer und spähte zum Nachbarhaus hinüber. Der Müll war verschwunden, nur ein zerknülltes Papiertaschentuch lag noch im Gras neben dem Tonnenkasten. Emil ballte die Fäuste, er ärgerte sich über sich selbst. Wegen seiner verdammten Weinsteigerbummelei hatte er Carla verpaßt, es versäumt, sie nachbarschaftlich von der Seite anzusprechen, während sie den Besen schwang. Das Fenster von Peters altem Zimmer stand immer noch offen. Kein Wind regte sich, ein Stück Vorhang hing schlaff über das Sims. Er würde eben mähen, den ganzen Tag lang, bis sie endlich rauskam. Sicher würde sie etwas einkaufen. Peter mußte ja gefüttert werden, so wie er aussah. Mit Pfannkuchen, Milchreis und roter Grütze. Diese Gerichte kochte Carla auch heute noch, wenn ihre Enkel kamen. Peter aß dann verschämt grinsend die größte Portion. Emil hätte sich besser selbst in die Küche gestellt. Das wäre ein guter Vorwand gewesen, um drüben reinzuschneien, wie in alten Zeiten. Am Liguster vorbeigedrückt und durch die offene Terrassentür spaziert, einen noch warmen Topf in der Hand: »Hallo, war grade in der Gegend, hab dein Auto gesehen. Dachte mir, du könntest was vertragen. Wie wär's mit einem Happen aus Emils Schnellküche, schmackhaft und vitaminreich? Ravioli aus der Dose, verfeinert mit reichlich Butter und Büchsenmilch. Oder eine Rote im Brötchen, knallheiß auf die Hand, wie damals, als wir auf der Jagd waren, weißt du noch?«

Peter hatte damals tatsächlich angefangen, Emil auf seinen Mörike-Expeditionen zu begleiten, die er seit Jahren mal mehr, mal weniger hoffnungsvoll betrieb. An jenem Nachmittag waren sie ins Auktionshaus am Marktplatz gefahren. Selten gab es hier Papiernes, aber Emil war sich sicher bei dem Elfenbeinkästchen mit der Neckarlandschaft auf dem Deckel. Sie enthielt laut Katalog »ein Konvolut von Briefen und Notizzetteln aus dem Jahr 1848, teilweise versehen mit kleinen Zeichnungen, gekennzeichnet mit dem Kürzel E.M.«. Emil hatte gesteigert und viel Geld ausgegeben, um festzustellen, daß die Buchstaben zu einer Emma Mägerle gehörten, die eine Menge unglücklicher Schreiben aus dem Hohenlohischen an ihre Schwester nach Stuttgart geschickt hatte. In ihnen klagte sie über die windige Trostlosigkeit der Hochebene, den Gestank der Schweine vom Nachbarhof und die verhornten Hände ihres frisch angetrauten Ehemannes, die dieser jede Nacht von neuem über ihren vor Ekel zusammengekrümmten Leib wandern ließ. Peter, der die Schrift der jungen Frau nicht lesen konnte, wurde von Emil nur oberflächlich mit dem Inhalt vertraut gemacht. Enttäuscht, mit hängenden Köpfen, waren sie über die Königsstraße geschlendert. Aus den Gebläsen der Kaufhauseingänge rauschte warme, süßliche Luft. Vor der Kaufhalle wurden Hot Dogs angeboten. Der Imbißmann pfählte die aufgebackenen Brötchen auf einem stählernen Spieß, der neben den Senf- und Ketchupflaschen in die Luft ragte. In den weichen, von oben bis unten durchbohrten Laib wurde die heiße Wurst geschoben. Emil und Peter aßen schweigend, während sie die Schulstraße zum Parkhaus hinunterliefen. Der Himmel über der Stadt war violett, auf dem Bahnhofsturm drehte sich der silberne Stern mit aufreizender Gemächlichkeit.

Emil gehörte zu den Leuten, die wenig notierten und noch weniger fotografierten. Er hatte diese Möglichkeiten, etwas Wertvolles festzuhalten, für sich selbst ausgeschlossen, teils aus Faulheit, teils aus dem Gefühl heraus, zuviel zu sehen und zu empfinden, um es in Schnappschüsse oder gar Worte fassen zu können. Seine Erinnerung an die Zeit, in der ihn Peter auf seiner schlingernden, unorganisierten Suche nach Mörikes Schatz begleitet hatte, verschwamm ihm zu einer Reihe unkonturierter Bilder und abgerissener Sätze. Er wußte nicht mehr, wie oft sie zusammen nach Stuttgart hinuntergefahren waren, durch Obstwiesen und Weinberge, vorbei an den feist in ihren Gärten ruhenden Villen des Frauenkopfes, durch den Wald und hinunter in die Stadt, deren Straßen und Plätze im Umriß noch die gleichen waren wie damals, aus der Nähe inzwischen aber vollständig anders aussahen.

Die Namen der Antiquare, die sie gemeinsam aufgesucht hatten, konnte er noch zusammenbringen: Zischka, Schatz und Lautenschlager. Ihre Läden lagen allesamt im Süden der Stadt, dem Lehenviertel, wo Emil geboren und aufgewachsen war. Er erinnerte sich an die autolose Stille, mit der die Liststraße von ihrer höchsten Erhebung hinter der Markuskirche in einer sanften Krümmung herabstürzte, um dann wieder anzusteigen und in Richtung Zahnradbahn bergan zu schleichen. Er dachte an die Bonbongläser voll weißer Schaumzuckermäuse, die Füllfederhalter und Druckbleistifte auf dunkelblauem Samt im Laden der Frau Schatz, die silberne Haarsträhne im rabenschwarz gefärbten Schopf der alten Dame und die Geschwindigkeit, mit der sie den dunklen Gang »zum Lager« entlanghuschte. Sie führte mit ihrem Mann, den sie »mein Juwel« nannte, ein Schreib- und Spielwarengeschäft, in dem schon Emil als Schüler eingekauft hatte. Manchmal packte sie auch Kurioses ins Fenster. Hier ergatterte Emil für einen Freundschaftspreis, »weil ich deine Mutter und dich schon so lang kenne, Büble«, ein Poesiealbum aus dem Jahre 1853. Es hatte einst einer Mina Lechner aus der Brennerstraße gehört und enthielt auf dem vorletzten Blatt, neben der Bleistiftzeichnung einer blühenden Ackerbohne, einen schlichten Widmungsvers, der unterzeichnet war von »deiner treuen Freundin Maria Merten, geborene Meyer«.

Lautenschlager, ein einbeiniger Hypertoniker von unglaublicher Grobheit, residierte in einem ehemaligen Milchladen in der Falbenhennenstraße. Häufig hing ein handgeschriebenes Schild im Fenster: ›Bin in Bälde zurück‹. Lautenschlager führte hauptsächlich Heimatkundliches und Militaria. Peter haßte ihn mit dem sicheren Instinkt des zukünftigen Wehrdienstverweigerers. Der Alte zeigte Emil einmal eine vollständige Serie der »Blutregen«-Hefte von Kurt Murtius und Hermann Waldkemper, jener berühmten Comicreihe für Flakhelfer, die im Herbst 1944 vom Propagandaministerium herausgegeben worden war. Waldkempers scharflinige Schwarzweißzeichnungen und Murtius' Dialoge waren von solcher Brutalität, daß Emil einen plötzlichen Hungeranfall vortäuschte und Peter nach Butterbrezeln hinausschickte. Lautenschlager handelte auch mit Stahlstichen, Ansichten der Stadt vor der Zerstörung. Hier hatte ausgerechnet Peter – der Stolz, der Aufschrei, trotz aller eingebläuten Diskretion! – nach langer Wühlerei eine Ansicht der Leonhardskirche gefunden, in deren Schatten sich die Bäckerei Merten duckte. Man konnte sogar den großen Garten hinter dem Haus erkennen und darin die Geißblattlaube, in der Mörike Weinsteiger zufolge an warmen Tagen gerne gesessen hatte.

Zischka schließlich, mit Vornamen hieß er Joseph, das blitzte dann doch noch durch Emils Hirn, war der einzige wirkliche Antiquar in diesem Kleeblatt. Ein langer, magerer Mensch, der aus dem böhmischen Dux stammte und an der Prager Universität über die Buchmalerwerkstatt des Diebold Lauber promoviert hatte. Sein Laden lag schräg gegenüber dem Fangelsbachfriedhof. Mustergültige Ordnung herrschte in den zwei winzigen Räumen. Die Kunden wurden auf blaugestreifte Biedermeierstühle plaziert und mußten weiße Handschuhe überstreifen, bevor sie unter den Augen des Meisters die Mappen mit den losen Blättern durchsehen durften. Vor dem dünnhaarigen, bleichen Zischka mit dem vorspringenden Adamsapfel war Emil am meisten auf der Hut gewesen. Er ließ sich Postkarten und Stadtansichten zeigen, auch Privatbriefe aus der fraglichen Zeit, fand aber nie etwas. Bei ihm kaufte er lediglich einen Bildband der Sixtina, 1942 in Wien erschienen. Schwarz und hoffnungslos glotzen die Verdammten aus den alten Reproduktionen. Emil hoffte, hier eine Spur von Mörikes Wandkritzelei zu entdecken. Bei seinen eigenen Besuchen in Rom, er war schon als Student vier Mal dort gewesen, hatte er keine Spur davon entdecken können. Emil hatte Peter eingeschärft, den Händlern niemals zu verraten, wonach sie eigentlich suchten. Er traute keinem von ihnen über den Weg, nicht einmal der harmlosen Frau Schatz. Peter begeisterte sich überraschend lange für ihre Mission. Häufig klopfte er selbst bei Emil an und fragte, ob sie nicht mal wieder »losziehen« sollten. Beim Nachmittagskaffee berichtete Carla stolz von einem Mörike-Referat, das mit der Bestnote belohnt worden war, eine Seltenheit bei Peter, der nicht nur in den naturwissenschaftlichen Fächern große Schwierigkeiten hatte. Emil wußte nicht, ob Peter seinen Eltern erzählte, wohin sie fuhren und wonach sie suchten. Er hörte noch seinen aufgeregten Ruf in der geöffneten Tür: »Der Emil muß in die Stadt, ich fahr schnell mit!« Hajo stand in Hemdsärmeln am Fenster und sah ihnen nach, das Gesicht nackt ohne Brille, in den Händen ein zusammengeknülltes Geschirrtuch. Peter glitt auf den Beifahrersitz. »Papa wollte was kochen, Kartoffelsalat, den macht er ja immer, aber ich hatte keine Lust. Nachher klingelt eh das Telefon, und er muß wieder weg.«

Den ganzen restlichen Sommer waren sie Nachmittage lang durch die aufgeheizten Straßen getrödelt. Auf dem Weg durch das verlotterte Lehenviertel zeigte Emil Peter das Haus seiner Kindheit. Milde lächelten die sandsteinernen Schafsköpfe von den breit ausladenen Loggien des prächtigen Bürgerhauses herunter. Über dem Eingang reichte ein Paar sich die Hände. ›Grüß Gott‹ stand unter den beiden, in ausgewaschenen Buchstaben, die einmal vergoldet gewesen waren. Die unzerstörten Bilderbuchfassaden der Gründerzeithäuser, voll von Engeln, Nixen, Königen, waren rußgeschwärzt und unbeachtet. Hinter verschmierten Fenstern hingen Batikvorhänge, standen Korbflaschen mit Kerzen darin. Aus den Eingängen roch es nach Müll und Kellermuff. Auf einer Mauer war mit groben weißen Pinselstrichen ein kleines

Atomkraftwerk gemalt, darunter stand in armdicken Lettern: ›Harrisburg ist überall‹. Emil erzählte Peter von seiner Mutter, die stundenlang über das abgetretene Fischgrätparkett getigert war und ihre Rollen eingeübt hatte, von der blanken, schwarzen Schildpattspitze, aus der sie Zigaretten rauchte. Für den Tabak dieser Selbstgedrehten hatte er sich oft kippensammelnd in den Rinnstein gebückt. Amerikanische Soldaten ließen die längsten Kippen fallen. Manche zertraten sie vor seinen Augen zu einem gelbfädigen Brei. Über viele Staffeln stiegen Emil und Peter hinunter bis zum Karlsplatz. Auch hier gab es noch Händler, in deren Kisten man wühlen konnte. Meistens kaufte er ein paar alte Comics für Peter.

Emil griff wieder nach der Sense und mähte ein Stück. Ihm rann der Schweiß in die Brauen. Er knöpfte sein Hemd auf und rieb sich Gesicht und Hals ab. Verwundert stellte er fest, daß er inzwischen am Ende des Hangs angekommen war, kurz vor der Straße. Er sah den rostigen Maschendrahtzaun, ausgebeult von Holunder- und Schlehenbüschen, davor seine drei Zwetschgenbäume, die ihre halbreifen, grünvioletten Früchte um sich streuten. Er spürte die Kühle ihrer Schatten. Nur an der Treppe und der Grenze zum Nachbargrundstück, vor Carlas Ligusterhecke, standen die Halme noch hoch, ansonsten hatte er fast alles abgesäbelt. Peters Fenster war inzwischen gekippt worden. Er hatte wieder nicht bemerkt, wann und von wem. Die Stille, die aus dem schmalen Spalt drang, war unerträglich. Emils Hände brannten. Eine Zecke hatte sich in seinen Arm gebohrt, es juckte. Er musterte den braunen Hinterleib des Schmarotzers. Linsengroß hing er am hellen Fleisch, aufgeschwollen von Emils Blut. Veronika pflegte einen Tropfen Uhu auf den Holzbock, wie sie die Tiere nannte, zu klecksen und ihn zu ersticken. Emil bevorzugte die raschere Methode. Er drehte die Zecken mit den Fingern heraus, was meistens gelang. Es durften nur weder Beine noch der gierige Zangenkopf zurückbleiben. Er packte den weichen Knubbel zwischen Daumen und Zeigefinger und zwirbelte ihn herum, riß dann kräftig daran. Das überraschend saftige Geräusch und der frische brennende Schmerz ließen ihn genauer hinschauen. Sein Blut strömte in einem puckernden Fluß aus dem Arm über die Jeans und troff warm und kupfrig ins Gras. Das abgerupfte Restchen in seiner Hand war bein- und kopflos, ein Stück eigenes Fleisch, wohl ein hervorstehender Leberfleck, den er an dieser Stelle noch nie bemerkt hatte. Er spürte Nässe auf seinen Beinen. Wärme und Farbe des eigenen Blutes, das unvermindert floß, der starke fleischige Geruch, ließen ihn husten. Rasch bückte er sich, um die Finger am Gras abzuwischen. Die Wiese kam ihm erstaunlich schnell entgegen, bevor sie sich einschwärzte. Die Beine knickten ab, dann schlug sein Kopf am Boden auf. Aus dem Wohnzimmer schrillte das Telefon. Emil öffnete die Augen. Er sah einen Bussard, breit gefächerter Schwanz, Schwingenunterseite weiß gestromt, über sich in der heißen Bläue kreisen. Schnapp dir doch das Fleisch, dachte er und fuhr noch einmal mit den Fingern durch die vermooste Wiese. Das Telefon hörte auf zu klingeln. Irgendwo in der Nachbarschaft wurde ein Rasenmäher angeworfen. Es mußte schon nach drei Uhr sein. Der Mäher dröhnte in wilden, brummenden Stößen. Hajos Gebrüll hatte einen ähnlichen Sound gehabt: »Es langt mir jetzt! Das ist mein Sohn, und er wird was Besseres mit seiner Zeit anfangen, als sich mit diesem Taugenichts und Tagedieb, diesem Lehrer, herumzutreiben, der ihm nur Flausen in den Kopf setzt. Eine Fünf in Physik, in Bio und in Mathe! Er muß sich endlich mal auf den Hosenboden setzen!« Carlas Antwort war nicht zu Emil gedrungen, wahrscheinlich weil die Streitenden von der Terrasse ins Haus gewechselt waren. Der Lauscher an der Wand hört seine eigne Schand. Der Lauscher an der Tür kann niemals war dafür. Der Lauscher an der Hecke holt sich eine Zecke.

Peter war für ein Jahr als Austauschschüler an die Abraham Lincoln High in Grand Rapids, Michigan, gegangen. Seine Briefe von dort waren anfangs zahlreich und ausführlich gewesen. Er baute sogar fast lyrische Schilderungen der Landschaft ein. Dann wurden sie seltener und blieben schließlich ganz aus. Der Rückkehrer, um eine Handbreit gewachsen, mit tiefer Stimme und viel kürzerem Haar, nickte Emil freundlich über den Zaun zu. Im Monat darauf begann er, seinen Vater nachmittags in die Praxis zu begleiten, in sauberen Cordhosen, gebügeltem Karohemd. »Mein Famulus«, sagte Hajo. Nebenan ließ er sich kaum noch blicken. »Er geht in der Stöckachstraße in so eine Nachhilfe. Mathe und Physik. Er will nach dem Abi Medizin studieren, da braucht er gute Noten, gerade in diesen Fächern.«

Emil erhob sich und stieg die Treppen zum Haus hinauf. Im Gras blitzte das Sensenblatt. Auf seinem Arm hatte sich eine braunrote Schlacke gebildet. Seine Finger klebten. Im gleichen Augenblick, als das Telefon wieder zu läuten begann, öffnete sich die Tür des Nachbarhauses und Carla trat heraus. Sie trug eine hellbraune Basttasche und grüßte knapp zu Emil hinüber.

4 Im Lesesaal sprang Veronika von ihrem Stuhl auf, um dem hohen, vogelartigen Schrei nachzugehen, der von den Benutzerarbeitsplätzen am Fenster kam. Schon länger war von dort eine beunruhigende Mischung aus ärgerlichem Geflüster, Papierknistern und Stuhlbeinkratzen zu hören gewesen. Ganz gegen ihre Gewohnheit hatte Veronika diese Geräusche ignoriert und noch einmal die Wiederholungstaste gedrückt, um Emil anzurufen. Seine unzusammenhängenden Reden vorhin am Frühstückstisch, über Peter, der in einem »schrecklichen Zustand« nebenan aufgetaucht sei, über einen Streit mit Carla, begleitet von nicht näher erklärten »Handgreiflichkeiten«, verfolgten sie seit Stunden. Zuerst hatte sie sich ins Spotten, dann ins Trösten gerettet und schließlich ihren Dienstbeginn genutzt, um zu flüchten. Emil war vollständig durcheinander gewesen. In Boxershorts lief er ihr bis zum Auto hinterher, wiederholte ständig denselben Satz: »Irgendwann wird er schon rauskommen!« Auf der Stufe vor dem Gartentor trat er versehentlich auf eine Weinbergschnecke. Das Gehäuse zerbrach leise knackend, und die Splitter bedeckten die gelb und schwärzlich herausquellenden Eingeweide wie winzige Porzellanscherben. Emil rief »Scheiße!« und schob das schmierige Häufchen hastig mit dem Fuß ins hohe Gras am Wegrand. Im Rückspiegel sah sie, wie er sich mit der Hand über die Augen fuhr.

»Hau ab, du Penner!«

»Mein Platz, seit Jahren mein Platz!«

»Geh sterben, Mann!«

Aufgeregtes Stimmengewirr empfing Veronika, die zwischen den Regalen entlanghastete. Sie stellte sich den Blikken der pöbelnden Teenager, so wie sie täglich den Blicken der nur wenig älteren Auszubildenden standhalten mußte: Das schwarze Haar stand knisternd über der Stirn, starr von Festiger und Spray. Emil haßte diese Frisur. Er trauerte dem Pferdeschwanz nach, den sie früher getragen hatte. Veronika wußte, daß ihr Mund fuchsienrot glänzte, daß ein schwerer Lidstrich am Wimpernrand entlangkroch und die Linien der aufgemalten Brauen kühne Bögen über ihren grauen Augen zogen. Auch wenn auf ihren Handrücken die Adern hervortraten und die Finger in den schweren Ringen müde und geschwollen aussahen, war klar, daß hier eine ebenbürtige Gegnerin aufmarschierte: »Ich muß Sie bitten, sich an die Regeln dieses Hauses zu halten. Sie sind zu laut.« Veronika musterte die Mädchen, die empört aufschnauften und die Augen verdrehten. Sie warfen ihre Haare in den Nacken wie Mähnen, scharrten mit den Füßen, klingelten mit Armbändern, und ihr Bonbongeruch wurde immer süßer, immer stechender, je länger ihr Wortwechsel mit der Bibliothekarin dauerte. »Wir haben gar nix gemacht. Der hat angefangen rumzuschreien. Der alte Knacker, der fault ja schon!« Die Wortführerin trat vor, ein rundliches Ding, kürzer gewachsen als der Rest der Meute. Ihre Lider waren grüngolden überpudert. Sie hob die Faust. »Das ist voll ungerecht, wir haben was echt Wichtiges für die Schule zu tun, und der da, das ist doch ein Penner, der macht sich hier breit und motzt dann auch noch rum!«

Der Mann, der den Zorn der Mädchen erregt hatte, stand so dicht hinter Veronika, daß sie seinen hastigen Atem und seinen ungewaschenen Körper roch. Er war etwas kleiner als sie und umklammerte ein in fleckiges Packpapier eingeschlagenes Notizbuch. Seine hellblauen Augen waren weit aufgerissen, und ein Schweißfilm bedeckte das dreieckige Gesicht. Im Haus nannte man ihn den Grafen. Er kam fast täglich und beanspruchte nicht mehr als den zweiten Fensterplatz im linken Flügel des Hauptlesesaals, auf gleicher Höhe mit den Regalen für Jura und Wirtschaftswissenschaften. Der Blick ging hinaus auf die Grünanlage vor dem ehemaligen amerikanischen Konsulat und der Württembergischen Landesbibliothek.

Veronika und auch ihre Lieblingskollegin Cramer bemühten sich seit Jahren, dem Grafen diesen Tisch freizuhalten. Betrat er mit vorsichtigen Schritten den Lesesaal, blieb sein Blick fest auf die Bibliothekarin am Auskunftsplatz gerichtet. Wenn Veronika dort vor ihrem Bildschirm saß, Glitzerpuder im Dekolleté, ein Paradiesvogel auf einem orthopädischen Drehstuhl, verneigte er sich leicht in ihre Richtung. Sie winkte und lächelte, und er strebte zuversichtlich seinem Platz zu.

Von ihren Kolleginnen wußte Veronika, daß der Graf nie auftauchte, wenn sie unten in ihrem Büro arbeitete. Nahm sie Urlaub oder änderte unverhofft ihren Dienstplan und eine andere Frau saß an ihrer Stelle, verlor der Graf jedesmal aufs neue die Kontrolle über seine sonst so friedlichen Gesichtszüge. Seine Bewegungen wurden hektisch, und er kam nur unter ständigem Kopfdrehen, Schütteln und Zappeln bis zum Fenster, wo er nach draußen starrte, bis er wieder Haltung angenommen hatte. Dann verließ er fluchtartig die Bücherei. Seinen richtigen Namen kannte niemand. Er besaß keinen Benutzerausweis. Sein Alter war schwer zu schätzen; mal schlurfte er langsam und gebeugt daher, dann wieder bewegte er sich mit jungenhaftem Schwung zwischen den Regalen. Zu dieser Grazie paßte auch sein Haarschopf, der weiß wie Zuckerwatte über Stirn und Ohren wuchs. Diese Frisur erinnerte Veronika an einen jungen Popmusiker aus den Achtzigern, der ihr in Erinnerung geblieben war, weil er in einem Fernsehinterview verraten hatte, daß er Weichspüler verwendete, um seine platinblonde Haarpracht wie Spieltierplüsch abstehen zu lassen.

Der Graf schrieb unentwegt in seine Hefte. Er benutzte einen Bleistift, und die Zeichen, die er aufs Papier warf, waren hastige Girlanden aus Strichen, Punkten und Häkchen. Veronika hatte oft das Gefühl, daß seine Augen sie verfolgten. Doch jedesmal, wenn sie das unbestimmte Kitzeln eines fremden Blicks im Rücken spürte und sich in seine Richtung umdrehte, empört, geschmeichelt, ein wenig ängstlich, sah sie nur den gesenkten, weißbeflauschten Kopf, der beim Schreiben leise nickte. Am Ende eines Tages glänzte der rechte Handballen graphitschwarz. Cramer, neugieriger als Veronika, hatte einen Nachmittag lang Bücher in der Nähe des kleinen Mannes eingeräumt und ihn anschließend getauft. »Er ist ein Graf, ein Stenograf, unser Flauschiger, und er benutzt Kurzschrift. Gabelsberger heißt sie, die kennt heute kein Mensch mehr. Meine Mutter hat sie als junges Mädchen gelernt. Sie machte sich darin Notizen in ihren Kalender. Keiner konnte das lesen, weder wir Kinder noch der Vater. ›Niemand soll meinem geheimen Leben auf die Spur kommen‹, hat sie gesagt. Als Kind hat es mich gefuchst, wenn sie sich abends hinsetzte und mit gespitzten Lippen an ihrem silbernen Drehbleistift saugte, bevor sie anfing zu kritzeln. Ich sehe es noch vor mir, dieser kostbare, leuchtende Stift und ihre dunkelroten Lippen, fast schwarz, dick bemalt. Sie wußte genau, wie es mich quälte, daß sie mir etwas verheimlichte. Ich brannte lichterloh, wie die kleinen Burschen bei Stefan Zweig, die ihre schönen Mütter beim Sündigen beobachten. Später hat sie mir gesagt, da stünden nur Banalitäten drin, Friseurtermine und ähnliches. Ihre Kalender hat sie mir alle vermacht. Ich könnte auf meine alten Tage noch herausbekommen, ob sie die Wahrheit gesagt hat. Aber jetzt fehlt mir die Lust. Komisch, nicht wahr?«

Veronika hatte sich nie dafür interessiert, was der Graf aufschrieb. Ihr gefiel seine Besessenheit. Er schien die Bücherei als Schutzraum für seine Arbeit zu brauchen, viel mehr als andere, die hier ein und aus gingen, sogar mehr als die meisten Mitarbeiter. Veronika fand es erschreckend, daß es unter den jüngeren Kolleginnen und Kollegen kaum noch besessene Leser gab. Auf die beim alten Schlag so beliebten literarischen Anspielungen gingen sie nicht ein, weil sie sie nicht verstanden. So nannte außer Veronika, Cramer und ein paar anderen Altgedienten niemand mehr den Auskunftsplatz ›Pythiaschemel‹ oder bezeichnete die verschiedenen fensterlosen Magazinräume in den Zwischengeschossen als ›Höllenkreise‹.

Die Mädchengruppe hatte zerfledderte Spiralblöcke, überquellende Schlampermäppchen und Handys in Babysocken zwischen den Habseligkeiten des Grafen ausgebreitet, die er sonst sorgfältig aufbaute – die Bleistifte zeigten mit den Spitzen in Richtung Fenster, daneben lag ein Heftstapel. Auf einem Stofftaschentuch stand eine Thermoskanne. Diese zerkratzte silberne Kanne mit dem dickgeringten Bauch, ein mit warmem Tee gefülltes Michelinmännchen, tröstete Veronika. Mit ihr vor Augen konnte sie sich einreden, der Graf habe irgendwo ein Dach über dem Kopf, wo er sich jeden Morgen sein Getränk zubereitete. Doch heute war seine Ordnung in einer Ecke zusammengeschoben und aller Würde beraubt. Wüst fuhren die Hefte durcheinander, Bleistifte rollten über den Boden. Dort unten stand auch die Kanne und spiegelte, vorwurfsvoll verzerrt, ein Tischbein.

Es gab nicht viel zu sagen.

»Dieser Herr ist mir seit Jahren als Benutzer bekannt, der nie den geringsten Anlaß zu Beschwerden gegeben und sich stets an die Hausordnung gehalten hat. Er sitzt immer hier, damit er leichteren Zugang zu seinem Forschungsmaterial hat. Ich muß Sie bitten, das zu respektieren.« Schon sammelten die Kleinen ihren Krempel ein und zogen murrend davon, fast zu schnell. Der Sieg schmeckte schal, so leicht war er errungen. Veronika fand danach sogar zu einer überlegenen Freundlichkeit zurück und führte die Randaliererinnen zu einem der Gruppenarbeitstische in der Saalmitte. Sie zeigte ihnen auch die Balustrade im Vormittagsschatten, die einladenden Aluminiumstühlchen, die Aschenbecher daneben. Der Abschied, Kopfnicken und Lächeln auf beiden Seiten, verlief respektvoll.

Veronika kehrte zum Auskunftsplatz zurück. Im Vorübergehen sah sie auf den Rücken des Grafen. Eine lautlose Bewegung ging durch den ganzen, vom Schreiben geschüttelten Körper. Er war vollkommen versunken in seine Arbeit. Die dünnen Schulterblätter hoben und senkten sich unter dem fleckigen Stoff des blauen Hemdes. Ein breiter Riß klaffte in Schulterhöhe. Darunter leuchtete ein Streifen Haut, der Veronika überraschend flaumig und zart erschien, wie die Schale einer Frucht. Ihr fiel ein, was Emil vorhin über Peters Rücken gesagt hatte: daß er »mit Schwären bedeckt« gewesen sei und »der ganze herrliche Knabe ein Elendsbild, heruntergekommener als der schlimmste Wermutbruder, mit einem schauerlichen Bart«. Das fressende Gefühl der Angst, das sie durch den Streit am Fenster für eine Weile verlassen hatte, nistete sich wieder in der Mitte ihres Körpers ein. Sie konnte spüren, wie es aus der Tiefe in alle Richtungen pulste, wie es ihren Kopf senkte, die Brauen zusammenzog, die Fingernägel in die Handballen drückte.

Vielleicht hatte Emil sich geirrt. Ein Auftritt der klassischen weißen Mäuse. Es wäre nicht das erste Mal gewesen. Schon in den Wochen vor den großen Ferien hatte er damit angefangen, sich einen sanften, aber kontinuierlichen Pegel zu verschaffen. Er trank nicht mehr nur abends, wie es seit

Jahren ihre Abmachung war, sondern bereits gegen Mittag. Dazu hatte er den Kristallpokal mit den verschlungenen Initialen seiner Mutter hervorgekramt, aus dem er sich zum Essen Weißwein genehmigte (»wie die alten Römer«). Manchmal mixte er schauerliche Kreationen nach einem Cocktailbuch aus den dreißiger Jahren und lenkte mit Histörchen ab, wenn Veronika ihn zur Rede stellte: »Probier mal, das ist köstlich, es heißt Golden Shower! Keine Sorge, nicht das, was du schon wieder denkst. Bloß Gin mit Ananassaft. Von Tom Textor, der muß dir doch ein Begriff sein. Vor dem Krieg der beste Barkeeper Stuttgarts. Er hatte das ›Fegefeuer‹ am Charlottenplatz, da traf sich die ganze Szene, später auch Widerständler. Die Gestapo hat ihn in ihrer Zentrale im Hotel Silber bestialisch umgebracht. Textor liegt auf dem Waldfriedhof. Sein Grabmal ist ein heiliger Sebastian, ganz klein, roter Sandstein, bißchen pausbackig. Sein Freund, der Bildhauer Theo Nolten, hat den für ihn gemacht, ein Jahr bevor er nach Theresienstadt kam.«

Wegen seiner ständigen Trinkerei war Emil in letzter Zeit praktisch nicht aus Burghalde herausgekommen. Die Straßenbahnfahrt nach Stuttgart hinein war ihm zu umständlich. Das Auto war keine Möglichkeit. Der Lappen war wieder weg, der Teufel wußte, ob er ihn diesmal zurückbekommen würde. Bereits Anfang Juli war Emil mit aufgedrehten Stones die Hackstraße entlanggeschlingert und auf Höhe des Gaskessels in eine Polizeikontrolle geraten. Veronika weigerte sich seitdem, ihn zu chauffieren. Sein Verhalten sollte nicht auch noch belohnt werden. Sie hatte es rundheraus abgelehnt, alleine die Strecke nach Lugano herunterzureißen, wo sie sonst zumindest ein paar Tage verbrachten.

Emil schien das alles gleichgültig zu lassen. Er lag unter dem Mirabellenbaum im Gras und las. Wenn sie ihn ansprach, antwortete er mit Scherzen und Zitaten. Einmal in der Woche lief er ins Dorf hinunter und traf sich mit den anderen Mitgliedern der örtlichen Bürgerinitiative im alten Feuerwehrhaus in der Gängelbachstraße. Sie setzten sich vor allem für den Erhalt der Streuobstwiesen rund um die Dorfgemarkung ein. Dieses Grüppchen, dessen Schriftführer Emil seit den Siebzigern war, stellte den Wurmfortsatz seines buntgemischten, nie wirklich ernsthaft betriebenen politischen Engagements dar. Im Keller verstaubten die Schriften von Adorno, Habermas und Erich Fromm neben den Überlebenden der vorjährigen Apfelernte. In ihrem verblichenen Ernst erinnerten diese Bücher Veronika an das Ausschußregal im Wilhelmspalais, das im Vorraum der Benutzertoiletten stand. Dort wurden die Sedimentschichten einer ganzen Ära im Querschnitt für 20 Cent aufwärts feilgeboten, Buchrücken mit loser Bindung und anklagenden Aufschriften. Erst kürzlich hatte Veronika neben einem Ratgeber für Wehrdienstverweigerer ein Lehrbuch für Mathematik in der Grundschule von 1978 dort einsortiert.

Das gleiche Rechenbuch mit dem blaugelben Quadrat auf dem Einband war bald nach dem Einzug der neuen Nachbarn in der Küche der Bubs aufgetaucht. Emil hatte kopfschüttelnd darin geblättert: »Schwachsinn, diese Mengenlehre in der ersten Klasse. Kein Wunder, daß es jetzt mit dem Einmaleins hapert.« Damals erwog Veronika ernsthaft, sich von ihrem Mann zu trennen, weil sie die Anwesenheit des kleinen Jungen, der auf einmal immer öfter an ihrem Küchentisch saß, einfach nicht ertrug. Peter rechnete mit dreistelligen Zahlen und quälte sich unendlich über einem karierten Heft. Sein roter Bleistift trug einen Kranz von Zahnspuren. Hoch und fordernd rief Peter nach Emil: »Du, Emil, ich kapier's einfach nicht!« Sein Geruch nach frisch gemähtem Gras und Waschpulver und der Anblick der wenigen, fast durchscheinenden Sommersprossen auf seinem Gesicht waren zuviel für Veronika. Sie lief an dem Paar in der Küche vorbei und schloß sich oben im Schlafzimmer ein, bis Peter wieder nach Hause ging. Aus heiterem Himmel hatte Emil dieses Kind angeschleppt. Sein schuldbewußtes Schafsgesicht, das unsichere Lächeln, das Gezupfe an der Haartolle: »Was hätte ich denn tun sollen! Sie haben mich mehrfach um Nachhilfe gebeten, alle beide. Und es wäre wirklich schade um ihn. Das ist ein begabter Junge, der gehört nicht auf die Realschule.«

Im Wilhelmspalais klingelte Veronikas Telefon. Sie reagierte nicht. Bald nach ihrem Einzug am Schwarzen Berg hatten Carla und sie über die Hecke hinweg ein Gespräch unter Nachbarinnen geführt: »Wie gut, daß Peter so gerne bei euch ist. Es kann nicht schaden, wenn noch mehr Leute ein Auge auf ihn haben. Er ist ein Pechvogel, mein Schnuck. Schon bei seiner Geburt hab ich graue Haare bekommen. Sechs Wochen zu früh. Heulend hab ich vor dem Brutkasten gestanden.« Peter war plötzlich aus dem Gebüsch gekrabbelt. Carla griff nach seinem dünnen Arm, schob den weinroten Nickipullover hoch und zeigte Veronika einen verschorften Kratzer am Ellbogen. »Schau mal, schon wieder ein Unfall!« Carla lächelte, als sie das schmale Gelenk ihres Sohnes mit einem Kuß versah. Er schubberte seinen Kopf gegen ihre Hüfte, wie ein Kalb, das sich an einem Zaun reibt, sah dann kurz zu Veronika hinüber, mit freundlichem, fast nachsichtigem Blick, bevor er sich entzog und davonrannte.

Peter war unwiderstehlich gewesen. Er hatte sich in ihrem Innersten eingenistet, ohne den verzweifelten Widerstand zu beachten, mit dem sie zu Anfang gegen diese Besetzung gekämpft hatte. Emil hatte sofort nachgegeben, willig, schwach, befallen von Peteritis bis in die Blutbahn. Veronika wollte sich nicht erobern lassen. Ihre Kinderlosigkeit war irgendwann zu einer ruhigen Gewißheit geworden, mit der sie jahrelang gut und frei gelebt hatte. Frei von Verstrickungen in Familienverbände, zu denen man am Ende doch nie ganz gehören durfte, trotz der fordernden Systeme von Patenschaften und Tantentum. Frei von Zuneigung zu Katzen und Hunden, die trotz aller an sie gerichteten Reden niemals Menschen werden konnten. Frei von der Versuchung, sich selbst als Opfergabe einer Kirche, einer Partei anzutragen. Es gab immer mehr Frauen, die laut auszusprechen wagten, daß ein anderes Leben möglich war: jenseits einer Vergötzung der Eierstöcke, des milchsauren Stillkults, des kuhwarmen, hirnlosen Dienstes am Kind, bei dem das eigene Selbst auf der Strecke blieb. Was hatte Peter gebraucht, um all dies über den Haufen zu werfen? Einen Blick, eine Handbewegung, eine Wunde über dem Ellbogen, bei deren Anblick Veronikas eigene Haut brannte?

Das Telefon läutete weiter. Veronika meldete sich mit ihrer üblichen Formel. »Stadtbücherei, Bub-Beyer, guten Tag, was kann ich für Sie tun?« Sie verlängerte Medien, gab Öffnungszeiten durch, ließ sich für Mahngebühren beschimpfen und war so erneut gezwungen, ihre Gedanken zu unterbrechen, auch wenn es in ihrer Magengrube weiter klopfte und nagte. Die Mädchen von vorhin schlenderten langsam auf die Glastür zu. Sie umringten einen Kopierer im Treppenhaus und begannen, in den Büchern herumzublättern, die sie mit nach draußen genommen hatten. Die Kleine mit dem grünen Lidschatten zeigte grinsend auf die von der Decke baumelnden Lampenschirme und rieb sich den Bauch. Die Schirme waren mit überdimensional vergrößerten Süßigkeiten bedruckt: Schokohasen, Lutscher, Erdbeerschnüre.

Veronikas Schreibtischschublade unten im Büro war mit ähnlichen Herrlichkeiten bestückt gewesen, als Peters Gymnasialzeit an der Schillerstraße begonnen hatte. Damals tauchte er mit schöner Regelmäßigkeit in der Stadtbücherei auf. Zum Ende des Nachmittagsunterrichts brachte Veronika den Sohn der Nachbarn wieder zurück nach Burghalde, zurück zu einem liebevoll vorbereiteten Essen. Daß Carla häufig halbvolle Teller zurück in die Küche trug, weil Peters Magen schon zu viel Schubladeninhalt beherbergte, ahnte sie nicht. Sie versicherte Veronika nur, wie froh sie sei, daß ihr Schnuck nicht allein in der Straßenbahn sitzen müsse. Veronika erinnerte sich an den holzigen Geruch von Peters verstrubbeltem Haarschopf, wie er still seinen Ranzen wegstellte und Bücher in die Hand nahm, die natürlich nur seinetwegen hier herumlagen. Fünf Freunde, Hitchcock, TKKG. Ihr fielen seine von der letzten Erkältung noch rötlich verschorften Mundwinkel wieder ein, die kleine Ausbeulung seiner Hosentaschen. Fundstücke vom Straßenrand waren noch immer wichtig, Knallpistolenringe, Kieselsteine, eine Schraubenmutter. Tinte an den Fingerkuppen, eine abwaschbare Tätowierung auf dem Oberarm. Die süßliche Ausdünstung seines Kaugummis, Bazooka Joe. Der abgebrochene Eckzahn links oben, die langen rußfarbenen Wimpern, die zackige Schatten auf die zarte Haut warfen, die weichen dunkelblonden Brauen, der fast immer in die Ferne weisende Ausdruck seiner Augen, selten hellwach. Das selbstvergessene Schweigen dauerte, bis ihm etwas durch den Kopf ging und er ein Gespräch begann: ein neuer Witz, eine Geschichte aus der Schule. Am Ende kam immer die Frage: »Kannst du die Schublade aufmachen?« Die Schublade war einer der Tricks, die sie glaubte für die Zuneigung dieses Kindes anwenden zu müssen. Neben Sahnekaramellen lagen Colafläschchen, Brausewürfel, Gummibären. Peters Lieblingssüßigkeit waren rosa Mäusespeckbällchen, die, in Kokosspänen gewendet, wie weißstachelige, neugeborene Igel aussahen. Es gab sie nur im Kiosk des Leo-Vetter-Bades am Ostendplatz, wo das verhaßte Schulschwimmen stattfand. Nach fünf Minuten seligen Wühlens ließ Peter sich widerstandslos in den Arm nehmen und Bonbonmasse von der Wange wischen. Er war jedesmal aufs neue begeistert, der Druck seiner Umarmung blieb heftig. Veronika schämte sich für ihr plumpes Vorgehen, aber sie wußte, sie saß fest, eingeschnürt in seinem Leben wie die geschenkten Buntstifte, die hinter den Gummischlaufen seines Schülermäppchens staken.

Im Lesesaal war es plötzlich ganz ruhig. Ein gleichmäßiges Summen und Murmeln, Blättern und Knistern durchdrang den Raum. Niemand sprach, die Leute hatten die Köpfe über ihre Bücher gebeugt. Stadtverkehr und Spatzengetschilpe aus den Büschen um das Palais drangen nur gedämpft herein. Im Treppenhaus surrten die Kopierer. Veronika ließ ihren Blick über die Lesenden schweifen, deren Gesichter still und flach in tiefer Versunkenheit verharrten. Die meisten hatten die Augen halb geschlossen, atmeten tief. Manchmal wurde leise geseufzt oder stöhnend Luft eingesogen. Ein paar Erschöpfte schliefen mit den Köpfen auf den aufgeschlagenen Büchern: Studenten, die in der Landesbibliothek nebenan keinen Platz gefunden hatten und jetzt über ihren Gesetzestexten zusammengesunken waren, aber auch der Graf, der seine Nächte vermutlich auf den Gittern von Luftschächten verbrachte, umtost vom Sausen der Gebläse und der Angst um das eigene Leben. Sie alle wurden von der großen, unangreifbaren Ruhe eingehüllt, die hier herrschte und von den Tausenden und Abertausenden von Büchern bewacht wurde. Dicht an dicht postierten sie auf ihren Plätzen und bewachten jene, die hinter ihren bunten Rücken Schutz suchten. Normalerweise feierte Veronika diese Momente, in denen das Schweigen als ungeheure stumme Glocke durch die Bücherei schwang. Heute konnte sie es kaum aushalten. Wieder nahm sie den Telefonhörer ab und hackte ihre eigene Nummer in die Tastatur. Eine lautstark flüsternde Frauengruppe drängte durch die Glastür, zwei Kolleginnen liefen im notdürftig gedämpften Gespräch vorbei: »Und der ganze Wagen da vorne muß zurück in die Buchpflege, da ist wieder nichts geschehen.« Irgendwo fiel klatschend ein Band zu Boden. Veronika lauschte auf das Freizeichen am anderen Ende und legte schließlich auf.

Sie sah hoch. Oswald Börensen war an ihren Tisch getreten. Sie verabscheute das schiefe Grinsen des Bibliothekars, die Schweißflecken, die an den Achseln seines Sommerhemdes hervorsuppten, den Grützbeutel unter seinem linken Auge. Er grüßte knapp, ohne ihr richtig ins Gesicht zu sehen. Die graue Iris hatte einen gelben Ring wie bei einem Reptil. »Frau Bub-Beyer, wir haben eine Sitzung einberufen, wegen des Umzugs. Es gibt Unklarheiten bezüglich des Organigramms, das Sie für die Belletristik entworfen haben. In zehn Minuten im Konferenzzimmer. Frau Salucci wird Sie gleich ablösen.« Börensen drehte sich auf dem Absatz um und schlich davon, nicht ohne ein kurzes Kopfschütteln in Richtung des Grafen hinüberzuschicken, der träumerisch aus dem Fenster blickte und sich mit dem Bleistift den weißen Schopf kratzte. Veronika vermutete, daß Börensen der wahre Urheber jenes geheimen Papiers war, das angeblich aus der Stadtverwaltung stammte und seit einiger Zeit im Haus kursierte: ›Obdachlose in öffentlichen Gebäuden – Möglichkeiten und Grenzen der Zumutbarkeit‹.

Als Veronika im Wilhelmspalais angefangen hatte, zeigte sich vielleicht alle paar Monate ein zauseliger Herr, der den Schutz der Bücherei, ihre Toiletten, Wasserhähne und bequemen Stühle nutzte, um dem gewaltsamen Leben auf der Straße stundenweise zu entgehen. Inzwischen kam täglich fast ein Dutzend Männer, alterslos, mit unrasierten Gesichtern, schmutzigen Mänteln und abgestoßenen Jacketts. Die meisten von ihnen blieben im Foyer, wo sie sich durch die Tageszeitungen arbeiteten, leise unterhielten oder Schach spielten. Einige von ihnen lasen ausländische Blätter und saßen nach der Lektüre oft mit gesenkten Köpfen beieinander, niedergeschlagen von schlechten Nachrichten aus ihrer verlorenen Heimat, flüsternd über die eigene Machtlosigkeit, die schwächliche Rolle des Zuschauers, weit weg in einem fremden Land.

Über die Wintermonate verschwanden die meisten zur Mittagszeit in der nahen Leonhardskirche, wo es eine Suppenküche gab, und kehrten für den Rest des Tages nicht mehr in das Palais zurück. Wenn es wärmer wurde, konnte man sie in den Abfallkörben und Gebüschen rings um Bücherei und Landesbibliothek wühlen sehen. In der Sonne schimmerten überall Plastikflaschen und verschafften den Sammlern ein kleines Zubrot.

Doch die Zeitungsleser waren unproblematisch. Sie blieben im Foyer und gingen dort im allgemeinen Gewühl des Leihverkehrs, der Schlange vor der Rückgabetheke, dem Hin und Her zwischen den Räumen der Kinder- und Jugendbücherei unter. Um so stärker störten sich viele Kollegen und Benutzer an jener kleinen Schar, die tatsächlich über die schwarze Treppe ins Innere der Bücherei vordrang.

Veronika hatte schon viel Unmut ausgelöst, weil sie dafür eingetreten war, jenes Grüppchen von Menschen, das sich täglich in die Mauern des Wilhelmspalais flüchtete, einfach in Ruhe zu lassen. »Robert Walser oder Hölderlin hätten Sie wohl auch Hausverbot erteilt!«, hatte sie bei einer außerordentlichen Sitzung gegiftet und damit tatsächlich erreicht, daß der Graf und seine Artgenossen zähneknirschend hingenommen wurden. »Diese Männer riechen auch nicht strenger als mancher Universitätsprofessor und arbeiten mindestens genauso ernsthaft. Nehmen Sie Herrn Breitinger. Den meisten unter Ihnen ist er nur als Rübezahl geläufig. Sie werden keine Zeile deutscher Lyrik finden, die dieser Mensch nicht gelesen hat.«

Breitinger war riesig, ungepflegt, furchteinflößend langbärtig und sommers wie winters eingeknöpft in einen grünen Lodenmantel. Er trank, vorwiegend Korn. Dabei blieb er immer still und zurückhaltend. Seine Zeit im Palais verbrachte er damit, Notizzettel, die für Benutzer neben allen Computerterminals ausgelegt waren, in längliche Streifen zu zerschneiden. Diese Papiere beschrieb er in ordentlicher Blockschrift mit Gedichtzitaten; es waren immer nur ein bis zwei Verse, die er größtenteils auswendig konnte. In Klammern setzte er Namen und Lebensdaten des Verfassers, gefolgt von einer Aufforderung: »Lies! Dieses Gedicht rettet deinen Tag!« Breitingers Spektrum reichte von den entlegensten Poeten des Mittelalters bis in die Moderne. Hatte er einen Stapel solcher Notate beisammen, wanderte er in der Bücherei umher und legte überall die Zettelchen ein. War er im Wilhelmspalais fertig, missionierte er in den Außenstellen der Stadtbücherei weiter. Von Möhringen bis Vaihingen, von Bad Cannstatt bis Freiberg kannte man seine gigantische Gestalt, das grobporige, gerötete Gesicht mit der von einem Ekzem zerfressenen Nase und dem entstellenden Bartgestrüpp.

Veronikas Freundin Cramer hatte erzählt, wie Breitinger eines Nachmittags auf dem Parkplatz an der Urbanstraße an ihrem VW-Cabrio gelehnt hatte, zwischen den Beinen seinen verschmutzten Rucksack, in der Hand einen Knotenstock, den er sonst an der Garderobe abstellte. Er bat um eine Mitfahrgelegenheit und versprach dafür »eine Rezitation von Klopstocks herrlichsten Oden, besser und tiefempfundener als jeder Hörbuchschwätzer es Ihnen, verehrte Frau Bibliothekarin, je bieten könnte«. Cramer hatte nach kurzem Zögern angenommen. »Ich weiß nicht, welcher Teufel mich geritten hat. Wahrscheinlich hab ich es nur gemacht, weil es ein sonniger Tag war und ich unbedingt offen fahren wollte. War dann nicht so schlimm, bißchen wie mit einem Ziegenbock im Zwiebelbeet. Und sein Vortrag, wirklich enorm! Ich habe nie wieder etwas Ähnliches gehört:

›Cidli, du weinest, und ich schlummre sicher,
Wo im Sande der Weg verzogen fortschleicht;
Auch wenn stille Nacht ihn umschattend decket.‹«

Am Wangener Marktplatz stieg Cramers Beifahrer aus und schritt auf den Bücherbus zu, der dort silbern und gelb im Licht der Nachmittagssonne stand.

Veronika fragte sich, ob Peter wohl jetzt ebenso aussah wie Breitinger. Peter mit Bart, eine Premiere. Es war kaum vorstellbar. Ebensowenig wie die Tatsache, daß sie nicht wußte, ob es Peter gutging. Es hatte in all den Jahren immer Momente der Verunsicherung, der Sorge gegeben, aber der Faden war nie abgerissen, die Angst um ihn nie übermächtig geworden. Sie durfte am Rand seines Lebens stehen, getröstet von einem kurzen Anruf, einer Postkarte. Noch einmal griff sie zum Hörer. Am Schwarzen Berg hob niemand ab. Sie überlegte, ob sie sich krankmelden und nach Hause gehen sollte. Auch dies wäre eine Premiere.

Sabine Salucci kam in Jeansrock und gelber Sommerbluse. An ihrem rechten Nasenflügel zitterte eine silberne Libelle, ihr Gesicht glänzte. »Alles klärchen?« fragte sie. Veronika nickte nur und trat ins Treppenhaus hinaus. Ihr war flau, gerne hätte sie etwas getrunken. Unten im Büro lag die Handtasche mit dem silbernen Flachmann, ihrem Schoppele. Dieses hatte sie schon auf dem Weg in die Stadt geleert, an dem einsamen Aussichtspunkt gegenüber dem Staatsministerium. Die Villen ringsum schliefen noch, während sie hastig ein Viertel Trost herunterkippte. Emils Ausbruch hatte sie zum Zittern gebracht. Erst nach dieser kurzen Pause war sie in der Lage gewesen, ihren Arbeitstag zu beginnen.

Die Sorge um Peter, um Emil ergriff Veronika. Sie mußte sich am hölzernen Handlauf des Geländers festhalten. Im Foyer war eine Kindergartengruppe angekommen, von unten hörte sie die hellen Stimmen und das rasche Auftreten vieler Füße.

Langsam stieg sie die Treppen hoch. Die Sitzung fand im dritten Stock statt. Ihr grauste davor. Der Umzug der Bücherei in den Neubau hinter dem Hauptbahnhof war ein Punkt in Veronikas Arbeitsalltag, den sie aussparte wie ein Trauma. Sie plante sorgfältig mit, entwarf Konzepte für die reibungslose Übersiedlung der Bestände aus dem Wilhelmspalais in die ›Bibliothek des 21. Jahrhunderts‹. Der Umzug selbst aber blieb für sie unwirklich wie eine Reise ins Weltall. Die Baugrube auf der Brache an der Türlenstraße war schon ausgehoben. Ihre Kollegen hatten genaue Vorstellungen von dem neuen Gebäude, schwärmten von der Menge an Platz, die man dort haben würde, dem neuen Café. Außerdem genossen sie das Triumphgefühl, daß ein neues Hochhaus mitten in der Stadt keine Bank, sondern eine Bibliothek sein durfte.

Veronika beteiligte sich an ihren begeisterten Gesprächen nur mit Achselzucken. Selbst Cramer gegenüber wollte sie nicht zugeben, wie sehr sie diese Zukunftsaussichten verstörten. Sie konnte sich nicht vorstellen, das Palais für immer zu verlassen. Ihr Büro lag im Erdgeschoß, mit Blick auf den Parkplatz. Die Fenster waren von den Topfpflanzen ganzer Bibliothekarinnengenerationen verstellt. Ein riesiger Christusdorn stammte noch aus dem Einzugsjahr der Stadtbücherei 1965. Gelbweißer Kalk verkrustete den Topf ringsum. Die dornigen Zweige liefen reptilienartig am Sims entlang und wucherten die Scheibe hoch. Im Winter brachen Hunderte von blutroten Blüten aus dem holzigen Stamm. Angeblich hatte die Pflanze der legendären Marietta Moller gehört, die jenen klugen und boshaften ›Leitfaden für das saubere

Gesicht einer öffentlichen Bücherei nach dem Dritten Reich‹ verfaßt hatte. In Stuttgart hatte das Werk keinen Verleger gefunden und kursierte noch zu Veronikas Anfängerzeit als Loseblattsammlung.

Ein Ausblick ohne den Christusdorn der Moller war für Veronika nicht denkbar, ebensowenig wie die Vorstellung, nie wieder im Frühlingslicht auf der königlichen Balustrade zu rauchen und dabei über die blühenden Magnolien- und Kirschbäume vor dem Altbau der Allianz-Versicherung zu schauen, nie wieder zwischen den Säulen einzutreten in das vertraute Innere, umgeben vom wachsigen Geruch der Schutzumschläge und der feierlichen Weite, die der umgebaute Palast noch immer ausstrahlte. Veronika kannte jeden Kratzer im Lack des Treppengeländers, jedes Ornament, das dem träumenden Auge aus der Maserung der Wandverkleidung im Foyer entgegentrat.

Am meisten fürchtete sie sich davor, mit dem Palais den Ort zu verlieren, an dem Peter nur ihr gehört hatte und nicht Carla, nicht Hajo, nicht Emil. Hier war die Süßigkeitenschublade, hier waren die Bücherregale, in die er im Laufe der Jahre immer gieriger gegriffen hatte, hier hatten sie sich gegenübergesessen, häufig erschrocken über seine Klausuren gebeugt: graues Recyclingpapier, eng beschrieben mit Peters unruhiger Handschrift, verschmierter Kugelschreiber und am Rand die feinen roten Ziffern des Lehrerstifts: 0 Punkte. Peters Gesicht war blaß und enttäuscht gewesen: »Bio, Englisch, Mathe, Physik, es ist immer dasselbe. Ich pack es einfach nicht.«

Veronika verharrte kurz unter dem milchigen Riesenauge des Oberlichts. Im Treppenhaus stand zwischen den Regalen mit Lyrik und den Werkausgaben ein Sofa mit schmunzelnden Greifengesichtern an den Armlehnen. Es stammte angeblich aus Mörikes Lorcher Wohnung und war der Bücherei von einem anonymen Spender neu aufgepolstert übergeben worden – mit dem ausdrücklichen Hinweis, daß es nicht nur als Antiquität bewundert, sondern auch benutzt werden solle. Selten saß jemand dort. Ob die Greifen abschreckend wirkten oder die umstehende Lektüre, wußte keiner. Das Möbel wurde gemieden, während seine Wächter in unverbrüchlicher Freundlichkeit geradeaus schauten. Ihre scharfen Schnäbel, die gefiederten Köpfe waren mit größter Sorgfalt geschnitzt. Erst Breitinger hatte sich getraut, das Sofa in Besitz zu nehmen. Er leierte mit seinem Gewicht die Federung aus, massierte die Tierköpfe wie Handschmeichler, bis ihre waldhonigartige Patina glänzte. Immer lehnte er in der linken Ecke, stützte den mächtigen Schädel in die Hand und schichtete auf dem Fußboden ringsum Bücherstapel in unterschiedlicher Höhe auf wie ein Kind seine Bauklötze.

Cramers Fahrt in Breitingers Begleitung hatte kurz nach Fasching stattgefunden. Seither hatte niemand von ihnen den Mann wiedergesehen. Erst kürzlich hatte Börensen mit höhnischer Hoffnung vermutet, Rübezahl sei endlich der Leberzirrhose erlegen. Immer wenn Emil das Auto nahm, trödelte Veronika nach der Arbeit länger als nötig durch die Klett-Passage in den orangefarben verkleideten Eingeweiden des Hauptbahnhofs herum. Sie ließ sich von den Fahrkartenautomaten zum ›Holländischen Blumenkönig‹ und weiter zum Reformhaus treiben, suchte Breitingers hünenhafte Gestalt in den Gruppen der Obdachlosen und Punker, die mit ihren Hunden, Schlafsäcken und Instrumenten kleine Inseln der Verweigerung im Gewühl bildeten. Aber sie konnte ihn auch dort nicht entdecken.

Veronika trat an das Sofa und ließ ihren Zeigefinger vorsichtig den lächelnden Schwung eines Greifenschnabels entlanglaufen. Danach straffte sie sich, fuhr kurz mit den Händen durch das Haar und ging auf die Tür des Konferenzzimmers zu.

5

An der Haltestelle Charlottenplatz standen die Wartenden in einem Halbkreis auf dem Bahnsteig und fixierten den Riesenbildschirm hinter den Schienen. Manche Leute bewegten beim Lesen die Lippen. Niemand sprach. Ein kleiner Junge rannte die Rampe neben der Treppe hinunter, seine Turnschuhe knallten wie Schüsse. Aus dem Lautsprecher kam die Stimme der Ansagerin: »Bitte Vorsicht, U6 nach Möhringen fährt ein.« Veronika blieb auf der Ebene über den Bahnsteigen stehen, bis die U6 im ansteigenden Tunnel Richtung Olgaeck verschwunden war und die Nachrichtensätze wieder erschienen. Aus dem Schacht wehte ein teeriger Wind. Sie lief durch das Treppengewirr der Unterführung, zwinkernd hinter ihrer Sonnenbrille. Aus der Bäckerei strömte warmer Laugendunst. Auf der Rolltreppe zuckte Veronikas Hand vor dem fettigen schwarzen Halteband zurück, dann stand sie auf der anderen Seite der Charlottenstraße. Gegenüber ragte der blaugläserne Flügel der Musikbücherei in die wimmelnden Wege hinaus. Brüllend und glitzernd wälzten sich die Autos über die Planie. Aus der Verkehrsinsel vor dem Palais wuchs der Korallenbaum frisch und leuchtend zwischen den vertrockneten Beeten empor. In seinem rotlackierten Gezweig flatterte ein grünes Banner mit der Aufschrift ›Oben bleiben!‹

Bei seinem letzten Besuch der Bücherei war Peter mit einem hellgrünen T-Shirt in Veronikas Büro aufgetaucht. Ein schwarzer Käfer war auf die grelle Kinderfarbe gedruckt. Darunter stand ›Oben bleiben!‹, der Sinnspruch unter einem grotesken Emblem. Es war ein träger Julinachmittag gewesen, man merkte die nahenden Sommerferien. Nur ein paar Benutzer saßen in den Lesesälen, das Telefon schwieg. Veronika brütete über einer Liste mit Erwerbungsvorschlägen.

Peter trat lachend ein, einen verschossenen Leinenrucksack über der Schulter. »Ich stör dich nur ganz kurz, die Kinder sind draußen, spielen Verstecken auf dem Parkplatz. Sie wollten nichts ausleihen, wir lesen gerade den Rulaman. Ich hab mir Emerson mitgenommen, den alten Waldschrat.« Er hielt ein Buch hoch, sein Gesicht leuchtete rosig. Veronika sprang auf und umarmte Peter. Kopfschüttelnd beugte er sich über ihren Schreibtisch, nahm eine mit Plakafarben bemalte Klorolle in die Hand. »Daß du das alte Ding immer noch aufhebst! Es hat bestimmt den bösen Blick. Sieh nur, wie es mit den Augen rollt.« »Ein kleiner Junge hat mir das vor langer Zeit geschenkt. Er sagte, er habe es mit viel Mühe extra für mich gebastelt.«

Peter schob seinen Rucksack mit dem Fuß unter einen Stuhl und setzte sich Veronika gegenüber. Sie unterhielten sich eine Weile über Ivo und Jörn, die vor dem Fenster zwischen den parkenden Autos herumtollten. Wenn sie rannten, flogen ihnen die dunklen Haare um die Köpfe. »Sie sehen Mia so ähnlich. Ich bin schon öfter gefragt worden, ob das überhaupt meine Kinder sind.« Er lachte, zog einen Apfel aus dem Rucksack, rieb ihn an seiner Trekkinghose blank und hielt Veronika die pockige, rote Wange der Frucht hin. Sie verzog das Gesicht. »Ohne mich, zu gesund!« Peter biß hinein, Saft spritzte, das weiße Fruchtfleisch war hellrosa marmoriert. »Du solltest wirklich probieren. ›Beauty of Bath‹, die sind schon Ende Juni reif. Weißt du, wo ich den gepflückt habe? Nicht im Etzelweg. Und nicht am Schwarzen Berg.« Kauend sprach er weiter. »Im Schloßgarten. Auf der Wiese gegenüber dem ehemaligen Busbahnhof. Ein uralter Apfelbaum mit breiter Krone. Seine Früchte schmecken wie Honig. Schillers Vater soll ihn gepflanzt haben. Und jetzt wollen sie ihn vernichten. Zusammen mit Hunderten von anderen Bäumen.«

Veronika lehnte sich zurück und betrachtete Peters Hände. Sie waren schrundiger als sonst, mit Schwielen, Blutblasen und eingewachsenem Dreck unter den Nägeln. Weder Halbtags-Logopädie noch Gartenarbeit hinterließen solche Spuren. Er drehte den Apfel zwischen den Fingern. »Ich habe viel gearbeitet in letzter Zeit. Fünf Baumhäuser gebaut.« Er zeigte aus dem Fenster auf seine Söhne, die Ahornnasen aufsammelten und als Propeller in die Luft warfen. Mit zurückgelegten Köpfen standen sie auf einem Mäuerchen und schauten den wild kreiselnden Samenhüllen nach. »Die Kinder haben mir viel geholfen. Sie sind begeistert. So sehr, daß ich zum ersten Mal seit langer Zeit das Gefühl habe, etwas verändern zu können. Ich muß mich nicht damit abfinden, nur im kleinsten Kreis gegen den Strom zu schwimmen. Du weißt schon, man ist Vegetarier, Waldläufer, Konsum- und Schulverweigerer, aber im Grunde ein armes Würstchen. Ein alternativer Kasper ohne Einfluß, der Rad fährt und Ökowaschpulver benutzt.«

Wieder biß Peter ein Stück Apfel ab und begann, von einem Sonntagsspaziergang im Schloßgarten zu erzählen. Er sei dort gewesen, um Ivo und Jörn die schwarzen Löwen am Akademiebrunnen zu zeigen, die so grimmig die Augenbrauen zusammenzögen. Eigentlich habe er den Kindern am Bahnhof nur noch ein Eis kaufen und dann schnellstens aus dem Innenstadtwahnsinn zurück nach Heslach fahren wollen.

Er drehte den inzwischen abgenagten Butzen zwischen seinen zerschundenen Fingern. »Dann standen wir im Schloßgarten. Der Park war nicht wiederzuerkennen. Transparente hingen zwischen den Ästen, Baumhäuser saßen in den Kronen. Überall Zelte, Fahnen, Blumen. Wollgespinste im Gezweig wie bunte Spinnennetze. Stofftiere waren um die Stämme gebunden. Kerzen standen im Gras, Unmengen von roten Grablichtern, jeder Baum ein Altar. Von Schnüren hingen Plakate, Zeitungsausschnitte, handgeschriebene Zettel. Eine Atmosphäre wie auf dem Jahrmarkt: Die Leute redeten, stritten, verteilten Flugblätter. Bongos und Gitarrenmusik, Gesang. Menschen überall, auf dem Rasen, auf den Wegen. Manche zogen Rollkoffer hinter sich her, kamen direkt vom Bahnhof, um sich hier umzusehen. Die machten große Augen, genau wie ich. Natürlich hatte ich über die Bürgerbewegung gegen den Bahnhofsneubau in der Zeitung gelesen. Meine Patienten sprachen davon, die Eltern im Kindergarten auch. Aber hier war die Wirklichkeit. Die Jungs zogen mich zu einem Infostand. Es gab dort Anstecker, ein Baum als geballte Faust. Ich unterhielt mich lange mit einer alten Frau. Sie legte ihre Hand mit den beiden goldenen Eheringen auf den gefleckten Stamm einer Platane und erzählte uns, diese Bäume seien im Krieg in Flammen gestanden. Sie selbst habe als junge Frau Wassereimer durchgereicht, um das Feuer zu löschen. Mit Leib und Leben sei sie für diese Bäume eingestanden, und genau das wolle sie jetzt wieder tun.«

Peter zielte mit dem Apfelbutzen auf Veronikas Papierkorb. Er flog in hohem Bogen darüber hinweg und landete neben dem Schreibtisch, doch er achtete nicht darauf und sprach weiter. Seine Augen glänzten. Die Erkenntnis, daß hier etwas vernichtet werden solle, das er schon immer gekannt habe, sei durch ihn hindurchgegangen wie ein Blitzschlag. Die Liebe, die er auf einen Schlag zu den Bäumen, der ganzen Anlage verspürt habe, sei ungeheuer stark gewesen. Plötzlich habe er den Park mit anderen Augen gesehen. Durch den Schmuck, die Kerzen habe die Umgebung etwas Sakrales bekommen. Die Kinder und er hätten sich an den Händen genommen und versucht, den Stamm der riesigen Platane zu umfassen. Aber es sei ihnen nicht gelungen. Da sei die alte Frau hinzugetreten, und gemeinsam hätten sie den Kreis geschlossen. Seither sei er fast jeden Tag im Park, auch nachts. Oft nehme er Ivo und Jörn mit, die fänden das großartig.

Peter hob seine Hände und drehte sie vor Veronikas Gesicht. »Das ist doch etwas anderes als das fruchtlose Getue in der Praxis. Da verzweifelt man wirklich. Gestern kam wieder so ein Frauenzimmer. Schulterlanges Blond, Stöckelschuhe, Kostümchen, das typische Killesberg-Baby. Sie sei Anwältin und zahle privat. Sie schob einen kleinen Jungen vor sich her, der verängstigt aus seinem Karohemd schaute und mir nach einem Rippenstoß das Pfötchen gab. Er flüsterte: ›Ich wünsche Ihnen einen guten Tag.‹ Seine Mutter beklagte sich darüber, daß er eine ›unsaubere, undeutliche Aussprache‹ habe. Im nächsten Schuljahr wären Präsentationen vor der Klasse zu halten, Buchvorstellungen und Expertenthemen, mit Beamer und so weiter. Ich solle ihn ›coachen‹, damit er ›eine bessere Performance liefere‹.« Peter schüttelte den Kopf. »Ich habe ihr gesagt, das gehöre nicht zu meinem Fachgebiet. Eva war ziemlich verärgert. Privatpatienten sind ihr heilig. Und auf der anderen Seite meine Kassenkids. Wenn die lachen, stehen die schwarzen Zähne nebeneinander, als ob sie den ganzen Mund voller Lakritz hätten. Der Freifahrschein in die Chancenlosigkeit. Meistens brechen sie die Therapie nach der Hälfte ab, weil sie keine Lust mehr haben oder ihre Eltern sie einfach nicht länger zu uns bringen. Und die Kassen bewilligen auch jedes Quartal weniger Stunden.«

Peter seufzte und ähnelte in diesem Augenblick dem müden Grundschüler, dem überforderten Gymnasiasten an Veronikas Küchentisch. Er streckte die Beine aus und kratzte sich am Knöchel. Seine schmutzigen Füße steckten in ausgetretenen Trekkingsandalen. »Ich hoffe, daß Emil auch mal in den Park kommt. Im Grunde sind diese Ereignisse dort der fleischgewordene Traum seiner Jugend. Verschiedenste Menschen mit demselben Ziel. Als Bürger unserer Stadt verhindern wir eine Barbarei, für die Zukunft unserer Kinder.«

Veronika legte den Kopf schief. »Übertreibst du nicht ein bißchen, Peterle?«

»Nein, im Gegenteil. Vieles erinnert mich an die Geschichten, die Emil von früher erzählt hat, und natürlich an meine eigenen Friedensdemos. Die Dinge haben eine ähnliche Energie. Außerdem ist es beglückend, mit diesen Bäumen zu leben. Das ist der pure Eichendorff, der auferstandene Mörike! Unter mehrhundertjährigen Riesen mitten in der Stadt einzuschlafen, im Rauschen des Laubes, gemischt mit dem Brausen des Verkehrs. Die Abendlieder von Nachtigall und Rotkehlchen. Die Farben des Blattwerks, wenn die Dämmerung kommt.« Er war aufgestanden und lief vor Veronikas Schreibtisch auf und ab. »Die Sterne zittern in der orangebraunen Himmelsglocke wie angesteckte Streichhölzer!« Er stützte die Arme auf der Tischplatte ab und sah Veronika in die Augen. »Weißt du, daß es im Schloßgarten 35 verschiedene Singvogelarten gibt? Ich halte Emil einen Schlafsack neben mir frei!« Veronika schüttelte lachend den Kopf: »Dein alter Emil wird sicher nicht draußen campieren. Der hat genauso viele Zipperlein wie sein Mörike.«

Peter hängte sich den Rucksack über die Schulter. »Ich muß los, die Kinder können nicht so lange allein da draußen bleiben. Ich komme bald mal wieder am Schwarzen Berg vorbei. Meine Eltern hab ich auch lange nicht gesehen. Sag Emil einen Gruß.« Er hielt inne. »Eigentlich finde ich es komisch, daß er nicht von Anfang an im Park mit dabei war. Einmal dachte ich sogar, ich hätte ihn bei einer Montagsdemo gesehen. Aber nur von hinten, in dieser typischen Emil-Haltung.« Peters Schultern fielen nach vorne, er zog den Kopf ein. Beide lachten. »Aber das war wohl eine Verwechslung. Der Mann stand nämlich Arm in Arm mit einer Frau, so einer Rothaarigen, die hat sich förmlich um ihn gewickelt. Ich habe ihm einmal eine SMS geschickt, aber er hat nur knapp geantwortet: zu viel Arbeit, er fühlt sich nicht. Muß man sich Sorgen machen?«

Veronika wollte dem führerscheinlosen Emil nicht in den Rücken fallen. Ihr Alkoholkonsum war zwischen ihnen und Peter nie ein Thema gewesen. Um abzulenken, hatte sie sich künstlich empört und mit beleidigter Stimme gefragt, warum sie selbst nicht auch ein gutes Mitglied der Widerstandsbewegung im Park sein könne. Peter zwinkerte und schüttelte den Kopf. »Nein, das ist nichts für dich. Ich bin mir sicher, daß du alles wahnsinnig komisch finden und dich auf das Übelste darüber lustig machen würdest. Dein Blick auf mein T-Shirt, als ich reinkam! Du paßt da nicht hin. Meine Eltern übrigens auch nicht. Denen hab ich sowieso nichts erzählt. Muddi hat ohnehin immer nur Angst um mich, und mein Vater, na, du kennst ihn ja. Da bleibt nur Emil.«

Veronika zuckte mit den Schultern. Wenn du wüßtest, was sich dein Emil alles nicht traut. Sie war verärgert über diese fortwährende Heiligsprechung und hütete sich gleichzeitig, Peter zu unterbrechen. Es war schön, daß er gekommen war, und sie genoß seine Gegenwart, wohlwissend, sie würde nicht lange dauern.

Der Besuch endete mit einem Spaziergang vom Wilhelmspalais in den Schloßgarten. Sie liefen über die Hängebrücke. Veronika schritt eingehakt an Peters Seite. Die Kinder rannten voraus und zeigten auf verschiedene Baumhäuser und ein großes Transparent: »Das hat alles unser Papa gebaut!« Sie wurden von vielen Seiten begrüßt. Über einen Tapeziertisch voller Broschüren war ein Sonnenschirm gespannt. Darunter saß auf einem Klappstuhl eine Frau in Peters Alter in einem indischen Baumwollkleid. Sie glaubte, das depressive Indianergesicht von Emils Kollegin Olga Sucher zu erkennen. Ein breiter Samthut überschattete ihre Züge. Als Veronikas Blick sie streifte, sprang sie hastig auf und verschwand hinter einem Zelt.

Am Eingang zur Klett-Passage verabschiedeten sich Peter und die Kinder. Veronika lief zurück zur Bücherei und sah sich ab und zu verstohlen nach den drei Gestalten um, die auf dem silbernen Rollband in die Tiefe der Unterführung glitten.

Am Charlottenplatz rückte Veronika ihre Sonnenbrille zurecht. Wie lange war das her? Hinter dem Waisenhaus, dessen Fassade orange leuchtete, stieg die hitzezuckende Stadtsilhouette auf. Die Schieferdächer des Neuen Schlosses verschmolzen mit dem Himmel. Veronika drehte sich um und bog in die Kanalstraße ein.

Die Kanalstraße lag im Schatten des schwarzweißkarierten Hofbräu-Hochhauses. Feist und rot blähte sich das Bierlogo an der Fassade. Vom düsteren Fuß des Turmes kroch eine Treppe empor, die zu einer Zahnarztpraxis führte. Trotz der Mittagshitze lag über der kleinen Zeile der aus dem 17. Jahrhundert übriggebliebenen Handwerkerhäuser eine diesige Kühle. Dreistöckig, schmalbrüstig, mit Holzläden an den Fenstern standen sie nebeneinander. Ihre neuen Anstriche und die einfallslose Häßlichkeit der Nachbarschaft schienen sie mit Fassung zu ertragen.

Veronika steuerte auf das letzte Haus in der Reihe zu. Kleiner und breiter als der Rest, trug es als einziges dunkle Fachwerkstreifen über seinem schiefen Leib. Das Untergeschoß war aus Sandsteinblöcken gemauert. Das moosige Satteldach hing tief herab. In den Balken über der Tür war eine lange Schlange geschnitzt. Sie trug eine goldene Krone und ließ ihre gespaltene Zunge in einen Napf hängen. Neben dem

Reptil hockte ein pausbäckiger Bub und schlug dem Tier mit einem Löffel auf den Kopf. Die Schlange schien das nicht zu stören. Um ihr breites Maul spielte das gleiche zufriedene Grinsen, das auch auf dem furchtlosen Kindergesicht lag. Der Besitzer der Weinstube ›Zur Schlange‹ behauptete, von jenem Jerg Aberlin abzustammen, der zu Zeiten des Grafen Eberhard im Bart als armer Seiler hinter der Leonhardskirche lebte. Der Sage nach hatte der verwitwete Mann seinen kleinen Sohn morgens mit einer Schale Milch auf der Ofenbank zurückgelassen. Eines Tages sah er, daß der Knabe eine weiße Schlange mit Goldkrone auf dem Schoß hielt, die gierig aus seiner Schüssel mitaß. Aberlin erschlug das Tier, kaufte von dem Geld, das er für die Krone erhielt, Land und Weinberge und baute das Haus ›Zur Schlange‹, wo er eine Wirtschaft eröffnete.

Jeder Stuttgart-Reiseführer verzeichnete die Weinstube mit ihrem holzgetäfelten Schankraum, aus dem man über ein Dutzend ausgetretener Stufen in einen weitläufigen Gewölbekeller hinuntersteigen konnte. Sie galt als »einer der letzten, vom Zweiten Weltkrieg verschonten Orte mit romantischer Atmosphäre«.

Veronika studierte die Tafel vor dem Eingang. ›Heute Kutteln. Dazu Ackersalat.‹ Otto saß im Halbschatten an einem Tischchen. Er hatte ein Buch vor der Nase und schaute nicht auf. Neben ihm stand ein bleicher Käsekuchenkeil, getupft mit neonfarbenen Dosenmandarinen. Wie viele hast du heute schon gehabt, dachte Veronika und blieb vor dem Tisch stehen. Der Mann blickte nicht hoch. Als er umblätterte, blitzte ein schwerer Ehering auf. Schließlich nestelte er einen schmalen, in Blockbuchstaben beschriebenen Papierstreifen aus dem hinteren Einband und legte ihn sorgfältig zwischen die Seiten. Bevor er den Buchdeckel schloß, streichelte er kurz und bedauernd darüber. Erst dann hob er langsam den Kopf.

»Veronika.« Otto lächelte und zeigte winzige rundgeschliffene Vorderzähne, die Veronika an Milchreiskörner erinnerten. Sein Mund war klein und rosig, die Unterlippe stand etwas vor wie bei einem schmollenden Kirchenengel. Der Rest entsprach dem Gelehrtenklischee: eine dickverglaste Stahlbrille, die herunterhängenden Wangen, ausgeblichen von der Dunkelheit in Mikrofiche-Leseräumen und Archivkellern. Am Kinn saßen die Schnittwunden einer unachtsamen Morgenrasur. Die runden braunen Augen wurden durch die Brille noch vergrößert. Ottos Haar war schulterlang und grau, es umkränzte eine stattliche Halbglatze, die er ›seine Tonsur‹ nannte.

Jetzt erhob er sich, leise stöhnend, und bot Veronika einen Stuhl an. Während sie, ohne jeden Appetit, nur aus Sorge um seine Gesundheit, den Teller zu sich herüberzog und hastig den Kuchen verschlang, stand Otto neben ihr und reckte sich. Er war sehr groß. Der Bauch hing schwer über den Gürtel. Veronika wußte, daß er Schmerzen hatte. Als Oberschüler in Frankfurt hatte er einen Unfall mit dem Motorroller; davon war ein Hüftschaden zurückgeblieben.

Veronika schob den Teller weg und schüttelte sich: »Schreckliches Zeug. Warum hast du nicht die Kutteln genommen? Die kriegen sie doch ganz ordentlich hin.« Otto schüttelte langsam den Kopf: »*Ma belle dame sans merci* hat heute morgen ihren großen Auftritt gehabt. Da habe ich es vorgezogen, mich ohne Frühstück zu verabschieden.« Er betrachtete Veronika über den Rand seiner Brille hinweg. Sein Lächeln konnte unverschämt, teilnehmend oder einfach nur Ausdruck jenes gleichgültigen Charmes sein, den er reflexhaft an jedermann austeilte. Otto Bohnenberger trug sein Romanistentum und die Jahre an der Sorbonne vor sich her wie ein Verkäufer auf dem Weihnachtsmarkt gebrannte Mandeln und Liebesperlen. Nur ein wenig zuviel davon verursachte Krämpfe. Sie lächelte nicht zurück, fragte nur: »Wie geht es deiner Hüfte?« Er nahm das Stichwort bereitwillig auf und ließ sich über seinen letzten Arztbesuch aus.

Ottos Körper war Veronika in guter, wenn auch verschwommener Erinnerung. Im Jahr von Peters USA-Aufenthalt, 1986, hatten sie sich eine Zeitlang im Hotel Espenlaub am Olgaeck getroffen. Den Ausgangspunkt ihrer Affäre bildete die Cafeteria der Württembergischen Landesbibliothek, wo Veronika manchmal ihre Mittagspausen verbrachte. Sie streute Zigarettenasche über die mit Käse verschlackten Rinden ihres Schinkentoasts und las, um dem Geschwätz der Kolleginnen zu entkommen und nicht zu viel über Emil nachdenken zu müssen. Er hatte sich seit Peters Weggang hinter einem Wall aus Wortkargheit und Melancholie verschanzt und immer tiefer in die Suche nach einem unbekannten Werk Mörikes verstrickt. Der Hesse Otto Bohnenberger war just in diesem Sommersemester neu in die Stadt gekommen: frisch habilitiert über Alphonse de Lamartine, verbeamtet an der Stuttgarter Uni, eingemietet in der Belle Etage einer Killesberger Villa und voller Entsetzen über das größtenteils so wüste Antlitz seiner Umgebung und die eigene Unfähigkeit, sich in ihr zu Hause zu fühlen. »Dein Pferdeschwanz, wie der dem Fontane zwischen die Dünndruckseiten baumelte, so aufdringlich, hennarot und selbstvergessen, das hat mir gefallen.«

Als Emil Veronikas ›Geschichte mit diesem Menschenberg‹ schließlich bemerkte, wurde er aus seinem Dämmerzustand gerissen. Otto hatte ihr Jahre später erzählt, daß ihr Mann ihm auf dem Parkplatz hinter dem Wilhelmspalais ›Prügel jenseits meiner *imagination*‹ angedroht hatte. Veronika gegenüber legte Emil eine neue Aufmerksamkeit an den Tag, die sie beglückte und zusehends hellhörig machte für die selbstverliebten, sich in Endlosschleife wiederholenden Schnurren Bohnenbergers.

Während Otto redete, merkte Veronika, daß sie sich entspannte. Seiner Passionsgeschichte lauschte sie mit halbem Ohr, betrachtete seine beweglichen Stirnrunzeln, den Puttenmund. Jetzt überschüttete er den diensthabenden Arzt der Notfallambulanz mit Beschimpfungen im Pariser Argot. Sie mußte wider Willen lachen. Das gelang ihm noch immer. Unter anderem deshalb traf sie ihn, auch Jahrzehnte nach dem Hotel Espenlaub, regelmäßig zum Mittagessen.

Otto schwadronierte jetzt über sein Editionsprojekt und über Unstimmigkeiten mit seiner jungen Frau. Sie war seine Doktorandin gewesen. Inzwischen hatten sie zwei Kinder zusammen.

Otto war stärker gealtert als Emil, statuesk in seinem Speck. Es gab orange überhauchte Polaroidbilder aus jenem Hotelzimmer, den lachenden Satyrposen griechischer Vasen recht ähnlich. Ihren rotgebrannten Untergrund ersetzte ein greller Bettüberwurf aus Kunstfaser. Ottos verschwitztes Haar, damals noch viel voller, stand nach allen Seiten ab, sein Schwanz zeigte in die Kamera. Möcht einen Herzallerliebsten haben und mich in seinem Fleisch vergraben. Herzallerliebst nein, Fleisch ja, und zwar viel davon. Es hatte Veronika damals gereizt, mit einem Mann zu schlafen, der so viel größer war als sie, der einen Bauch hatte, den man beim Vögeln spürte, und neben dem Emil in seiner jungenhaften Zartheit wie ein Streichholzmännchen anmutete. Manchmal holte sie die Aufnahmen wieder hervor und betrachtete sie, mit der gleichen Aufmerksamkeit, die sie ihren Lieblingsstücken in der Staatsgalerie widmete. Die Versunkenheit einer Beckmannschen Dame in der Loge hatte diese wackelig fotografierte Veronika nicht, auch nicht die stolze Unberührbarkeit eines Modigliani-Aktes. Es erinnerte mehr an das verspielte

Ausprobieren eines Kindes vor dem Spiegel: Schau her, das geht auch. Das bin ich gewesen. Das habe ich gemacht.

Von Emil und ihr gab es solche Dokumente nicht, er hätte sich das energisch verbeten. Mit Bohnenberger sprach Veronika selten über Emil, sie fand das indiskret und ungehobelt. Otto hingegen schien den Austausch über seine Frauenprobleme zu brauchen. Er nannte es ›freundliche Ratschläge aus dem Feindeslager‹. Bei zwei seiner drei Trauungen war sie dabeigewesen, erstaunlich gekränkt und zugleich erleichtert.

Otto atmete tief durch und sah sich um. Tatsächlich war seine Erzählung nicht allein für Veronika bestimmt gewesen. Er hatte die anderen Zuhörerinnen schon länger im Auge, seine geschulte Stimme wurde lauter, die Handbewegungen ausgreifender. Vom Tisch nebenan schauten zwei Büroschönheiten herüber, Allianz oder Commerzbank, obsthäutig, schmalknöchelig und sichtlich amüsiert. Veronika kreuzte die Arme über der Brust und richtete sich auf. »Mir geht's heute nicht gut. Ich möchte mich am liebsten verkriechen.« Sie nahm die Sonnenbrille ab und rieb sich die Augen. Die Bemalung litt, aber sie konnte die Tränen nicht länger zurückhalten. Otto sah sie sorgenvoll an. »Wollen wir runter in den Keller? Mir tut die Hitze auch nicht gut, der alte Schwung ist hin. Außerdem wird der Wein hier oben viel zu schnell warm.«

Otto erhob sich ächzend und humpelte zur Theke hinüber. Ewald, der Wirt, spülte Gläser und pfiff vor sich hin. »Wir hätten gern den Schlüssel, uns stört die Sonne.« Ewald langte in die Bauchtasche seines grünen Schurzes und förderte einen schmalen, rostigen Haken zutage. »Ich bring euch euer Sach runter. Wollt ihr was essen? Die Kutteln sind gut heute.« »Nein, wir brauchen noch eine Flasche. Sie muß aber *excellent* sein.« Veronika folgte Otto. Sie gingen nicht durch den gemauerten Bogen neben dem Tresen, über dem in gotischen Lettern ›Schlangenkeller‹ stand. Otto hielt ihr eine Tür neben der Küche auf. Diese trug einen Aufkleber: ›Privat‹.

Der Schlangenkeller war ein beliebtes Lokal bei Touristen und Einheimischen. Der Schlüssel für den zweiten Keller war nicht für alle Gäste zu haben. Ewald gewährte nur denjenigen Zutritt, die den Vorschriften entsprachen, die sein Ahnherr Wolf Aberlin, der Schlangenwirt von 1791, in seinem Abrechnungsbuch für die Nachkommenschaft festgehalten hatte: »Das Schlüssele zum zwoten Keller, das laß nicht jedem. Was mein Vater mir noch gesagt hat, von Mund zu Ohr, das will ich jetzo niederschreiben, auf daß es nicht verlorengehe: Es muß unser Haus einen Ort haben für jene, welche nicht nur an der Oberfläche der Erde kratzen, sondern nach einem Fetzlein vom Firmament streben und die nicht zufrieden sein können mit dem billigen Trost des Schaffens und Raffens hinieden. Darob werden sie oft verdrießlich und grämlich und sehnen sich nach etwas, das sie nicht greifen können. Es gehört zum Brauch und Recht der Wirtschaft ›Zur Schlange‹, daß nur solche Leut im zwoten Keller hocken sollen, wo sie unter ihresgleichen sind und ein wenig Ruh finden können. Wer nicht paßt für den zwoten Keller, der mag ruhig oben saufen, wo er schnell wieder an die Sonn heraustreten kann zu seinen Geschäften. Und vermisch nicht die Leut, das tut nicht gut, und auch den Wein tu nicht mischen, wenn manch andrer auch gewissenlos panscht für ein paar Pfenning mehr.«

Ewald hatte Veronika einmal erzählt, daß der zweite Keller zu Mörikes Zeiten viel schwerer zugänglich gewesen sei. Man habe ein Paßwort gebraucht und eine Art Prüfung machen müssen, von deren Inhalten er leider nichts mehr wisse. Heute seien sie nicht mehr so streng. Wer ihn nach dem Schlüssel frage und nicht gar zu unsympathisch sei, der bekomme ihn auch. »Aber hier unten waren immer nur die, die was taugten. Mein Vater hat gesagt, kein Nazi habe hier je seinen Fuß reingesetzt. Es sollen auch Leut hier versteckt worden sein, aber ich weiß nicht, ob das wirklich stimmt. Inzwischen will ja jeder irgendwen versteckt haben. Eine Republik der Helden.« Emil war bereits als Oberprimaner Gast des zweiten Kellers gewesen. Er hatte zuerst Veronika, später manchmal Peter mitgenommen.

Otto und Veronika stiegen eine enge Wendeltreppe hinab und gelangten just in dem Moment, als sie das endlose Hinabschrauben der Stufen schwindlig werden ließ, in einen großen Saal, der von ein paar nackten Glühbirnen beleuchtet wurde. Es roch nicht muffig. Durch den ganzen Raum strömte ein kühler Hauch wie vom Grund eines Sees. Mächtige steinerne Pilaster stützten das Gewölbe. Der zweite Keller hatte ungeheure Ausmaße, im ganzen hätte ein Tennisplatz hineingepaßt. Wohl wegen der winterlichen Kälte hatte der umsichtige Wolf Aberlin eine hölzerne Trennwand eingezogen, die das Gelaß auf ein Drittel verkleinerte.

Diese Holzwand war über und über bemalt mit Porträts in scharfer, schwarzer Linienführung. Seit dem 18. Jahrhundert waren die verschiedenen Stammgäste des Lokals hier verewigt worden. Die Signaturen Moritz von Schwinds, Otto Dix' oder Maxim Köhlers konnte man erkennen, doch die meisten Kürzel unter den detailreichen Zeichnungen waren nicht mehr zu enträtseln. Umrahmt von der durchsichtigen Schönheit des jungen Mörike und dem wilden Aufrührerantlitz Wilhelm Waiblingers, stand Hölderlin, gestützt auf die Schultern der Freunde. Hinter ihnen sah man Maria Meyer mit offenem Haar und, verborgen im Schatten, die geduckte Gestalt Carl Fridolin Weinsteigers. Neben dem zarten, grämlichen Altmännergesicht des Hermann Lenz stand der von Kerkerhaft gezeichnete Schubart in brüderlicher Umarmung mit Eugen Gottlob Winkler. Dieser trug die Insignien seines Märtyrertums, ein abgerissenes Wahlplakat der NSDAP und eine Schachtel Veronal. Rimbaud war wenig einfallsreich dargestellt, in den Händen zwei Flaschen ›Rissling‹. Es gab die jungen Schweizer Brüder Walser und, Storch und Eule auf seinem Schoß, den Erfolgsmenschen Hauff im Gespräch mit Uhland und Beckett. Das Gemälde wimmelte von Männern und Frauen, die Veronika nicht kannte. Es gehörte zur Lieblingsbeschäftigung aller Kellergäste, über die Unbekannten zu rätseln. Einzig die Identifizierung des jungen Breitinger, noch bartlos, aber schon mit Knotenstock, Rucksack und Lodenmantel, war ihr gelungen.

Otto rückte Veronika einen Stuhl heran und nahm ihre Hände in seine. »Was ist dir, *ma chérie*?« Sie schaute ihn an und schüttelte den Kopf: »Peter ist zurück nach Hause gekommen, und es geht ihm schlecht. Er ist nicht gesund. Hat sich in seinem Zimmer eingeschlossen. Er sieht schrecklich aus, ungepflegt und verkommen. Emil hat versucht, mit ihm zu reden, aber er kommt nicht an ihn ran.«

Otto steckte ihr eine brennende Zigarette zwischen die Lippen, eine jener Gesten voll Zärtlichkeit und Grandezza, die das Nichtrauchen unmöglich machte. »Er hat kaum mit mir gesprochen. Irgend etwas stimmt nicht. Ich mache mir solche Sorgen.« Veronika schloß die Augen und inhalierte. Otto kratzte sich am Kinn. Er drehte sich ungeduldig zur Treppe. Ewald erschien mit Wein und Gläsern. Bohnenberger schenkte Veronika ein.

»Er war ein schöner Junge, dieser Peter, dabei verschmitzt wie ein Caravaggio-Knabe. Ich sehe ihn noch vor mir, wie er dich abholte, draußen auf dem Treppenaufgang.« Sie nickte, denn das Bild, das Otto heraufbeschwor, stand ihr deutlich vor Augen: Peter im grünen Parka, aus dem Saum der Kapuze baumelten zwei abgekaute Bänder. Das dunkelblonde

Haar klebte fransig in der Stirn. Mit ernster Miene stieg er die breite Treppe am Aufgang zum Wilhelmspalais hoch. Otto war dem kleinen Peter nur wenige Male begegnet; den Erwachsenen kannte er von Fotografien. Er ahnte nicht, daß Carla und Hajo diejenigen waren, aus deren Gevögel nach einem Saunagang dieser Caravaggio-Knabe entstanden war.

Otto wußte nichts über das Jahr 1979, jenen Sommer, als Peter ins Nachbarhaus gezogen war und sich unaufhaltsam in Veronikas Gedanken eingenistet hatte. Dieser Sommer der hastig zusammengesteckten Schaschlik-Spieße von der Coop-Metzgertheke, die beim Grillen um die Hälfte schrumpften. Der Sommer, in dem Carla und Hajo allabendlich auf der Terrasse der Bubs saßen und Moninger Bier tranken. Moninger Bier, das mundet mir, nach dem ersten Anstandsglas direkt aus der braunen Flasche. Der Aschenbecher in der Mitte des Gartentischs war voll von krumm gequetschten Kippen, durchmischt mit den gezähnten Goldmedaillen der Kronkorken.

Meistens luden Emil und Veronika ihre Nachbarn ein. Es blieb unausgesprochen, war aber beiden klar – hier war die Basis, von der aus man mit ruhiger Hand agieren konnte. Hinter der Hollywoodschaukel an der Rasenkante stand Emils Grill, ein paar aufeinandergeschichtete Backsteine, gekrönt von einem ausgedienten Ofenrost. Käuzchen bellten ihre heiseren Schreie durch das Zwetschgenlaub, und vor dem violett zerlaufenden Abendhimmel stand borstig und schwarz der Waldrand. Peter schlief längst. Der orangefarbene Vorhang wehte nebenan aus dem offenen Fenster seines Kinderzimmers. Emil, der eine Heckenschere als Grillzange benutzte, fragte beiläufig: »Hat Peter vielleicht Lust, morgen mit Veronika und mir in den Märchengarten nach Ludwigsburg zu fahren? Nach der Nachhilfe? Dann könntet ihr beiden mal etwas zu zweit unternehmen.«

Veronika staunte jedesmal darüber, wie lange und ungeschützt Carlas Blicke an Emil hängenblieben. Sie huschte zwei Schritte hinter Hajo durch das Gartentor, wehende Mähne, weißblaues Wickelkleid. Unter ihrem Stuhl reihten sich die Flaschen, und wenn sie aufstand, stießen sie klingelnd aneinander. Ihr Hamburgisch wurde im Laufe des Abends immer breiter. Das Bier spülte seltsame Vokabeln hoch: Döspaddel, Schietbüdel, der Lütte. Der Lütte, der ihr gehörte, auf Gedeih und Verderb. Von ihr herausgepreßt worden war. Veronika hatte die Fotos gesehen, den winzigen Peter in Carlas Arm. Ein Nestchen dunkles Haar, ein Knautschgesicht, fest zusammengekniffene Augen. Die prahlerischen Unterschriften in ihrem Album: Unser Peter. Unser kleiner Junge.

Selbstverständlich hatte Otto angenommen, daß dieser Peter Veronikas Sohn war. Seiner Annahme hatte sie seit Jahrzehnten nicht widersprochen. Obwohl sie sich dafür schämte, untermauerte sie seinen Irrtum mit immer neuen Peter-Geschichten, bis hin zu ihren Enkeln Ivo und Jörn. Ottos selbstverständlicher Glaube an diese Lügen wärmte sie bis ins Innerste. Veronika konnte sich wochenlang freuen, über Sätze wie »Er wird dir immer ähnlicher, dieser Peter, vor allem sein Gang, das bist ganz du«.

Außer den beiden kleinen Mädchen mit seiner jetzigen Frau hatte Otto noch drei erwachsene Töchter aus vorangegangenen Ehen. Nie vergaß er, Veronika nach dem Wohlergehen ihres Peter zu fragen. Als einziger Mensch auf der Welt nahm er sie als das, was sie zu sein wünschte. So fuhr sie fort zu jammern und zu klagen und benutzte dabei dieselbe Formel wie Carla: »Ich mach mir solche Sorgen um meinen Schnuck.«

Otto war müde, er bekam Schlitzaugen und legte ihr den Arm um die Schulter. Schließlich gab er zu, daß seine großen Mädchen auch nicht immer ein Quell der reinen Zufriedenheit gewesen seien. Es habe viel Haareraufen gegeben. Die Weiber hätten einiges aufgeboten: unmäßigen Cannabiskonsum, Rucksackreisen durch Entwicklungsländer, eine Ausbildung zur Yoga-Lehrerin, eine Schwangerschaft im Teenageralter, die sich dann doch als der berühmte auf und ab schwellende Ballon herausstellte. Am schlimmsten wäre die Verwandlung dieser aus sich selbst heraus Freude spendenden Springbrünnlein in mürrische, Diät lebende Frauen gewesen, die nur noch Verachtung für ihren fremdgewordenen alten *père* übrig hätten. »Tröste dich, Veronika. Dein Peter wird sich von neuem aufrichten, glaub mir. Sie stehen alle wieder auf, dafür sind sie jung.«

6 Emils rechter Arm verschwand bis über den Ellbogen im Wasser. Seine Hand wanderte auf dem Kiesgrund entlang wie eine große, bleiche Krabbe und griff nach dem Topfkratzer, der glitzernd im Schein der Neonleuchten lag. Mit kreisenden Bewegungen begann er, die Scheiben des Aquariums zu putzen, an denen die Algen wie winzige grüne Farbspritzer klebten. Das Wasser schwappte in dem Glaskasten hin und her, die Fische schossen ängstlich über den Kiesboden. Es gab keine Pflanzen, hinter denen sie sich hätten verstecken können, nur ein paar Steine und ein Stück Moorkienwurzel, auf deren rissiger Oberfläche büschelweise Fadenalgen wucherten. Die Wurzel, eigentlich ein schönes, bogenförmig gekrümmtes Stück, dessen hohler Innenraum bestimmt als Welshöhle dienen sollte, war nicht richtig eingesetzt, sondern nur ins Wasser geworfen worden. Jetzt hing sie über den achtlos verstreuten Steinen wie ein abgesunkenes Wrackteil. Emil legte den Schwamm beiseite und ordnete die Steine in einer Diagonale, stellte das Holz dahinter auf, rupfte die üppigsten Algen ab. Zwei Welse mit langen Barten hatten an der Innenseite der Wurzel geklebt und fuhren nervös vor der Frontscheibe herum, bevor sie sich an ihr festsaugten. Emil sah das Oval ihrer beweglichen Mäuler, mit denen sie am Glas hingen, die pulsenden, schabenden Bewegungen ihrer feisten, hellen Lippen, die die Algen abfraßen. Unter dem Filter hatte sich eine kleine Schar Buckelköpfe zusammengedrängt. Sie starrten mit bösen Augen ins trübe Wasser, in dem durch Emils Putzaktion viel Mulm aufgewirbelt worden war. Mit ihren hohen Stirnen, verdrossen nach unten zeigenden Wulstlippen

und dem durch keinen Lidschlag unterbrochenen Fischblick ähnelten sie grämlichen alten Männern. Ein kleiner Schwarm Keilfleckbarben schoß an Emils Hand vorbei.

»Hast du eine Tonröhre für die Buckelköpfe? Die hocken da ziemlich verloren, sie brauchen ein Versteck«, sagte Emil über die Schulter. Peter antwortete nicht. Er lag auf seinem Bett und starrte abwechselnd an die Decke oder in den Fernseher auf dem Regal gegenüber. Früher hatte dort Peters Stereoanlage gestanden. Auf dem Bildschirm saßen sich zwei stark geschminkte Frauen gegenüber und ließen ihre Hände in verschiedene Schuhe gleiten, die vor ihnen auf einem niedrigen Tisch aufgebaut waren. Die Kamera zoomte heran. Unter dem violetten Leder eines Damenmokassins zuckten die Finger in obszöner Lebendigkeit, die Oberfläche beulte sich aus. Produktnamen und Preise wurden eingeblendet, am unteren Bildschirmrand lief eine Telefonnummer entlang, daneben blinkte ein roter Schriftzug: ›Nur noch 37 Paare!‹ Die Frauen nickten und lächelten. Der Ton war so leise, daß Emil nicht verstehen konnte, was sie sagten. Im Zimmer herrschte wegen der geschlossenen Vorhänge ein orangefarbenes Dämmerlicht, durchsetzt von der Bläue des Bildschirms und dem Neonschimmer der Aquariumsleuchten. »Ein alter Blumentopf täte es auch«, fuhr Emil fort. »Ich frag mal deine Mutter.«

Er zog den triefenden Arm aus dem Becken und wischte ihn an seiner Hose ab. Die Hitze im Zimmer war unerträglich. Als Carla vor einer halben Stunde das Fenster geöffnet hatte, war es von Peter wortlos wieder geschlossen worden. Er schien zu frieren, denn er hatte sich in die karierte Wolldecke eingewickelt, die über seinem Bett lag. Peter trug dieselben Jeans, dasselbe T-Shirt wie bei seiner Ankunft vor drei Tagen. Jetzt rollte er sich ein, die Beine fast an die Brust hochgezogen, den Rücken gerundet. So paßte der Männerkörper in den schmalen Kiefernholzrahmen des Jugendlagers. Peters gelblich verfärbtes T-Shirt schob sich bei dieser Bewegung nach oben und ließ den bleichen Rücken sehen; rot entzündet saßen die Furunkel nebeneinander. Emil schloß die Augen. Er hatte eine Weile gebraucht, um sich an den Geruch im Zimmer zu gewöhnen. Vor etwa einer Stunde hatte Carla ihn herübergewinkt: sie glaube, die Pumpe in Peters Aquarium funktioniere nicht. Ob Emil nicht mal schauen könne, es sei doch ein Jammer um die Fische. Die Pumpe arbeitete tadellos. Emil war so erleichtert gewesen, endlich über die Schwelle gelassen zu werden, daß er Carla nichts verriet, sondern die Stecker von Filter und Heizung herauszog und eifrig in der kargen Unterwasserlandschaft herumzuwirtschaften begann.

Zwei Tage lang hatte Carla ihn über die Hecke hinweg mit den gleichen Ausreden abgefertigt. Ihre Lidränder waren leicht gerötet, die Wimpern darüber sorgfältig getuscht, und sie trug elegante Sommerkleider, die Emil unter der Woche noch nie an ihr gesehen hatte. Das Haus verließ sie nicht. Ihr schwarzer Golf stand neben Peters rostigem Fiat in der Einfahrt.

Während Emil auf der Lauer lag und das Haus der Raus beobachtete, vertrieb er sich die Zeit mit Gartenarbeit. Sein Grundstück hatte nie besser ausgesehen. Alle Rasenflächen waren gemäht, und selbst die Rosenbüsche am Tor, in den letzten Monaten stark bedrängt von Löwenzahn und Schnurgras, standen in krümelig geharkter Erde. Die hartnäckige Veronika hatte noch am Abend von Peters Rückkehr nebenan geklingelt. Carla servierte sie mit norddeutscher Kühle an der Haustür ab. »Der Junge ist völlig erschöpft, er schläft. Er hatte eine sehr anstrengende Zeit in seinem Beruf und muß erst mal wieder zu Kräften kommen. Ich weiß nicht, was du willst. Außerdem kocht mir etwas über.«

Emil hatte nicht gewagt, Hajo anzusprechen. Der verließ morgens im Stechschritt das Haus, die Schultern vorgebeugt, das rotbraune Aktenköfferchen in der einen, den Autoschlüssel in der anderen Hand. Er sah sich nicht wie sonst noch einmal nach seinem Haus um.

Emil hatte sich schon immer an Hajos Besitzerstolz gestoßen. Der junge Arzt war unverhohlen begeistert vom Erwerb des Nachbargrundstücks gewesen. Bis heute war es Peters Elternhaus, vor dem Spaziergänger auf dem Weg in den nahen Wald bewundernd stehenblieben. Im Vergleich zu Emils und Veronikas ungepflegtem Zweistöcker in einem struppigen Garten voll wackeliger Liegestühle und Regentonnen aus blauem Plastik war das Rausche Anwesen klar im Vorteil.

Peter regte sich in seinem Kasten. Er rieb die nackten Füße mit einem papiernen Geräusch aneinander, wälzte sich leise stöhnend auf den Rücken. Seine Augen blieben geschlossen. Emil irritierte sein Anblick. Er hatte Peter noch nie zuvor mit Bart gesehen. Auch als eifriger Friedensdemonstrant, Amnesty-Mitglied, Zivildienstleistender im Burghalder Altenheim, der das blondbraune Carla-Haar schulterlang trug, war Peter jeden Morgen neben Hajo im Bad gestanden und hatte sich rasiert. Er benutzte einen riesigen chromblitzenden Braun, ein Geschenk seines Vaters. Hajo besaß genau den gleichen. Emil hatte die beiden Rasierapparate nebeneinander stehen sehen wie kleine Spaceshuttle, bis Peter auszog und mit Freunden aus der Logopädieschule eine WG gründete.

Es war seltsam, Peter wieder in seinem Kinderzimmer zu sehen. Die Einrichtung hatte sich in all den Jahren kaum verändert: vor dem Fenster stand noch immer der ›mitwachsende‹ Schreibtisch. Auf seiner beschichteten Arbeitsplatte lag eine Weltkarte mit den Grenzen von 1976, dem Jahr von Peters Einschulung. Neben Kiefernholzregalen voller Taschenbücher war eine Sprossenwand verdübelt. An ihren nachgedunkelten Holmen hatte der kleine Peter seine Kniekehlen eingehängt, um kopfüber zu baumeln und mit den Fingerspitzen den Teppich zu streifen. Die Gegenstände auf den Borden über dem Bett hätte Emil mit geschlossenen Augen aufzählen können – den beleuchtbaren Globus, die ›Gorch Fock‹ als Buddelschiff, Kasperpuppen, eine dunkel bemalte Fimo-Skulptur mit ungelenken Gliedmaßen. Ihre klumpigen Füße ruhten auf einem Papierschild mit Peters Kinderschrift: ›Der Riese am Schwarzen Berg‹. Unter einer milchigen Plastikhülle hockte das Mikroskop, daneben die beiden Kästen voller Glasträger mit Präparaten aus Hajos Studienzeit. Auf dem Nachttisch standen das Pappgesicht, das Peter aus der Mülltonne gerettet hatte, und eine leere Küchenrolle, ebenfalls mit Mund und Augen. Die beiden kleinen Totems schauten mit starren, bunten Blicken auf die Rauhfasertapete. Hier war noch immer der schwungvolle Schriftzug zu sehen, den Carla einst mit dem Fuß an die Wand geschrieben hatte: Peter, mein Lieblingsschnuck. Caroline Mathilde Rau, Ostern 1979.

Peter schien zu schlafen. Er stank fast so schlimm wie die Bibliothekspenner, von denen Veronika manchmal erzählte. Weißliche Krusten klebten in seinen Mundwinkeln, die Haut der Lippen hing in Fetzen, Wundränder lagen offen wie Krater, überschmiert von Carlas Nivea-Creme. Emil stand immer noch neben dem Bett. Durch die angelehnte Tür hörte er Carla unten in der Küche klappern, der Geruch von gekochten Äpfeln zog herauf. Er sehnte sich plötzlich nach Veronika. Wenn Peter beim Herumtoben in ihrem Garten Nasenbluten bekommen oder sich das Knie aufgeschlagen hatte, war sie zur Stelle gewesen, hantierte furchtlos mit Jodfläschchen und Kompressen. Hatte Emil in seinem Überschwang zuviel Sprite oder Eis am Stiel ausgegeben, brachte Veronika die dickwandige Tasse mit dem schwarzen Huhn, in der ein Beutel Kamillentee trieb. Sie war fürsorglich und unaufgeregt. Der alte Beyer hatte sie nicht gerne hergegeben.

Der alte Beyer, Veronikas Vater, war Architekt gewesen, mit Haus und Büro in der vornehmen Birkenwaldstraße. Ein Erfolgsmensch mit Schaufelhänden, Bluthochdruck und einer Vorliebe für lange Wanderungen. Ein Frömmler, der im Kirchenchor sang und fürchtete, vom Tod verschlungen zu werden wie Jona vom Wal. Emil war ihm suspekt gewesen, schon rein äußerlich. Das ›Streichholzmännle‹ hatte er ihn geheißen. Sohn einer Geschiedenen, keinen Knopf auf der Naht, aus verlotterten Verhältnissen. Auch seine Profession hatte den alten Beyer abgeschreckt: Student auf Lehramt, ein Steißtrommler in spe, der hinter seiner Tochter her gewesen war wie der Teufel hinter der armen Seele. Ein Hungerhaken, der in einer Laube hinter Degerloch wohnte, auf einem verwahrlosten Gartengrundstück, wo nichts gedieh außer Fröschen in einem brackigen Tümpel. Einer, der dreimal die Woche auf einem alten Fahrrad in die Stadt herunterstrampelte, kurz bei seiner Mutter hereinschaute, ein paar Stunden an der Tübinger Uni verschnarchte und ansonsten den lieben langen Tag mit irgendwelchen Büchern im Gras lag, abgeschottet von aller Welt, zwischen Krautfeldern und Obstwiesen. Im Froschgarten gab es weder Strom noch fließend Wasser. Emils Mutter hatte das Stückle nach dem Krieg gepachtet, um dort, mit geringem Erfolg, Gemüse anzubauen. Emil hatte sich mit Matratze, Gaskocher, Bücherregalen aus Ziegelsteinen und Orangenkisten in dem baufälligen Häuschen eingerichtet. Ab Oktober heizte er den Kanonenofen, röstete Kastanien und sah den Holzkloben beim Verglühen zu. In den Semesterferien arbeitete er in einer Stuttgarter Buchhandlung. Manchmal besuchte er das Dreifarbenhaus im Bebenhäuser Hof. Die dortigen Damen probierte er durch wie Eissorten, begeistert von seiner eigenen Verruchtheit und leicht zufriedenzustellen. Emil hatte noch nie eine Frau eingeladen, an Degerlochs Villen und verschlossenen Gärten vorbeizuwandern, über die Felder, bis zu dem grau gemauerten Häuschen hinter Holunderbüschen und Flieder.

Die Keilfleckbarben standen jetzt als schimmernde Dreiecke in der Mitte des Aquariums, wechselten dann in zukkender Eile auf die linke Seite hinüber. Später würde Emil ein paar Pflanzen aus seinem eigenen Becken nehmen und bei Peter einsetzen. Und Veronika in der Bücherei anrufen.

In einer Wäscherei in der Heusteigstraße war Emil Veronika zum ersten Mal begegnet. Sie hatte vor ihm in der Schlange gestanden. Es roch nach Stärke und heißer Bügelwäsche. Sie wippte auf grünen Lackabsätzen, bis man ihr ein halbes Dutzend Blusen in Papier eingeschlagen hatte. Emil war von einer Besitzgier überfallen worden, die nichts mit der behaglichen Geilheit zu tun hatte, die Frauen sonst bei ihm auslösten. Er schluckte unausgesetzt, starrte auf die rötlichen Flaumhärchen in ihrem Nacken, auf ihre sommersprossigen Schultern, mußte an sich halten, nicht die Lippen auf einen Mückenstich an ihrem linken Oberarm zu pressen. Dort hatte sie sich heftig gekratzt. In der Mitte der himbeerfarbenen Schwellung trat ein Tröpfchen glasiges Wundsekret aus. Aus der Handtasche ragte ein Buch hervor, zwischen dessen Seiten ein schmaler, mit Blockbuchstaben beschriebener Papierstreifen steckte. Er suchte ihre Finger nach Ringen ab, sah keine, trat vorsichtig näher, atmete den warmen Geruch von Haut und Seife. Lux, die feine Weiße. Er fragte sie nach der Zeit, obwohl die häßliche Emailleuhr über den Wäscheregalen laut vernehmlich tickte, witzelte über Filbinger, pfiff laut und falsch, kümmerte sich nicht um das abschätzige Lächeln der Wäschereiangestellten. Die Unbekannte ließ ihren roten Pferdeschwanz vor seinem Gesicht schwingen und antwortete einsilbig.

Emil hatte seinen Kopfkissenbezug voller Dreckwäsche aus dem Froschgarten auf den Tresen geschmissen und die Rothaarige, die mit ihrem Paket zu Fuß unterwegs war, auf dem Fahrrad verfolgt, während er ununterbrochen redete. Zweimal schüttelte sie den Kopf, verzog keine Miene, schritt zügig die Mittelstraße hoch und bog in die Mozartstraße ein. Auf der Höhe jenes Hauses, an dessen Fassade unter der sahneweißen Büste des Komponisten eine verblichene Salzburg-Ansicht aufgemalt war, holte die Frau einen hell klingelnden Schlüsselbund hervor. Emil wußte, daß er jetzt handeln mußte, trat in die Pedale, überholte Veronika und fuhr ein paar Meter vor ihr gegen die Hauswand. Das Fahrrad kippte, er stürzte über den Lenker auf das Trottoir und blieb dort unter dem leise ausschnurrenden Hinterrad liegen. Dreckspritzer saßen dicht an dicht auf dem schwarzen Rahmen. Er roch das Öl der Kette, die nah an seinen Augen vorbeilief, der Himmel über den Sandsteingiebeln blitzte blau auf, dann wurde ihm schwarz vor Augen. Jemand schrie in die plötzliche Dunkelheit hinein. Das Wäschepaket klatschte zu Boden, als er die Arme gegen das Gesicht hob und rief: »Großer Gott, ich kann nichts mehr sehen!« Zwei heiße Hände fuhren ihm unter die Achselhöhlen, packten zu und rissen ihn hoch.

Emil ließ sich willig führen, genoß den Klang ihrer besorgten Stimme, den Druck ihrer Brust, die sich im Gehen an ihn preßte. Untergehakt führte sie ihn bis in ihre Küche, wo er auf einem Klappstuhl Wasser, dann Cognac, später Tee trank und langsam erst ihre schmale Silhouette hinter blinzelnden Lidern aufschien, dann die helle Röte der aufgelösten, über die Schultern stürzenden Haare, schließlich, scharf und schmerzhaft bis in die Eingeweide hinab, der zarte Umriss ihrer Lippen, die schmale Nase, die großen grauen Augen.

Emil setzte sich auf Peters Bettkante und nahm eine Hand,

die sich kalt und fettig anfühlte. Die Nägel hatten schwarze Ränder. Er flüsterte, kaum lauter als das Gemurmel aus dem Fernseher: »Es tut mir leid, daß ich mich so lange nicht bei dir gemeldet habe. Ich wußte nicht, daß es dir so schlechtgeht, sonst wäre ich doch sofort gekommen.« Von Peter kam ein wimmernder Seufzer. Emil wußte nicht, ob er ihn überhaupt hörte, aber er mußte weitersprechen, sich rechtfertigen vor der Gestalt unter der Decke, um ihr zu versichern, daß er nicht schuld war an ihrem Zustand. »Ich war sogar einmal im Park, noch vor den Ferien. Ein paar Leute aus Burghalde haben mich im Auto mitgenommen. Mein Führerschein ist mal wieder weg, das weißt du noch gar nicht. Ich habe euch sogar gesehen, die Kinder und dich, alle in den gleichen grünen T-Shirts. Jörn trug eine Fahne. Und dann bin ich in Olga reingelaufen, Olga Sucher, eine Kollegin. Ich habe dir noch nie von ihr erzählt. Ist auch vollkommen uninteressant. Jedenfalls konnte ich nicht bleiben.« Emil drückte die schlaffe Hand, preßte sie gegen seine Stirn. »Verzeih mir bitte.« Peter atmete hastig, sein Brustkorb hob und senkte sich, die Nasenflügel bebten.

Olga Sucher hatte Emil im Protestgewühl des sommerlichen Schloßgartens entdeckt. Ihre schmale Hand hatte seinen Arm unter dem Hemd festgehalten. Die Berührung hatte ihn so erregt, daß er kaum noch hörte, was sie, halb lachend, halb verärgert, zu ihm sagte. Es ging um eine Einladung zum Abendessen, zu der Emil nicht erschienen war. Sucher war eine schmale Braunäugige mit Adlernase, etwa in Peters Alter. Sie unterrichtete Englisch und Gemeinschaftskunde. Olga trug eine Tunika mit Blumenstickerei und keinen BH. Emil sah ihre Brüste sanft nebeneinanderliegen und wandte sich ab. Olga sprach undeutlich, als habe sie Karamellen zwischen den Zähnen, lachte in die vor den Mund gehaltene Hand. »Es ärgert mich, wie du mit mir umgehst. Läufst herum wie ein fein verpacktes Geschenk, mit Schleifchen und allem. Aber im entscheidenden Moment, wenn man das Papier aufreißen will, weil man es nicht mehr aushält, gibt's eins auf die Finger.« Emil war im Frühjahr auf einer gemeinsamen Klassenfahrt nach Straßburg die halbe Nacht mit Olga in einem Jugendherbergsbett gelegen. Er war sich nicht sicher, ob es richtig gewesen war, schließlich doch aufzustehen und sich anzuziehen. Er hatte nicht an Veronika gedacht, als er in sein Zimmer zurückgegangen war, sondern an die saugende Abhängigkeit, die hinter Olgas Pose lag und vor der er sich fürchtete. Emil hatte nicht vor, Veronika von der Sucher zu erzählen. Sie hätte vermutlich nur eine spöttische Bemerkung über die intellektuelle Ehe und ihre Möglichkeiten gemacht.

Die Wohnung in der Mozartstraße, in der Emil sein Augenlicht wiedererlangt hatte, war eine Wohngemeinschaft gewesen. Veronika lebte dort zusammen mit drei Kunststudenten und allem, was dem alten Beyer gegen den Strich ging: Che-Plakaten, Flugblättern in Schuhschachteln, Revolutionsgerümpel. Jedes Zimmer war in einer anderen Farbe gestrichen. Engel lugten mit ölfarbenbeschmierten Gesichtern aus den Fruchtkränzen der Stuckdecken herab, bar aller Lieblichkeit, ochsenblutrot, tiefviolett, chromgrün und schwarz. Auf den glatten Gipswangen saßen angetrocknete Farbnasen wie Warzen. Das Entree füllte ein eichenes Gründerzeitbüffet, vollgestopft mit Lackdosen und Werkzeug. Die geschnitzten Fronten trugen Kratzer und Brandflecken. »Wir haben es nur behalten, weil wir es nicht durch die Tür kriegen, das Monstrum.«

Emil haßte Veronikas Mitbewohner, lauter Männer, die jünger waren als er, lange Haare trugen, Frank Zappa hörten, barfuß auf ihrer Loggia standen und mit zusammengekniffenen Augen Rauchwolken über die Stadt bliesen. Schließlich bot einer von ihnen Veronika an, als Texterin in seine Werbeagentur einzusteigen, statt weiter in der öden Stadtbücherei zu verschimmeln. Diese Offerte trieb Emil im Schweinsgalopp durch seine Prüfungen bis zur Festanstellung am Gymnasium in der Innenstadt und aus der Laube im Froschgarten in die Relenbergstraße. Am Fuße von Veronikas heimatlichem Killesberg mietete der jungverheiratete Beamte eine Dreieinhalbzimmerwohnung mit Zentralheizung. Als er in einem neuen Anzug den Mietvertrag unterschrieb, fand er sich lächerlich.

In der Relenbergstraße gab es eine Badewanne. Blaue Gasflammen tanzten im Bauch des Boilers. In ihrem Licht rieb Emil Veronikas Rücken mit Mandelkleie ab und weidete sich an ihren schmalen Gliedern, an den triefenden Haaren, die sich in nässedunklen Strähnen über ihren vorstehenden Brustwarzen teilten. Er griff im seifigen Wasser nach ihrer Hand, spreizte die langen Finger und suchte, ob nicht zwischen ihnen eine Schwimmhaut saß, wie bei Mörikes Lau: blühweiß und zärter als ein Blatt von Mohn. 1971 starb Emils Mutter und hinterließ ihm die Wohnung in der Constantinstraße. Sie nahmen eine Hypothek auf, kauften das Haus am Schwarzen Berg, genossen den Garten, die Nähe des Waldes, ihre Hollywoodschaukel. Sie liebten sich auf der Terrasse, lasen einander vor, tranken Soave und, als es kühler wurde, Cognac aus den Schwenkern des alten Beyer, der Emils Hausbesitzerherrlichkeit nicht mehr erlebt hatte. Bei der standesamtlichen Trauung hatte er keine Miene verzogen, doch die Relenbergstraße gefiel ihm. In den letzten Monaten vor seinem Tod, Schlaganfall wie vorprogrammiert, hatte er häufig auf dem kleinen Balkon gesessen und kopfschüttelnd seinen Schwiegersohn betrachtet: »Der Kerle hat tatsächlich Potential. Zumindest die Lage stimmt.«

Emils Hängematte aus dem Froschgarten wurde am

Schwarzen Berg zwischen zwei Apfelbäumen aufgespannt. »Da muß eine Schaukel hin«, hatte Veronika gesagt, aber es kam nicht dazu. Anfangs hatten sie nicht darüber nachgedacht, dann begann sie, Temperatur zu messen und zu rechnen. Die ersten Arztbesuche folgten. Die Namen von Spezialisten wiederholten sich ständig. Veronika schluckte Globuli, ließ sich auspendeln und wanderte bei Vollmond nackt durch den Garten. Dreimal saß sie gegen Ende des zweiten Monats auf dem Badewannenrand, die Unterhose hing um ihre Knöchel, sie zeigte Emil weinend einen Klumpen blutverschmiertes Toilettenpapier: »Da, schau es dir an, das ist unser Kind!«

Im Sommer danach packte Emil das Auto voll. Sie fuhren bis Istanbul und von dort nach Aleppo und hinunter nach Damaskus. Im Garten trieb sich nach ihrer Rückkehr ein großer braungelber Kater herum, stellte Zauneidechsen und Vögeln nach, lauerte im hohen Gras um die Zwetschgenbäume. Es war ein schwerer Geselle mit Vierkantschädel und einem ansehnlichen Paar schaukelnder Hoden, der sich binnen kürzester Zeit angewöhnt hatte, ausgedehnte Schlafpausen auf ihrem Küchentisch zu machen. Veronika taufte den Kater Rémy nach ihrem zweitliebsten Cognac und dem Waisenjungen in Hector Mallots »Heimatlos«. Sie fütterte Rémy erst mit Wurstscheiben, später mit roher Leber und Thunfisch. Wenn sie abends im Wohnzimmer saßen, lag der Kater zwischen ihnen und schnurrte. Bald hatte er das Schlafzimmer erobert. Kam Veronika aus der Bücherei, wartete Rémy am Gartentor. Morgens sprang er auf die Bettdecke und trampelte miauend auf den Schlafenden herum, bis er sein Frühstück erhielt. Nach Katerart verschwand er zwischendurch für längere Zeit. Wenn er sich Wochen später wieder einstellte, magerer als sonst und mit Kletten im Pelz, wurde er mit einem metallenen Stielkamm bearbeitet, unter dessen rupfenden Strichen er sich behaglich räkelte. Verreisten Veronika oder Emil, Schullandheim, Bibliothekartag, mußten sie ihr Gepäck gut verschließen, denn das Tier nahm die Abwesenheit seiner Beschützer so übel, daß es kurzerhand in die Koffer hineinschiß.

Die Gemeinschaft mit dem Kater fand ein plötzliches Ende, als Emil eines Tages aus der Schule eine Stoffmaus für Rémy mitbrachte. Es sei das Geschenk eines Kollegen, dem er häufig von den Possen des Tieres erzählt habe. Als Emil seiner Frau lachend berichtete, der Dettinger habe für seine beiden Jungen Kuschelmäuse gekauft und er sei der Ansicht, dem Rémy gebühre die dritte, denn er sei bei Bub-Beyers auch das Kind im Hause, war Veronika blaß geworden. Von diesem Abend an hatte sie den Kater nicht mehr ins Haus gelassen, obwohl er nächtelang kläglich maunzte und Emil protestierte. Dann kam das Jahr 1979. Die alte Frau, das Frei, im Nebenhaus starb. Die Erben warfen einen verschlissenen Ohrensessel und bündelweise Bergdoktor-Romane aus den Parterrefenstern. Dr. Hans-Jochen Rau schickte ein Dutzend Handwerker durch, und zu Ostern zogen Peter und Carla ein.

Emil fuhr zusammen, als die Tür aufging. Carla trat mit einem Teller geschnittenem Obst ins Zimmer, den sie klappernd auf den Nachttisch stellte. Sie rückte den Schreibtischstuhl zurecht, strich die Wolldecke glatt. Peter drehte sich zur Wand. Emil erhob sich und nahm eine Dose Fischfutter aus dem Regal. Er zerkrümelte eine Prise der bunten Flocken zwischen den Fingern und ließ sie ins Wasser rieseln. Die Welse beachteten die an der Oberfläche trudelnden Brösel nicht, aber Buckelköpfe und Keilfleckbarben schnappten gierig danach. Emil schloß den Deckel und ging vor dem Bett in die Hocke. »Ich habe dir was zu lesen mitgebracht. Vielleicht bringt dich das auf andere Gedanken.« Wider besseres

Wissen, denn Peter reagierte nur mit einem Achselzucken, legte Emil den Weinsteiger auf den Schreibtisch, zusammen mit einigen anderen alten Getreuen: dem zerfledderten Balladenbuch, einer Taschenbuchausgabe des »Stuttgarter Hutzelmännlein« mit Schwind-Illustrationen und der »Königin Phantasie«, einer Sammlung romantischer Erzählungen. Es waren dieselben Bücher, mit denen sich Peter früher in die Hollywoodschaukel verzogen hatte und Nachmittage lang keinen Mucks gemacht hatte. Anfangs hatte Emil ihm vorgelesen, bald bediente er sich selbst.

Carla schüttelte den Kopf in Emils Richtung, zog ihn auf den Flur und schloß die Tür. Sie war erschöpft, die Unterlippe zitterte. Sie war barfuß und trug über dem Kleid eine rote Küchenschürze mit großen Taschen.

»Er sagt immer, was willst du denn, ich bin nicht schmutzig, ich bin nur müde, laß mich in Ruhe. Manchmal schläft er, aber meistens liegt er einfach nur da. Wenn ich lüften will, steht er auf und macht das Fenster wieder zu, ihm sei kalt. Dabei ist die Luft zum Schneiden. Und dieses furchtbare Schummerlicht. Ich weiß nicht, was ich tun soll. Ich kriege ihn einfach nicht raus hier, nicht ins Bad, nicht vor die Tür. Seit drei Tagen liegt er nur im Bett. Das Aquarium hab ich versorgt, das hätte er nicht geschafft. Und den Fernseher aus dem Gästezimmer hab ich ihm reingestellt, der läuft die ganze Zeit. Homeshopping, das gucke ja nicht mal ich.« Sie rollte mit den Augen. »Gestern hab ich mich zu ihm gesetzt und mit geschaut. Ich dachte, dann komme ich an ihn ran, im Gespräch über etwas, das ihn interessiert. Aber er sagte nur, ich solle still sein, er könne sonst nichts verstehen. Im Etzelweg hatten sie den Fernseher in einem Schrank, nur für die Nachrichten. Er sagte, das sei eine Giftkiste, besonders für die Kinder. Mit dem Essen ist es auch schwierig, er läßt alles stehen. Tomatensuppe mit Bratwurstklößchen hab ich ihm gestern gemacht. Jetzt koche ich Grießbrei mit Apfelmus, davon ißt er dann wieder nur zwei Löffel. Wenn er auf die Toilette geht, bleib ich vor der Tür. Ich habe den Riegel kaputtgemacht, daß er sich nicht einschließen kann, irgendwie habe ich Angst.«

Emil sah auf die geschlossene Kinderzimmertür. Auf dem dunkelbraunen Holz glänzte ein kleines Messingschild: ›Der Lütte‹. Zu Peters Teenagerzeiten war die Tür mit Aufklebern bedeckt gewesen: Greenpeace, Anti-Atom, Friedenstauben. Damals hatten alle Türen des Rauschen Hauses plattdeutsch witzelnde Messingschilder getragen. Die meisten waren inzwischen verschwunden. Das untere Stockwerk strahlte im optimistischen Weiß der frühen Neunziger. Hier oben hatten sich ein paar kuschelige Geschmacklosigkeiten vergangener Jahre gehalten, unter anderem der grüne Teppichboden, über den Carlas nackte Füße jetzt scharrten. Ihre Finger wanderten aus den Schürzentaschen, zerrupften ein Tempotaschentuch, fuhren wieder zurück ins Gesicht und bohrten in den Augenwinkeln. Emil fing ihre Rechte ab. »Laß das doch, du tust dir noch weh.« Carla fiel gegen ihn, und er hielt sie fest. Schluchzer, Husten, Nivea-Geruch, ihr schneller Herzschlag. An ihrem Scheitel war der Ansatz sichtbar. Der Kontrast zwischen dem gefärbten Braun und dem borstigen Weiß der nachwachsenden spröden Haare rührte Emil so, daß er sie fester umarmte. Er streichelte ihren Rücken, fühlte das elastische Band des BHs durch den dünnen Kleiderstoff, die weiche Nachgiebigkeit ihres Körpers, die drängenden, ein wenig schlaffen Brüste, den runden Bauch, ganz anders als Veronika, bei der in der Umarmung jeder Knochen spürbar war.

»Was soll ich bloß machen? Es ist doch noch gar nicht lange her, daß er bei uns gewesen ist, mit den Jungs, alle ganz fröhlich. Sie wollten irgendwo zelten, in einem Park, ich bin nicht richtig schlau daraus geworden. Die erzählen ja immer viel, die drei. Bißchen speckig sahen sie aus. Mia war nicht mit, aber das ist nichts Neues, nicht wahr? Seitdem hab ich sie nicht mehr gesehen. Niemand ging ans Telefon. Wenn ich in der Praxis anrief, lief der Anrufbeantworter. Auf dem Handy war ständig die Mailbox. Einmal hab ich ihn erwischt, da war er total kurz angebunden, er habe einen Patienten, es passe jetzt nicht. Und nichts von den Kindern, obwohl ich aufs Band gesprochen habe, daß sie zum Pfannkuchenessen kommen sollen. Das lieben sie doch so. Hajo hat abgewiegelt: Die haben ihr eigenes Leben, laß sie in Frieden, vielleicht sind sie weggefahren. Man soll sich nicht aufdrängen. Aber ich hab es nicht mehr ausgehalten und bin hingefahren. Und da war nur noch Peter. Mia und die Kinder sind weg. Und fast alle Möbel. Er saß vor seinem Schrank, da dröhnte der Fernseher raus, irgendwelcher Mist, du hast es ja gesehen. Völlig verdreckt, bei runtergelassenen Rolläden. Ich hab ihn da rausgeschafft. Nur das Aquarium wollte er unbedingt mitnehmen. Das stand noch im Kinderzimmer. Ich mußte alles machen, Wasser ablassen, Fische fangen, in Plastiktüten packen, er war viel zu schwach dazu. Er konnte nicht mal Auto fahren. Ich hab dann den Fiat genommen und meinen Wagen stehenlassen. Den hat Hajo abends geholt. Hajo sagt, es ist ein Wunder, daß er nicht längst kollabiert ist.«

Carla drängte Emil durch den Flur, weg von der Kinderzimmertür, hinter der das Gemurmel des Fernsehers auf einmal aufbrandete. Sie schob ihn ins Schlafzimmer am Ende des Flurs, strebte auf das Ehebett zu und ließ sich in voller Länge auf die cremefarbene Tagesdecke fallen. Emil hatte diesen Raum immer gemieden. Über der Tür hing postergroß eine schwarzweiße Carla, Anfang Zwanzig, im standesamtlichen Schneiderkostüm, mit anderthalb Metern über der Erde strampelnden Pfennigabsätzen, Strümpfen mit Naht und Pillbox-Hütchen, eine Vorort-Jackie. Hajo, grinsend im dunklen Anzug mit verrutschtem Häkelschlips, hievte sie über die Schwelle.

Die Wand neben Carlas Bettseite war mit gerahmten Fotos zugehängt: Peter als Baby in gestreiftem Frottee, das blonde Kind in allen Entwicklungsstadien bis hin zum Austauschschüler und Logopäden mit Diplom, dazwischen Wasserfarbengemälde hinter Glasbildträgern. Ein Mecki lugte hinter der Nachttischlampe hervor. Auf Hajos Seite stapelten sich Ärztezeitschriften und Ranke-Graves' Claudius. Daneben saß auf einer Kleenexbox seine Lesebrille, zusammengefaltet wie ein langbeiniges silbernes Insekt.

Carla hatte sich auf die Seite gedreht, Aug in Aug mit den Kinderbildern ihres Sohnes. Sie griff nach dem Mecki und drückte ihn an ihr verheultes Gesicht. Emil staunte, wie viel von der jungen Frau noch an ihr zu sehen war, trotz der unbarmherzigen Gegenwart des Hochzeitsbildes und seiner glatten Hauptdarstellerin. Auf ihren Händen waren Altersflecken erschienen, aber es war unverkennbar Carla. Bei Veronika war er sich manchmal nicht sicher. Es gab immer wieder Momente, in denen er ihren langen roten Pferdeschwanz vermisste und die dazugehörige, in seiner Erinnerung so sanfte, deutlich seltener alkoholisierte Person. Daß Veronika ihrerseits mindestens einmal im Monat um ›ihren alten Emil‹ klagte, der ›so begeisterungsfähig und gar nicht feige‹ gewesen sein sollte, machte den Mangel nicht weniger stark. Er fragte sich, ob sie wußte, wie sehr er ihre Kurzhaarfrisur verabscheute, die sie sich jenseits der Vierzig zugelegt hatte, dieses schauerliche schwarze Gestachel. Sie hatte damals behauptet, sie wolle kein altes Hippiemädchen mehr sein.

»Mein Peter, mein Schnuck, was soll ich nur machen?« Mit einem Finger streichelte Carla den Plüsch-Igel. Schluckauf schüttelte sie, die Schürzenbänder hatten sich gelöst, und der Stoff breitete sich über ihrer Hüfte aus wie ein einzelner roter Flügel. Emil setzte sich neben sie und berührte ihren herabhängenden Arm. Auf dem Handrücken traten grünlich die Adern hervor. Emil bemerkte plumpe Verdickungen an ihren Fingerknöcheln. Ausgerechnet jetzt fiel ihm ein, wie Carla im Geviert der Eisbeerhecke unter der Gartendusche gestanden hatte, wie sie ihren Bikini zu einer triefenden Kugel geknüllt und nach Emil geworfen hatte. »Was schaust du denn so? Ich dachte, du bist der Freigeist und ich die spießige Hausfrau.« Das Geriesel des Wasserstrahls auf den Steinplatten, das leise Ploppen der kugeligen Beeren unter ihren nackten Füßen, ihre Sonnenmilch, Gewittergeruch. Carla, von deren tiefem Nabel ein weißes Muster bis zur Scham hinunterlief, dünne Vogeltritte auf der braunen Haut. Carla, die sich ein Liegestuhlpolster unter den Hintern schob und stöhnte: »Was ein Kind alles anrichten kann mit dem Körper seiner Mutter. Veronika ist sicher gelenkiger.«

Er richtete sie auf und reichte ihr ein Glas Wasser vom Nachttisch. »Igitt, das ist ja ganz abgestanden.« Das helle Blaugrün ihrer Augen war Peters Farbe. Auch bei den schmalen Händen und in der schlaksigen Haltung glich Peter seiner Mutter. Emil umarmte sie und küßte ihren Hals, fuhr mit der Hand in den Ausschnitt ihres Kleides. Sie hielt still, streichelte seinen Arm, stockte an dem großen Pflaster. »Was hast du da gemacht?« »Ach, nichts, nur eine Zecke.« Für einen kurzen Moment blieb sie an ihn gelehnt sitzen. Dann stand sie auf. »Emil, wirklich, das kann ich jetzt nicht auch noch brauchen.«

Carla ließ ihre Haarspange aufschnappen, kämmte sich damit ein paar Strähnen aus der Stirn und steckte den Zopf neu auf. Sie ging zur Tür. »Es hat keinen Sinn. Wir müssen ihn irgendwie wieder hochbringen. Er hat ja nur uns. Hajo kümmert sich um eine vernünftige Medikation. Natürlich haben wir auch solche Patienten. Aber beim eigenen Kind, da bist du plötzlich wie der erste Mensch. Und wir kommen nicht an ihn ran. Er sagt praktisch nichts. Als hätte er ein Kissen auf dem Gesicht.« Sie nahm Emils Hand und drückte sie kurz. »Vielleicht könntest du mit ihm reden, daß er mal duschen geht und mehr ißt. Ihr hattet doch immer so ein gutes Verhältnis. Bei Hajo schaltet er auf stur.« Gemeinsam verließen sie das Zimmer.

Carlas Brüste waren groß und weich gewesen, mit weit ausufernden hellbraunen Warzenhöfen. Sie nannte sie ihre ›Schlittentitten‹. Carla hatte nach Emils Penis gegriffen und ihn in den Spalt zwischen ihren Brüsten gesteckt. Sie drückte das Fleisch mit beiden Händen zusammen und lehnte den Kopf zurück, um ihr Werk mit einem Lächeln zu betrachten. Doch während des Vögelns klagte sie über Schmerzen im »unteren Rücken« und bat Emil nach einer Weile, er möge aufhören, sie könne nicht mehr. Außerdem holze er wie in einem schlechten Porno, das hätte sie nicht erwartet. Er sehe eher nach Tantra aus. Emil wußte noch, daß er, obwohl ihn diese Beurteilung kränkte, einen Lachanfall bekommen hatte. Ihm fiel nicht ein, wie oft sie miteinander geschlafen hatten. Es konnten höchstens drei oder vier Mal gewesen sein. Er erinnerte sich nicht mehr genau daran, nur noch an die penetrante Aufgeräumtheit des Nachbarhauses, den Geruch von Kartoffelpüree und eine Stimmung aus leichter Gereiztheit und Ungenügen, die von ihnen beiden ausgegangen war. Bei Carla wußte er bis heute nicht, weshalb sie sich darauf eingelassen hatte. Er nahm an, daß sie sich langweilte, etwas ausprobieren wollte, von Freundinnen wilde Geschichten über Schlüsselparties und Partnertausch zu hören bekommen hatte. Möglicherweise entsprangen ihre Sehnsüchte auch Ernest Bornemanns ›Liebeslexikon‹ oder Dr. Alex Comforts ›Joy of Sex‹. Die orangegelben Paperbacks standen in der zweiten Reihe hinter Hajos Reiseführern und historischen Romanen. Emil hatte sie beim Stöbern im spärlich bestückten Bücherregal der Raus sofort bemerkt. Von ihrer kurzen Geschichte war Emil und Carla eine kumpelhafte Vertrautheit, fast schon Komplizenschaft, geblieben, hervorgegangen aus der gemeinsamen Beteiligung an einem krummen Ding, aus dem man gerade noch ungeschoren rausgekommen war.

Hinter der Kinderzimmertür klirrte es, man hörte Stöhnen. Carla riß die Tür auf. Emil trat hinter ihr ein. Auf dem Teppich lag der zerbrochene Teller zwischen braun gewordenen Apfel- und Bananenstücken. Peter stand mit bloßen Füßen zwischen den Trümmern. Er drehte ihnen den Rücken zu. Sein T-Shirt lag auf dem Bett. In der rechten Hand hielt er eine längliche Scherbe, mit der er sich in raschen, sichelnden Bewegungen über den Rücken fuhr und seinen Ausschlag aufkratzte. Das schabende Geräusch war ebenso schrecklich wie die helle Röte des Blutes auf der scharfen, weißen Porzellanklinge. Carla schrie. Fast gleichzeitig waren sie bei ihm, packten seine Hände und drückten ihn auf das Bett. Er leistete keinen Widerstand, was ihren Überfall fast lächerlich wirken ließ. Peter sackte so schnell in sich zusammen, daß sie mit ihm in die Knie brachen und ins Taumeln gerieten. Auch über die eingesunkene Bauchdecke liefen Schnitte. Die Brustwarzen schauten aus dem blassen Oberkörper wie zwei blinde rote Augen. Emil rappelte sich wieder auf, zog sein T-Shirt aus und streifte es Peter über den Kopf. Er ließ sich anziehen wie eine Puppe, Emil bog die schlaffen Arme um, strich den Stoff über dem krummen Rücken glatt. Blutflecken blühten auf dem hellblauen Untergrund wie Tintenkleckse auf einem Löschblatt. Carla kroch unterdessen am Boden herum und sammelte Scherben und Obstreste ein. »Papa muß gleich dasein, ich habe vorhin schon in der Praxis angerufen. Er macht noch Hausbesuche, dann ist er bei dir. Er wird dich wieder auf die Beine bringen, min Jung. Wir schaffen das schon. Es gibt so gute Medikamente. Du mußt dich nur ein bißchen zusammenreißen.« Peter saß vornübergebeugt und starrte auf seine Füße. Emil bettete ihn zurück auf das Lager und stopfte ihm ein Kissen unter den Kopf. Carla weinte. Emil merkte es an ihren zuckenden Schultern. Sie häufte die Abfälle in ihre Schürze, die sie hochraffte wie ein Kind beim Kastaniensammeln, und verließ das Zimmer.

Unten knallten Autotüren. Die Schritte auf der Treppe schienen ihm lauter als nötig. Hajo trat ein. Sein Hemd unter dem braunen Jackett war zerknittert, die Krawatte hing schief. Seit ihm die Haare ausgingen, ließ er sich den Kopf kahlrasieren. Sein schmaler, sonnengebräunter Schädel glänzte. Emil sah ein paar dunkle Pigmentflecken auf der straff gespannten Haut. Hajo stellte seinen Arztkoffer vor dem Bett ab. Sein Gesichtsausdruck war müde und ratlos. Emil bemerkte, daß er schlecht rasiert war. Hajo hängte das Jackett über den Schreibtischstuhl, beugte sich vor, riß die Vorhänge auf, öffnete beide Fensterflügel. Emil sah Schweißflecken unter seinen Achseln, roch sein teures Aftershave und den darunterliegenden Steriliumgeruch. »Hier muß Luft rein, das ist ja nicht zum Aushalten.« Hajo beachtete den halb entblößten Emil nicht, setzte sich an den Bettrand und öffnete den Koffer. »Peter. Peter, hörst du mich?« Peter, der beim Einbrechen des Lichts einen dumpfen Laut ausgestoßen hatte, lag wieder auf dem Rücken, die Arme über dem Gesicht verschränkt. Sein Vater legte die Blutdruckmanschette um seinen rechten Oberarm, drückte die schwarze Gummipumpe, wärmte den silbernen Kopf des Stethoskops kurz in der Hand an, bevor er ihn in Peters Armbeuge drückte. »85 zu 70, viel zu niedrig.« Prüfend nahm er eine Hautfalte zwischen Daumen und Zeigefinger, schüttelte den Kopf: »Du bist ganz ausgetrocknet.« Hajo sprang auf und brüllte in den Flur: »Carla! Er ist exsikkiert! Du mußt, verdammt noch mal, darauf achten, daß er was trinkt. Da steht es, das volle Glas! Wo ist die Schnabeltasse? Was machst du eigentlich die ganze Zeit?« Er nahm ein Plastikfläschchen und eine Schachtel mit Tupfern aus dem Koffer. »Carla! Kochsalzlösung intravenös! Er hat bestimmt schon Bewußtseinstrübungen! Ich leg jetzt einen Zugang.«

Der weiße Zellstofftupfer, mit dem Hajo die Einstichstelle desinfizierte, verfärbte sich grau. Die grünen Plastikflügelchen des Butterfly zitterten über Peters Vene. Hajo umklebte den Zugang mit weißem Pflaster. Emil mußte den durchsichtigen Liter-Beutel mit der Lösung hochhalten, die langsam in Peters Körper rann. Dann stürzte Hajo aus dem Zimmer und kam mit einem Hammer zurück. Er schlug einen Nagel in die Wand über dem Bett und hängte den Beutel daran auf. Emil bemerkte einen verfetteten Ring um seine Hüften. Hajo kommandierte Emil mit kurzen bellenden Sätzen, denen er gehorchte, ohne nachzudenken. Dabei ließ er den Blick nicht von Peter, der mit geschlossenen Augen dalag und dessen Gesichtshaut im vollen Tageslicht sehr bleich aussah.

Emil fühlte sich von Hajo ertappt. Es war eine Überraschung, diesen normalerweise bis zum Abend abwesenden Mann so früh hier zu sehen. Hajo war in seinem Haus um diese Tageszeit ein Fremder. Schon in Peters Kindheit war er nur abends für seinen Sohn dagewesen, brachte ihm bei, wie man ein Grillfeuer am Laufen hielt oder eine Heuschrecke fing. An den Wochenenden, wenn der Arzt, wie kostümiert in Jeans und Holzfällerhemd, neben Peter in Richtung Wald davonradelte, hatte Emil eine dumpfe Eifersucht gespürt. Häufig sah er die beiden über einem Schachspiel auf der Terrasse sitzen, von Carla mit Saft und Kuchen versorgt. Dann war er in sein Arbeitszimmer geschlichen und hatte nach Lockstoff für den nächsten Nachmittag gewühlt: einem Päckchen Tafelkreide, besonderen Buntstiften. Selbst seine alten

Spielsachen aus der Constantinstraße schenkte er weg: die Schneekugel mit dem Alten Schloß, ein paar Zinnsoldaten, einen Lederbeutel voll Murmeln.

Carla trug eine Teekanne auf einem Tablett herein. Es roch nach Fenchel und Anis. Hajo schüttelte den Kopf. »Das bringt im Moment nichts. Laß das Zeug erst durchlaufen.« Er rückte seine Krawatte zurecht. »Ich muß los, das Altenheim wartet noch. Und der Pfaff will nächste Woche Urlaub machen, dann haben wir seine Leute auch noch am Hals. Wenn es zu schlimm wird, muß ich ihn einweisen.« Er deutete mit dem Kinn auf den Schlafenden. »Der zweite Beutel liegt in der Küche. Das Wechseln schaffst du alleine, oder?« Carla nickte und sah auf einmal sehr patent aus. Die Gegenwart ihres Mannes wirkte auf sie wie ein Stimmungsaufheller. Sie hatte die Schultern nach hinten genommen, die Mundwinkel zeigten optimistisch nach oben. Mit sicheren Bewegungen wischte sie Peters Gesicht mit einem Einwegwaschlappen ab, strich Vaseline auf seine Lippen, sammelte Tupfer, Pflasterreste und die Verpackung der Kanüle ein. Sie hatte nie schlecht über ihren Mann gesprochen. Ihr Stolz auf ihn war unverhohlen. Wenn Emil lästern wollte, sprang sie nicht darauf an. »Er ist ein ganz toller Typ, das hab ich gleich gespürt. Mit ihm wär ich auch an den Nordpol gegangen. Dann ist es bloß das Ländle geworden. Aber er hat etwas aufgebaut, ohne jede Hilfe. Seine Eltern hatten überhaupt kein Geld, ganz einfache Leute aus dem Nordschwarzwald, so ähnlich wie meine Mutter. Sie sind auch schon lange tot. Das Studium hat er in Rekordzeit geschafft, trotz dieser 68er-Spinnereien. Er erzählt immer, daß sie Sit-outs gemacht haben, wenn die reingekommen sind, um zu stören. Er wollte sein Examen schaffen, Geld verdienen. Das habt ihr natürlich alle nicht kapiert.«

Hajo beugte sich zu seinem Sohn herunter und fuhr ihm mit dem Zeigefinger über die Wange. An den Manschetten seines hellblauen Hemdes sah Emil rostbraune Spritzer. Als er sich wieder aufrichtete, stöhnte Hajo leise und rieb sich das Knie. Er litt schon länger unter Arthrose. Mit einem Seufzer wandte er sich zum Schreibtisch um und stutzte beim Anblick der Bücher. Er verzog die schmalen Lippen. In den braunen Augen hinter der Hornbrille standen Tränen. »Das nutzt ihm jetzt auch nichts mehr.« Er trat näher an Emil heran, sein Atem roch wie immer nach Vivil. »Am besten, du nimmst das alles wieder mit. Ich werde ihn schon wieder hinkriegen. Es war gut, daß du vorbeigeschaut hast. Hat Carla dich geholt?«

Emil nickte nur, drückte die Bücher an die nackte Brust und wandte sich zur Tür. Ihm fiel nicht ein, was er hätte erwidern können. Eine Erinnerung kam ihm in den Sinn: Der jugendliche Peter, barfuß am Gartentisch über einem Stapel Broschüren aus dem Berufsinformationszentrum, die er ratlos durchblätterte: »Warum kann man nicht einfach nur dasein? Bücher lesen? Vögel beobachten und rumspazieren? Diese ganzen Romantiker, die waren wenigstens adlig, hatten irgendwo Ländereien, die Erträge abwarfen, und konnten den ganzen Tag tun und lassen, was sie wollten.« Emil hatte beschwichtigend geantwortet: »Arnim hat sich auf seinem Gut halb totgeschuftet, Novalis beschäftigte sich mit Bergbau, Mörike war ein kranker, unglücklicher Pfarramtsknecht.« Peter mußte lachen: »Ich glaube, er hat sich nur erfolgreich gedrückt. Lenz hat das besser gemacht, seine Hanne hat alles verstanden und ihn ernährt. So eine muß ich auch finden. Eine reiche Erbin, am besten eine Gräfin.« Und Emil hatte lachend erwidert: »Aber bitte keine Dolores!«

Emil öffnete die Haustür und trat hinaus in die blau leuchtende Mittagshitze. Carlas Kletterrosen flammten an der Mauer empor. Ihm war schwindelig. Kurz vor dem Gartentor knickte er ein und strauchelte. Die Bücher klatschten auf den

Plattenweg. Der Weinsteiger hatte sich im Sturz geöffnet und war mit ausgebreiteten Seiten wie ein großer, plumper Falter gelandet. Emil sah in das mißvergnügte, etwas quallige Antlitz des alten Mörike. Erdkrümel puderten das Papier. Hajos Schatten fiel über Emil. »Du solltest jetzt nicht auch noch schlappmachen. Der eine da drin reicht mir vollkommen.« Er half ihm wieder auf und reichte ihm das Buch. Hajo griff nach seinem Koffer. »Da liegt das eigene Kind wochenlang im Dreck, halb verdurstet und verhungert. Und ich Rindvieh habe vor lauter Arbeit nichts gemerkt!« Seine Stimme kippte, er wandte sich um und rannte zum Auto. Die Fahrertür knallte, der Motor heulte auf, Kies spritzte, dann war es wieder still. Emil blieb noch einen Augenblick auf der Vortreppe sitzen.

7 Veronika fuhr den Etzelweg hoch und parkte in der Kehre, wo keine Häuser mehr standen. Sie stieg aus und blickte kurz über den Wald und die Häuser im Tal, sah die ansteigenden Gartengrundstücke mit ihren Trockenmauern, Obstbäumen und blühenden Wiesen. Es ist fast wie bei uns, er hat sich nicht weit weggetraut, dachte sie. Am oberen Ende der Etzelstaffel bemerkte sie zum ersten Mal einen abgeschabten roten Kaugummiautomaten. Auf den vergilbten Plastikfensterchen saßen braune Zigarettenschmorlöcher, der silberne Drehknauf schimmerte. Veronika trat näher und las die verblichenen Aufkleber. Sie ließ die Handtasche von der Schulter gleiten und öffnete sie, hielt dann inne, wandte sich kopfschüttelnd ab und lief in der Mitte der schotterbestreuten Straße hinüber zu Peters Haus.

Es war früher Abend, sie war müde und fühlte, wie ihr dünnes Sommerkleid an Rücken und Achseln klebte. Amseln saßen laut flötend auf Dachfirsten, Antennen und Zäunen. Vor Peters Haus stand der olivgrüne Daimler der Nachbarn. Veronika versuchte, sich an ihren Namen zu erinnern, doch er fiel ihr nicht ein. Einer der beiden, Veronika konnte nicht erkennen, ob Vater oder Sohn, lag unter dem Auto auf einer Holzplatte mit Rädchen, der andere war mit dem gesamten Oberkörper unter der aufgeklappten Motorhaube verschwunden. Sie sah dicksohlige, weiße Turnschuhe, weite Jeans und die übergewichtigen Körperkonturen der Männer. Kurz dachte Veronika an Otto. Wahrscheinlich saß er gerade mit seinen beiden kleinen Töchtern vor dem Kinderfernsehen. Er hatte neulich erst damit angegeben, »die kryptischen

Welten des Zeichentrickfilms für sich entdeckt zu haben«. Vermutlich wäre es keine große Hilfe, wenn er sie jetzt begleitete. Sie blieb auf der gegenüberliegenden Seite stehen und betrachtete das arbeitende Paar. Mehrere Werkzeuge, geschwärzte Lappen und alte Zeitungen lagen auf dem Gehweg. Leise Schlagermusik kam aus dem Wageninneren. Auf der Gartenmauer waren ein paar Limonadenflaschen aufgereiht, in denen noch bunte Reste standen.

Sie konnte sich nicht entschließen, ins Haus zu gehen, und lauschte der Musik aus dem Fahrzeug. Eine Frauenstimme sang mit schmeichelnder Stimme zu Streicherbegleitung. Veronika versuchte, sich nicht am Text zu stoßen, und überließ sich für einen Augenblick dem tröstenden Klang des Liedes, seinem sanft klopfenden Takt. »Baba, gibsch mir die Kombizange?« kam es unter dem Auto hervor. Der Alte pfiff das Lied mit. Veronika staunte über die mühelose Reinheit der Töne, die durch die Motorhaube gedämpft wurden. Sie sah den fleischigen Arm des Jungen aus der Tiefe emporkommen. Blonde Härchen glänzten in der Sonne, sein Vater reichte ihm das Werkzeug.

Veronika zögerte einen Augenblick, dann grüßte sie mit lauter Stimme. Die beiden runden Gesichter kamen zum Vorschein, schwere, gut durchblutete Hängebacken, bepelzt mit blonden Schnauzbärten. Sie sahen sich sehr ähnlich und schauten sie gleichermaßen erstaunt an, als habe man sie aus einem Spiel gerissen. Sie wiederholte ihren Gruß und merkte, daß sie in den Dialekt gefallen war. So plapperte sie jetzt auch in übertriebener Munterkeit und Lautstärke weiter. Wie kam sie darauf, daß die beiden taub sein könnten? »Ich muß mal in die Wohnung vom Peter Rau, ich bin«, sie schluckte schwer an dem Wort, »eine alte Freundin der Familie. Wir haben uns doch schon kennengelernt.« Die Schrauber sahen einander an. Der Vater richtete sich ächzend auf, rieb die öligen Hände und sagte: »Die sind wohl alle verreist, da unten. Bleiben sie länger weg?« Er zögerte, wohl, weil Veronika nicht antwortete, schnaufte einmal und sprach hastig weiter: »Ich frag nur wegen dem Garten hinten. Der sieht nicht gut aus. Da ist schon seit Monaten nix mehr gemacht worden. Und vorher war's auch nicht richtig gut.« Er schüttelte zur Bekräftigung den schweren Kopf, die rosigen Backen wabbelten. »Ich mein bloß, da ist schon lang keiner mehr. Das sieht so aus, als würden die vielleicht wegziehen. Und dann wär die Wohnung da unten wieder zu haben. Mein Sohn«, er pausierte und drehte sich um. Veronika sah, wie der Jüngere die blondbewimperten Augen niederschlug. »Mein Sohn wird bald mit seiner Familie herziehen. Die sind noch in Untertürkheim, und wenn die da unten reinkönnten.« Jetzt brach der nasse Mund in einem unwillkürlichen Grinsen auseinander. »Da kommt nämlich ein Enkele!« Der Vater hatte winzige graue Zähne, die er nur kurz zeigte, denn Veronika erwiderte sein Lächeln nicht. Sie schüttelte den Kopf und trat durch das Gartentor: »Ich weiß wirklich nicht, was passieren wird.« Die beiden blieben mit hängenden Schultern zurück, nickten ihr kurz zu, bevor sie in den Schutz des Fahrzeugs zurückkrochen.

Der Garten hinter dem Haus lag grün und still vor ihr. Es roch nach Gras und fauligem Obst. Zwei Ringeltauben flogen vom Weg auf. Sie hatten sichtlich Mühe, ihre rundlichen blaugrauen Körper in die Luft zu erheben, und landeten flatternd im Gezweig einer Eberesche. Die schweren orangegelben Beerendolden schaukelten unter dem Gewicht der Vögel. Im Parterre waren alle Rolläden heruntergelassen. Veronika stutzte, denn sie sah die kleine Terrasse nicht, auf die man aus dem Wohnzimmer hinaustreten konnte. Im Sommer ist das unser viertes Zimmer, hatte Peter gesagt. Vor den verrammelten Fenstern stand neben einem Holztisch ein

Klappstuhl, drei andere lagen umgekippt im Gras. Veronika trat näher und stellte die Stühle wieder auf. Erst jetzt merkte sie, daß sie über Steinboden ging. Quecke, Schnurgras und Vogelmiere sprossen aus den Ritzen. Von weitem erkannte man nur das Grün. Veronika riß ein paar Halme aus. Sie ließen sich leicht herausziehen. Im weichen Wurzelgeflecht hingen Sand und Steinchen, die über ihr Kleid rieselten. Sie prüfte die Sitzfläche eines Stuhls mit der Hand, ließ sich vorsichtig darauf nieder. Das Beet rings um die Terrasse war verwildert. Die Rosen trugen dicke Hagebutten, der Mohn hatte alle Blütenblätter abgeworfen und zeigte bräunlich vertrocknete Kapseln. Veronika brach einen der haarigen Stengel ab. Er war zäh, sie rupfte und zog, klebriger Saft trat aus. Die Samenkörner rasselten im Inneren der Kapsel. Sie streute sich ein paar davon in die hohle Hand, kostete ihren teerigen Geschmack. Sie überlegte, ein paar Mohnkapseln für Peter einzustecken. Er hatte gerne mit ihnen gespielt, von den Körnchen genascht. Aber das waren die Heilmittel einer Vergangenheit, die nur sie bewahrt hatte. Peter hatte sie wahrscheinlich vergessen.

Jetzt mußte sie hineingehen. Genauso mutig sein wie Carla. Die hatte ihr Kind nach Hause geholt, gemerkt, daß da irgendwas faul war, sich nicht täuschen lassen. Komm nur, trau dich rein und schau, ob du hier Rettung für dein Peterle findest, das jetzt eine Halbleiche ist, in die man alles hineinschütten darf, Suppen und Antidepressiva und Gedichte! Keiner kann helfen, nicht der olle Emil mit seinem Vorlesetick, nicht die kochende Carla. Nicht der Herr Doktor, der jetzt ein Rezept ausgestellt hat. Warum bist du nicht früher gekommen? Aus Angst, aufdringlich zu sein, aus Angst, ihn zu verlieren. Das Stehen auf den hohen Absätzen strengte Veronika an. Sie kniff sich in den Oberarm. Jetzt reiß dich zusammen, du bist doch schon oft genug hiergewesen!

Vielleicht war es doch zu selten, aber Peters schöner, dunkler Mia, mit der das Gespräch stets ins Stocken geriet, waren zwei Schwiegereltern-Paare kaum zuzumuten. Auch Carla war nicht immer begeistert von der Anwesenheit der Bubs. Veronika hatte noch ihre Stimme im Ohr: »Sie müssen ja nicht dauernd dabeisein, schließlich ist das ein Familienfest.« Peter hatte sie immer eingeladen. Trotzdem machten sie es kurz. Ein Glas im Stehen, ein Stück Kuchen auf die Hand, unverhältnismäßige Geschenke für Ivo und Jörn, Peters Umarmungen, sein Lachen: »Ihr seid so hektisch, bleibt doch noch!«

Seufzend erhob sie sich und stieg über die Treppe zur Wiese hinunter. Moosplatten, filzig und silbergrün, überdeckten die Stufen. Sie stakste durch das Gras auf den Zaun zu, der überwachsen war von Efeu und den cremeweißen Kelchen der Ackerwinde. Die kleinen Steinhügel reihten sich im Schatten aneinander. Jeder trug ein Holzschild mit sorgfältig eingeritzten Buchstaben: großer Papa-Wels, Keili, Babywels. Auf allen Gräbern lagen vertrocknete Sträußchen: Storchenschnabel, Hahnenfuß und Ackerwitwenblume. Eine Ameise krabbelte über Veronikas Zehen. Sie wischte sie weg und sah im Bücken, daß der Fischfriedhof von schwarzen Ameisen wimmelte. Sie verschwanden in den Ritzen der Grabmäler und in winzigen Löchern, die sich im Gelbgrau des Sandes auftaten. Ein ganzer Trupp war damit beschäftigt, eine tote Grille mit sich zu ziehen. Veronika wandte sich ab. Sie wollte nicht sehen, wie diese Unermüdlichen den zartflügeligen Fiedler unter die Erde schafften, wo er in ihren ungeheuren Speisekammern verschwinden würde, bis die blinden Larven ihn zerkauten.

Erneut ging sie um das Haus herum. Diesmal von der rechten Seite, so vermied sie die Nachbarn. Sie dachte an Emil. Gerne hätte sie sich bei ihm eingehängt, vorsichtig, damit sie die Wunde an seinem Arm nicht quetschte. Er hatte sie erschreckt, wie er am Abend von Peters Rückkehr auf der Terrasse saß, umstellt von einer Schar Weinflaschen und den braunverkrusteten Arm vor sich auf der Tischplatte wie einen mißlungenen Braten. Sie war völlig außer sich geraten, hatte ihn förmlich ins Haus gekeift, unter die Dusche gezwungen, wo er nackt und triefend stand, während sie die Blutklumpen mit warmem Wasser aufweichte, ihren ganzen Mann überschwemmte. Der alte leckende Duschkopf spie Ströme über seine gebeugten Schultern, das von der Feuchtigkeit glattgepreßte Brusthaar, den traurig zusammengezogenen Penis, bis die rosigen Ränder der Wunde freigelegt waren, so tief, daß man eine Erbse hätte hineindrücken können. Zitternd hatte sie das gräßliche Loch in Betaisodona ertränkt und mit Leukoplast verklebt, selbst naß bis auf die Unterwäsche. Ihre Füße, gepudert vom Staub eines Arbeitstages, hinterließen schwarze Abdrücke in der Duschwanne. Seit Peters Ankunft waren sie beide nicht mehr dieselben. Sie fühlte sich auf ähnliche Weise aus der Bahn geworfen wie damals, als Emils Weinsteiger-Zeit ihr plötzliches Ende fand. Peter war damals in den USA gewesen, und weder Emil noch Veronika hatten ihm je davon erzählt.

Nach einem langen Nachmittag in der ›Schlange‹ war Emil bei der Betrachtung des Wandgemäldes auf die Idee gekommen, er müsse unbedingt mit dem alten Hermann Lenz sprechen. Er schrieb ihm mehrere Briefe, die er Veronika nicht zeigen wollte. Natürlich ging es um Mörike. Eine Antwort bekam er nie. Schließlich nutzte er die brütendheißen Pfingstferien, um nach München zu fahren. Er stieg in einer schäbigen Pension in der Karl-Witthalm-Straße ab, wo er sich morgens Vesperbrote schmierte, um dann den ganzen Tag vor dem Haus des Schriftstellers herumzulungern. Er schämte sich zutiefst und trank von früh bis spät Wein aus dem Tetra Pak, brachte es aber nicht fertig, seinen Posten auf der Gartenmauer der Mannheimer Straße 5 zu verlassen. Am Telefon berichtete er Veronika von den streng geschlossenen weißen Vorhängen vor Lenz' Fenstern und einer Vase mit Erdbeermuster davor auf dem Sims, die er so lange anstarrte, bis er meinte, den Duft der Früchte durch die Scheiben zu riechen. Nachbarn holten schließlich die Polizei, die Emil freundlich, aber bestimmt davonscheuchte. »Der Herr Lenz ist im Urlaub, den könnten Sie jetzt ohnehin nicht sprechen.«

Nach dem Münchenausflug verbrachte Emil mehrere Nächte im Schloßgarten; er begründete dies später damit, daß er nach dem Ausstieg aus dem Zug den Weg zur Straßenbahn »einfach nicht mehr gefunden habe«. Er schlief auf einer Bank am Theatersee, die ihm zunächst von zwei Obdachlosen streitig gemacht wurde. Emil beschrieb die beiden als »einen Riesenkerl mit Bart und Stock und einen flauschhaarigen Hänfling, der stumm zu sein schien«.

Wie Emil später zugab, hatten sie ihm nach und nach die ganze Weinsteiger-Geschichte entlockt und ihm tröstend versichert, den Anhang mit dem unbekannten Mörike habe noch keiner gelesen. Veronika fand Emil schließlich. Schweigend hatten sie vor den im Morgenlicht glühenden Rosenbeeten gesessen, die weißen Leiber der Statuen im Rücken, den dunstigen Umriß des Großen Hauses vor sich. Unter einem Windhauch zwinkerte das Auge des Theatersees, besetzt mit schlafenden Enten. Veronika war ein wenig von Emil abgerückt, hatte aber zugelassen, daß er seinen verschwitzten Kopf an ihre Schulter lehnte. Das Programm des Internationalen Germanistenkongresses in der Stuttgarter Liederhalle drückte sie ihm erst im Auto in die Hand. »Carl Fridolin Weinsteigers Mörike-Biographie. Schizophrenie als literarische Identität«. Von Prof. Dr. med. Zacharias Busner, Eichstätt, und Prof. Dr. Peter Fox, Berlin. Veronika hatte Emil zum Besuch dieses Vortrags gezwungen.

»Morgen gehst du hin, damit der Unfug ein für allemal aufhört. Otto holt dich ab. Er bleibt auch bei dir, damit du von Anfang bis Ende zuhörst.«

Otto Bohnenberger hatte Emil am Eingang der Liederhalle in Empfang genommen. »*Bonjour, mon chèr!* Sektion B trifft sich im Mozartsaal. Der Vortrag wird sicher interessant. Es ist eine Seltenheit, daß fachfremde Gelehrte zusammenarbeiten.« Der Koloß wich nicht von Emils Seite, nickte ihm ab und an aufmunternd zu und dünstete einen leichten Knoblauchgeruch aus. Emil mokierte sich Veronika gegenüber darüber, daß er während des gesamten Vortrags ungeniert in einem Band der ›L'Année balzacienne‹ las, dessen Ränder er mit struppigen Bleistiftnotizen bedeckte.

Der Saal war von tuschelnden, mit Papier raschelnden Germanisten aus aller Welt besetzt. Busner und Fox traten aufs Podium, um sich gegenseitig mit Girlanden von Höflichkeitsfloskeln vorzustellen. Emil erfuhr, daß die beiden wie er am Karlsgymnasium Abitur gemacht hatten und, obwohl ihre Wege sich berufsbedingt trennten, »stets Castor und Polux geblieben waren«. Busner, der Mediziner, begann: Carl Fridolin Weinsteiger war im Alter von 23 Jahren nach einer unglücklichen Beziehung zusammengebrochen. Da er zu gewalttätigen Ausbrüchen neigte, wurde er entmündigt und unter Kuratell gestellt. Mit einem Brotmesser in der Hand war er ins Studierzimmer seines Vaters eingedrungen, wo er sämtliche Bücher außer den Werken Mörikes zerschnitten hatte. Wenig später begann sein Verkleidungsdrang. Seine vermögende Familie unterstützte ihn darin, »da ihn das Verpuppen und Larventragen ruhig und frohen Gemüts machte«. Weinsteiger hielt sich gerne im Garten, vorzugsweise in einer mit Geißblatt bewachsenen Laube auf. Ein Jahr danach begann er mit dem Mörike-Band, den seine Familie erst Jahre nach seinem Tod in einer Auflage von 100 Exemplaren bei einem befreundeten Verleger drucken ließ. Um den jungen Mann vor der schrecklichen Atmosphäre eines Irrenhauses zu schützen, wurde er bei einem Stuttgarter Apotheker untergebracht, der jahrelang eine Chronik über das Verhalten des Kranken anfertigte und seine Ergebnisse als Festschrift zur 78. Versammlung des Deutschen Vereins für öffentliche Gesundheitspflege in Stuttgart publizierte.

Busner wertete diese Aufzeichnungen und Weinsteigers eigene Schriften aus. Er deutete sie als Musterbeispiel für die Ausbildung einer Schizophrenie und hob die fortschrittliche Behandlung der Krankheit im Kontext der damaligen Zeit hervor: private Pflege, Eingehen auf die Wünsche des Kranken, schöpferische Betätigung. Der Arzt pries die Seltenheit eines so lückenlos dokumentierten Falles und zog Parallelen zu Hölderlin. Besondere Aufmerksamkeit widmete er dem furchtbaren Ende Weinsteigers. Der Kranke verbrannte in seinem Bett, »weil er nicht davon ablassen konnte, selbst die Nächte rauchend und schreibend in den Kissen zu verbringen«. Dabei stieß er, »vermutlich benebelt durch Bromtabletten und den regelmäßig zur Stärkung eingegebenen Süßwein«, die Lampe um. Was der Literaturwissenschaftler Fox über den wahnsinnigen Mörike-Biografen als Beispiel für »sich rar machende Dichter und verschollene Werke«, den Reiz des großen Unbekannten in der Literatur, Traven, Pynchon, Salinger, Shakespeare und Kaspar Hauser, zu sagen hatte, entging Emil nahezu vollständig. Als Busner den letzten Eintrag der Akte Weinsteiger vorlas, war es um Emil geschehen. Er riß sein Hemd aus dem Hosenbund und verbarg sein Gesicht in dem hochgeschürzten Stoff. Bohnenberger führte ihn hinaus, und Emil schämte sich nicht, an der Schulter des Frankfurters in Tränen auszubrechen. Der

Herausgeber der historisch-kritischen Mörike-Ausgabe half Otto, Emil unter tröstenden Worten in dessen Auto zu schaffen: »Nehmen Sie es nicht so schwer. Es ist eine faszinierende Geschichte, aber es gibt keinen einzigen Beweis. Selbst das Foto von Maria vor der Bäckerei hat er nachgestellt, mit den Bediensteten seiner Eltern.«

Am Schwarzen Berg behandelte Veronika Otto mit großer Kälte, worauf sich der Dicke knapp verbeugte und ging. Emil wurde von seiner Frau bekocht und bewacht. Sie hatte Dalmadorm besorgt und saß dauernd an seinem Bett. Der chemisch begünstigte Schlaf war erholsam. Trotzdem erzählte Emil Veronika später seine längst bekannten Träume: von der schrecklichen nackten Maus im Inlet, den Flügeln, die aus seiner Rückenhaut brachen. Veronika entschied sich in diesen Tagen für eine neue Frisur. Als Emil zum ersten Mal wieder aufstand, trug sie schwarze Stacheln, und er sprach über eine Woche nicht mit ihr.

Veronika stand vor Peters Haustür, las die Schilder an der Klingelanlage: Müller/Rau, Steidle, im dritten Stock eine noch nie gesehene Frau Stern. Steidle, ja natürlich, so hießen die Autoschrauber! Veronika griff unter die Fußmatte. Eine Assel, silbergrau und zartfüßig, krabbelte ihr entgegen. Der Schlüssel lag an seinem Platz. Im Treppenhaus roch es nach Essig. Ein staubiger Ährenstrauß stand in einer Kupferkanne neben den Briefkästen. Der mittlere quoll über von Werbeprospekten. Vor Peters Wohnungstür lag das Kehrwochenschild auf der Fußmatte. Die brüchige Paketschnur, an der es von der Klinke gebaumelt hatte, kringelte sich über den mahnenden Worten. Veronika setzte einen Fuß auf den handbeschriebenen Pappdeckel und genoß das reißende Geräusch, mit dem ihr Absatz einsank. Dann schloß sie auf.

In der Wohnung war es dunkel, doch die schmalen Lichtpunkte, die durch die Rolladenritzen fielen, genügten Veronika. Sie schaltete keine Lampe ein. Hitze stand zwischen den dunklen Wänden. Es roch nach faulendem Müll und Staub. Sie öffnete die Tür vom Flur ins Bad. Hier schien die Sonne durch das kleine Milchglasfenster. Veronika kniff die Augen zusammen. Unter der Toilette verliefen die welligen dunkelgelben Ränder einer eingetrockneten Urinpfütze. Auf dem Badewannenrand saß ein Gummifrosch in einem zusammengeklumpten Frotteelappen. Im Waschbecken klebte Erbrochenes in bräunlichen Bröckchen. Veronika ging langsam durch die drei Zimmer. Das war nicht mehr die Wohnung, in der Peter, Mia und ihre Kinder gelebt hatten, sondern eine Grabkammer. Ihre Bemalung bestand aus jenen dunklen Rahmen, die ausgeräumte Möbel und Bilder hinterlassen, aus einer Strichmännchenschar, die auf der Kinderzimmerwand ihren spinnenbeinigen Tanz vollführte, aus einem grünen Kaugummiklumpen, der neben einem Rollladengurt klebte wie ein schlafender Laubfrosch. Von allen Türstöcken sprang der Lack in großen Placken ab. Aus der ergrauten Tapete wuchsen die bunten Dornen der Reißbrettstifte. Soßenflecke, Rotweinspritzer und Fingertapser saßen auf der Küchenwand über einem Tisch mit schimmelnden Tellern und halbvollen Gläsern. Am Rahmen der Wohnzimmertür standen die Namen Ivo und Jörn: 24.1.2010, 132 cm – 140 cm. Ein Sessel war zurückgeblieben, eine Matratze mit zerknittertem Bettzeug, das einen talgigen Geruch ausströmte. Ein halbleeres Bücherregal. Bunte Müslischachteln in der Küche. Vertrocknete Topfpflanzen auf allen Fensterbänken. Die neongelbe Munition einer Kügelchenpistole in einer Bodenritze. Eine silberne Dose ›Madmax Proteinshake‹. Veronika erreichte die Matratze und ließ sich fallen. In der Wohnung über ihr rauschte eine Toilettenspülung, dumpfe Schritte drangen durch die Decke. Veronikas Oberlippe war schweißbedeckt, sie tastete nach ihrer Handtasche.

Wahrscheinlich lag sie noch draußen auf der Terrasse. Vorsichtig rappelte sie sich zwischen den verdreckten Kissen auf. Eine Damenbluse schaute darunter hervor, eng geschnitten, langärmelig, violett. Auch im Dämmerlicht sah Veronika die salzigen Schweißränder unter den Achseln, das Etikett eines Billiglabels im Kragen. Ein leichter Kokosduft stieg aus dem Kleidungsstück, das Veronika nah an ihr Gesicht hielt. Emil war nach ihrem Antrittsbesuch im Etzelweg von Mia begeistert gewesen, hatte wie aufgezogen geplappert: »Eine Schönheit, eine stille Schönheit, wunderbar für ihn, aus demselben Stoff gemacht. Mutig und empfindsam zugleich.« Veronika legte die Bluse zusammen und stopfte sie zurück unter das Kissen.

Veronika hatte Peter einmal mit einem Mädchen gesehen, bald nach seiner Rückkehr aus den USA. In der Dunkelheit des Gartens hatten sie miteinander unter dem Apfelbaum gelegen, der am oberen Ende des Nachbargrundstücks wuchs. Zwischen den flechtenbedeckten Ästen des Ontario hingen noch ein paar Bretter von Peters altem Baumhaus. Hajo hatte damit angefangen, Emil hatte es fertiggebaut. Veronika war auf dem Balkon gestanden, hatte zu den schwarzen Fenstern des Rauschen Hauses hinübergesehen, dann auf den scharfen, hellen Umriß des Pärchens, das sich gänzlich unbeobachtet fühlte. Mit ruhigen, schaukelnden Bewegungen saß das Mädchen auf Peter. Ihr helles Haar mußte ihn im Gesicht kitzeln, als sie sich weit über ihn beugte. Seine Hände streichelten unaufhörlich ihren Rücken. Fledermäuse sausten mit trockenem Flattergeräusch durch die warme Luft. Veronika erinnerte sich, daß sie so lange dort gestanden hatte, bis sie fror und die Nacht die beiden längst verschluckt hatte. Nur ihr Flüstern und Lachen drangen noch lange herüber.

Sie ließ Peters Wohnungstür hinter sich zufallen, schob den Schlüssel wieder unter die Matte und ging auf die Terrasse zurück, wo ihre Handtasche auf dem Stuhl lag. Sie nahm den Flachmann heraus und mußte sich zwingen, ihn nicht ganz zu leeren. Die Schärfe des Cognacs, sein vertrautes Brennen taten gut. Sie setzte sich auf den sonnenwarmen Stuhl und hielt sich mit den Händen an den wackeligen Armlehnen fest. Das Holz war spröde und rissig. Zwei Aurorafalter tanzten mit orangefarbenen Flügelspitzen über die Wiese. Aus dem Vorgarten hörte sie immer noch Radiomusik, im ersten Stock stand ein Fenster offen, Geschirr klapperte. Veronika erhob sich, drückte die Handtasche an sich und trat vor das Haus, wo die Steidles gerade ihr Werkzeug zusammenräumten. Die Motorhaube hatten sie bereits geschlossen, im Lack des Fahrzeugs spiegelte sich der Abendhimmel. Vor der Bank an der Hauswand war ein Klapptisch aufgebaut. Darauf stand eine große Plastikschüssel voll Kartoffelsalat, schlonzig, wie es sich gehörte, glasige Zwiebelwürfel dazwischen. Auf einer Platte lagen Saitenwürstchen kreuz und quer übereinander. Frau Steidle, igelig geschorenes graues Haar über den leicht abstehenden Ohren, setzte einen von Besteck gekrönten Tellerstapel daneben. Ihr breiter Hintern wölbte sich unter dünnen Baumwollhosen. Die Ränder eines ungeheuren Slips zeichneten sich deutlich ab. Ein Stoff wie Klopapier, dachte Veronika. Sie fummelte einen Notizblock aus der Handtasche und schrieb ihre Telefonnummern auf: Handy, Palais, Schwarzer Berg. Sie legte den Zettel der Steidle auf den Tisch. »Wenn Sie etwas von Mia und den Kindern hören, rufen Sie bitte bei uns an. Wir machen uns große Sorgen.« Die Frau verteilte Gläser und Besteck. Sie sah Veronika aus vorstehenden blauen Augen an. »Ich versteh das alles nicht. Das war eine nette Familie. Bißchen ungewöhnlich. Aber man steckt nicht drin. Man kann nur hoffen, daß es mit den eigenen gutgeht. Aber die Welt wird auch immer verrückter. In letzter Zeit kommen selbst hier raus so komische

Leute. Flaschensammler, die machen jede Tonne auf, wegen Pfand. Aus der Innenstadt, da kenne ich das, aber hier im Etzelweg sind sie noch nicht lange. Man fühlt sich gar nicht mehr richtig wohl.« Sie öffnete ein Schraubglas, legte warzige dunkelgrüne Essiggurken in einem Kranz um den Saitenberg und wischte sich die Hände an der Hose ab. »Da, sehen Sie, was ich meine? Da ist schon wieder so einer!«

Über den Zaun hinweg erkannte Veronika die zarte Gestalt des Grafen. Er beugte sich über einen Mülleimer vor dem Haus gegenüber. Zu seinen Füßen standen mehrere Baumwollbeutel, aus denen die bunten Schraubverschlüsse von Plastikflaschen hervorschauten. Sie überlegte, ob sie rufen und winken sollte, entschied sich aber dagegen, da sie die Situation peinlich für ihn und sich selbst nicht in geeigneter Verfassung fand. Schnell sah sie zurück auf die Gurken und murmelte: »Emil hat seinen Kukumerntag dieses Jahr verpennt!« Veronika zwinkerte in der Abendsonne. Seit sie Emil kannte, beging er diesen einzigen Mörike-Gedenktag, den die Anhängerschaft des Dichters jährlich am 3. August in Erinnerung an die ›Häusliche Szene‹ feierte. Am Bloomsday brauchte man nur Burgunder und Blauschimmelkäse. Für Mörike mußte es schon komplizierter sein. Die Eduardianer setzten eigenen Essig an, legten Gurken ein und stellten die Flaschen, möglichst zahlreich, auf ihre Fensterbänke. Die armen Gurken, sie wirkten wie Homunculi, die im heißen Sud schwimmen und tagelang im Sonnenlicht ausharren mußten. Auch am Schwarzen Berg standen sie im Küchenfenster und starrten griesgrämig in Richtung Wald.

Seit Emil bei Facebook war, schrieb er die wachsende Ausbreitung des Kukumerntags seiner Aufklärungsarbeit zu. Er war dem Netzwerk beigetreten, weil er glaubte, dies seinen Schülern schuldig zu sein. Anstelle eines Fotos hatte er das verführerisch schöne Portrait des jungen Mörike eingestellt.

Er verschickte regelmäßig Einladungen und Rezepte und hatte auch schon, sehr zum Ärger der Schulleitung, mit seinen Zwölfern flaschenweise roten, weißen und grünen Kräuteressig sowie große Mengen von Remstaler Gurken in Weckgläsern an den Frontfenstern des Gymnasiums aufgereiht. Das Licht, das durch den zartgelben Sud, die feinfedrigen Dillstengel, die grünen Gurkenleiber in den Klassenraum strömte, war zu einem Aquariumsdämmer gefiltert. Die Gurken wurden andachtsvoll verspeist, nachdem die entsprechenden Zeilen rezitiert worden waren. Der erste Kukumerntag hatte am 3. August 1906 in der Stuttgarter Alexanderstraße in der Wohnung des Architekten Alfred Seitz stattgefunden.

Die Gedanken an Emil und die Gurken lenkten Veronika ab. Sie verabschiedete sich mit einem abwesenden Lächeln von den Steidles. Sie bemerkte nichts von dem Kopfschütteln, das ihr die Nachbarin hinterherschickte, auch nicht deren Mißbilligung beim Anblick von Veronikas tiefem Rückenausschnitt und ihrem zitternden Innehalten am Gartentor, dem erneuten Griff in die Handtasche, dem krampfartigen Schlucken und dem anschließenden Ruck, mit dem sie sich vom gemauerten Pfosten des Gartentors abstieß wie ein Schwimmer vom Rand des Bassins.

8 Ganz gegen seine Gewohnheit schloß Emil das Haus ab. Unter den Zwetschgenbäumen stand der Audi, die Windschutzscheibe bekleckert vom violetten Holunderkot der Amseln. Gelber Staub puderte das Glas. Es hatte schon lange nicht mehr geregnet. Emil fischte vertrocknetes Laub unter den Wischerblättern hervor. Veronika hatte heute morgen kurz nach dem Aufstehen beschlossen, Bus und Bahn zu benutzen: »Ich habe den Eindruck, ich bewege mich überhaupt nicht mehr.« Früher als sonst stürzte sie auf breiten Korkabsätzen aus dem Haus. Emil registrierte, daß sie noch im Flur ihre Sonnenbrille aufsetzte, das Gartentor nicht wie üblich ins Schloß knallte, sondern behutsam zuklinkte und auf das Display ihres Handys starrte, während sie am Nachbarhaus vorübereilte.

An Emils Autoschlüssel baumelte ein silberner Elefant, in dessen Bauch ein Glöckchen rumorte. Olga Sucher hatte ihm den Anhänger am Straßburger Bahnhof geschenkt, hastig von ihrem eigenen Bund abmontiert, an dem so viele Schlüssel klingelten, daß Emil unwillkürlich länger hinschaute. Mit einem Kopfschütteln hatte sie die Schlüssel in ihrer Handfläche aufgefächert und ihm zugelächelt. Ihre Finger waren feucht. Metallgeruch stieg von Olgas blassem Handteller auf. Emil war sich sicher, daß ihre Haut salzig und rostig zugleich schmeckte. Er hätte die Kuhle gerne säuberlich ausgeleckt. Olga legte den Kopf schief. »Sieht nach großer Verantwortung aus, oder? So viele Leute, um die ich mich kümmern muß. Alles Tarnung. Manchmal schaffe ich es sogar, mich selbst damit reinzulegen. In Wahrheit ist es immer nur Olga.«

Sie tippte die einzelnen Schlüssel nacheinander an. Einige waren oben mit bunten Gummiringen eingefaßt. »Mein Auto, das ist klar. Die Schulparkplatzschranke, der Generalschlüssel, das Lehrerzimmer. Mein Briefkasten. Meine Wohnung, die du nicht betreten willst. Mein Keller voller alter Briefe und häßlicher Vasen. Das hier ist die Seidenstraße, da habe ich mit meinem Exmann gewohnt. Sehr schön, Kastanie im Hof, zahme Eichhörnchen. Es ist ihm vollständig entfallen, daß ich noch immer bei ihm ein und aus gehen könnte. Er hat längst wieder geheiratet, so eine breithüftige Juristin aus Bayern, sie haben zwei Kinder. Die Wohnung meiner Eltern, mit Keller und Speicher. Die Wohnung meiner Großmutter, mit Trockenboden. Alle längst tot, und ich bring es nicht fertig, ihre Schlüssel wegzuwerfen.«

Am Schwarzen Berg sah Emil dem Elefanten in die Glasaugen und fragte: »Wollen wir den Peter holen?«

Peter saß hinter dem Haus seiner Eltern in einem Liegestuhl. Die Markise über der Terrasse war heruntergekurbelt. Emil roch den leichten Ölgeruch des erhitzten Stoffs, bemerkte, daß ein dunkelbraunes Frotteehandtuch über die Sitzauflage gebreitet war. Tempotaschentücher, eine Thermoskanne, Zeitschriften, ein Stück Träubleskuchen standen auf dem Tisch daneben. In den Hohlräumen der aufgeplatzten Baiserkruste krochen Wespen herum. Ihre prächtigen schwarzgelben Leiber bewegten sich leicht auf und ab, während sie mit den Gebißzangen süße Krümel herausrissen. In einem Strauß purpurner Flockenblumen brummten Hummeln. Peter hatte ein beigefarbenes Polohemd mit abgestoßenem Kragen an; Hajo trug es manchmal bei der Gartenarbeit. Peter saß vorgebeugt, als bete er. Die Hände hielt er im Schoß gefaltet. Sicher hatte er das Quietschen des Gartentors gehört, doch er sah nicht auf. Emil zögerte. Er mußte sich jedesmal überwinden, diesen teilnahmslosen, völlig fremden Mann anzusprechen, dessen Blick, rot und trüb, sich nur langsam, fast unwillig von dem unbekannten Punkt löste, den er stundenlang fixierte. In seinem Beruf hatte sich Peter eine überdeutliche Aussprache antrainiert. Er nuschelte nie und redete auch lauter als andere. Davon war nichts mehr übrig. Wenn er sprach, leierte er leise vor sich hin. Es gab ein paar wenige Satzmuster, in die seine ganze Existenz paßte: Ich kann nicht, ich will nicht, das hat doch keinen Sinn.

Emil zog die Schultern nach hinten und ging rasch auf Peter zu. »Peter, laß uns in die Stadt fahren. Wir suchen deine Kinder. Komm. Ich habe das Auto.« Er griff nach Peters Händen. Er ließ sich hochziehen. Emil fühlte die Schwere des Körpers, der ein Stück größer war als er selbst. Peter wehrte sich nicht. Einen Moment lang stand er schwankend, und Emil stützte ihn, spürte die langsamen Bewegungen, mit denen der Brustkorb auf und nieder ging, die feuchte Wärme der verschwitzten Haut. Peter schluckte häufig und schwer, als hätte er etwas Trockenes herunterzuwürgen. Er roch anders als bei seiner Ankunft, besonders sein Atem, ein saurer, gelblicher Geruch, dem etwas Chemisches anhaftete. Der durchdringende Gestank des seit Wochen ungewaschenen Körpers war verschwunden. Hajo hatte stolz erzählt, wie es ihm gelungen war, seinen Sohn unter die Dusche zu stellen. »Ich gehe mit ihm zusammen, wie früher, als er noch klein war und man ihn durchs Haus jagen mußte, damit er mal Wasser sieht. Ich habe ihm gesagt, du mußt nichts tun, ich seife dich ab und stelle die große Brause an, es ist ganz schnell vorbei. Er war nicht begeistert, aber er ist tatsächlich mitgegangen. Jeden Tag klappt das nicht, aber der gröbste Dreck ist runter. Das zeigt auch, daß die Wirkung langsam einsetzt. Keine völlige Katatonie mehr.« Emil stellte sich die beiden nackten Männer in Carlas Dusche vor, umgeben von den braungrünen Kacheln, über die sie manchmal jammerte. Hajos Körper mit haarigem Kugelbauch, die vom täglichen Dauerwaschen runzeligen Hände, die triefende Glatze. Sicher hatte er sich auf die Zehenspitzen gestellt, um Peter die Haare zu waschen. Lotionen und Syndets in großen Klinikpackungen, das heiße Flüstern des Wasserstrahls, Peters geschundener Rücken.

Jetzt zog Emil Peter über den Gartenweg. Er war begeistert von der Tatsache, daß er ihm überhaupt nachkam, ähnlich wie Hajo über seinen Duscherfolg. Aufgeregt redete er auf ihn ein. »Wir fahren überall rum, schauen, wo sie sein könnten. Heute ist ein schöner Tag, vielleicht unternehmen sie etwas. Wilhelma, Schloßgarten, Eiswägele. Kinder sind Gewohnheitstiere.«

Emil glaubte selbst nicht an seinen Plan. Er erschien ihm so absurd und weltfremd wie die Unternehmungen der Helden aus alten Bilderbüchern: Bills Ballonfahrt. Die Reise zum Mittelpunkt der Erde. Gleichzeitig wünschte er sich brennend, es könnte gelingen. Er malte sich aus, wie Peter seine Jungen wiedersah, wie ihre Umarmungen die schreckliche Starre auflösten, wie der alte Peter aus dem verkrusteten Larvenleib hervorbrach, der Peter, den er kannte.

Emil stellte sich vor, wie Peters Kinder vor dem Eiswägele warteten. Sie bestanden nur aus ihren dünnen, gebräunten Gliedmaßen, die Hosen lehmig an den ausgefransten Säumen, statt der Gesichter verschwommene Kreise. Ivo und Jörn, seltsame Namen, nach deren Herkunft er Peter nie gefragt hatte. Dafür sah er das Eiswägele um so deutlicher. Diese knallrot lackierte Schachtel auf Rädern, die am Ausgang der Klett-Passage im Schloßgarten stand. Emil imaginierte die Hängebrücke, den schlafenden Eberhard auf seinem Sockel und den aufgeblähten gelben Pilz des Landespavillons. Hinter Baumkronen lauerten die Umrisse seiner Schule. Mit Olga war Emil manchmal in der Mittagspause dort gewesen.

Sie leckte immer die gleichen Sorten: Haselnuß und Schokolade. Den Wagen zierte eine mädchenhafte Schlaufenschrift, daneben klebten Parolen gegen Stuttgart 21. Über den buntgefüllten Eiscremebehältern waren die Waffeln zu einem großen Füllhorn aufeinandergesteckt. Dahinter glänzte die lächelnde Eisfrau. Mit silbernem Löffel fuhr sie in den Trögen herum und war mit ihren vollen Brüsten und Armen, einer vom Dialekt durchwärmten Altstimme so verlockend wie der Sommer im Park hinter ihr. Sie würde zuerst die Wünsche der Kinder erfüllen. Dann wäre Peter an der Reihe: bartlos, gebräunt, das hagere Gesicht mit den Carla-Augen, der schmalen Hajo-Nase und diesem beweglichen, besonders an der Oberlippe so zart geschwungenen Mund. Er lachte und biß ein Stück Eiskugel ab. Die Kinder riefen: »Papa, man darf nichts Kaltes beißen«, und er legte der Eisfrau einen Fünfeuroschein hin, den er, mehrfach gekniffen, lose in der Vordertasche seiner Jeans trug, weil er noch nie einen Geldbeutel besessen hatte. Wie ein Gammler, sagte Hajo.

Emil schüttelte den Kopf und kniff die Augen zusammen, weil ihm die Tränen kamen. Er schämte sich für die kitschige Vorstellung, aber er fühlte sich tatkräftiger als Carla mit ihrem hilflosen Geglucke oder Veronika, die jeden Tag verbissener in die Stadtbücherei flüchtete. Er wußte, daß sie das Auto stehengelassen hatte, damit sie schon in der Straßenbahn anfangen konnte zu trinken. Sie war nur mit einem gewissen Pegel in der Lage, Peter zu besuchen. Länger als eine halbe Stunde hielt sie es nicht bei ihm aus. Hajo war, seitdem er den Beutel mit der Infusion an der Kinderzimmerwand aufgehängt hatte, damit beschäftigt, eine Therapie für seinen Sohn zusammenzustellen, an deren Gerüst er akribisch und pflichtbewußt zimmerte. Er hatte ein Antidepressivum verordnet und überwachte die Einnahme der Tabletten. Auf dem Eßtisch lag ein liniertes Schulheft, wahrscheinlich aus

Carlas unerschöpflichen Beständen. Auch wenn Hajo in seiner Praxis längst alle Daten digitalisiert hatte, und dies nicht ohne Begeisterung, kehrte er jetzt zu Papier und Kuli zurück. In einer schwungvollen, gut lesbaren Schrift, deren Druck das Papier wellte, notierte er neben Blutdruck und Gewicht jeden Bissen, den Peter aß, die Behandlung seines Ausschlags auf dem Rücken mit einer antibiotischen Salbe, die genaue Flüssigkeitsmenge, die Medikamentendosis und sein allgemeines Befinden. Dabei kennzeichnete er die schlechten Phasen mit Minusstrichen, die guten mit Pluszeichen. Bis jetzt überwog das Minus. In der Küche neben dem Kühlschrank hatte er zwei gläserne Kannen aufgestellt, die er jeden Morgen zur Hälfte mit Leitungswasser, zur Hälfte mit Apfelsaft füllte. Carla mußte darauf achten, daß sie bis zum Abend geleert waren. Als nächstes wollte er mit Peter im Wald joggen, wenn dieser wieder kräftiger war. Es sollte langsam anfangen, jeden Tag fünf Minuten länger. Bewegung sei enorm wichtig zur Unterstützung der medikamentösen Therapie, das sei lange Zeit unterschätzt worden, hatte Hajo Emil erklärt. Beim Sport schütte der Körper Stoffe aus, die stimmungsaufhellend wirkten.

Zwischen Carla und Veronika hatte sich im Laufe der letzten Wochen eine Art Abendritual herausgebildet. Veronika besuchte Peter, wenn sie aus der Bücherei kam, und saß eine Weile bei ihm. Ging sie, kam Hajo herein und nötigte Peter in die Dusche, auf die Waage oder zum Essen. Carla begleitete Veronika hinaus. Veronika öffnete das Gartentor und stand mit einem Fuß auf dem Weg. Die beiden Frauen blieben oft eine halbe Stunde oder länger vor dem Haus stehen. Meistens war es Carla, die sprach: Veronika erfuhr, daß Peter wieder mehr aß und gegen Mittag aufstand, um die Fische zu füttern. Carla klagte darüber, wie hilflos sie sich angesichts von Hajos Aktivitäten fühlte.

»Er macht es genauso wie bei seinen Patienten. Es ist derselbe Kümmerer-Reflex. Regelmäßigkeit, Disziplin und Fürsorge. Ich bin bei dir. Wir schaffen es gemeinsam. Er glaubt, es hilft ihnen, wenn er sie überwacht. Und soll ich dir was sagen? Es klappt fast nie. Sie können nicht aufhören zu fressen oder zu saufen. Haben alle möglichen Ausreden, kommen irgendwann nicht mehr. Und dann ärgert er sich, zweifelt an sich selbst und kann einfach nicht verstehen, wie man so schwach sein kann. Er würde es schaffen. Das habe ich selbst gesehen. Bevor Peter kam, hat er gequalmt wie ein Schlot. Jeden Tag zwei Schachteln, da war er ja noch in der Klinik. Sie haben ihn damit aufgezogen, daß er am liebsten noch im OP rauchen und den Leuten in die offenen Bäuche aschen würde. Dann hat er von einem Tag auf den anderen aufgehört. Jetzt ist er davon überzeugt, daß er Peter auch wieder hinkriegt. Wenigstens tut er was, er hat einen Plan. Und ich? Muddi steht am Herd und macht den Wachhund.«

Peter ließ sich in den Beifahrersitz schieben. Emil unterdrückte den Impuls, seinen Kopf zu umfassen, um ihn vor dem Zusammenprall mit dem Türrahmen zu schützen, wie ein Polizist im Fernsehkrimi, der den Gauner auf die Rückbank zwingt. Mechanisch griff Peter nach dem Gurt, ließ das glänzende schwarze Band über seine Brust laufen, die Schließe rastete ein. Emil schloß die Tür von außen.

Carla war im Haus. Emil hörte das Radio aus dem geöffneten Schlafzimmerfenster. Sie mußte es voll aufgedreht haben, denn er erkannte Cat Stevens heitere Stimme und blieb kurz stehen. *Oh baby, baby, it's a wild world, it's hard to get by just upon a smile, girl*, dann heulte der Staubsauger auf. Emil wandte sich ab und stieg ein. Sollte er ihr Bescheid sagen? Sie würde vor Angst verrückt werden. Er konnte von unterwegs anrufen. Das Handy lag irgendwo auf dem Rücksitz, er wollte jetzt keine Zeit verlieren.

Während Peter ächzend auf dem fleckigen Polster herumrutschte, tastete Emil unter den Fahrersitz. Er fühlte die glatten Umrisse der Flasche, die Veronika dort versteckt hatte. Hinter den gerillten Glaswänden gluckerte es leise, als er sie vorsichtig hin und her bewegte. Mit einem Lächeln startete er den Motor: »Wenn wir eine Pause brauchen, könnten wir doch mal wieder in die ›Schlange‹ gehen. Da waren wir schon ewig nicht mehr. Und vorher holen wir Veronika ab, sie arbeitet heute länger.«

Den Schwarzen Berg glitt er mit erhöhter Geschwindigkeit hinunter, nur um zu sehen, wie der Fahrtwind Peter das Haar aus der Stirn blies. An den Bart hatte er sich immer noch nicht gewöhnt. Die Augen, die jetzt geradeaus durch die Windschutzscheibe schauten, waren offen. Sie schienen zumindest etwas zu sehen. Emil ließ den Motor aufheulen und fuhr an der Neubaukolonie vorbei, Waiblinger-, Hartlaubstraße, bog rechts ab in den schmalen Hohlweg. Es ging bergauf durch Gärten und Weinberge. Er sah die erstaunten Schafe am Zaun des ersten Grundstücks, die krummen Apfelbäume, das Nicht-füttern-Schild. Niemand kam ihm entgegen. Schiefe Wengerterhäuschen standen in steil herabstürzenden Wiesenstücken, rosafarbene Wicken hingen im Drahtgeflecht eines Zaunes, Goldruten schwankten. Ein Sportwagen kam ihnen entgegen und drückte sich ängstlich in die Ausweichbucht. Emil passierte ihn lachend, die Außenspiegel berührten sich, und er zwinkerte zu Peter hinüber: »Diese Idioten, glauben immer, es paßt nicht«. Sie waren bereits im Wald, und erst als Peter das Fenster herunterkurbelte und die grüne Kühle der Buchen hineindrang, merkte Emil, wie stark er schwitzte. Sein Hemd klebte am Rücken, und kleine Rinnsale tropften von der Stirn in die Augenbrauen. In einer breiten Schlaufe passierten sie die Pischekstraße. Die Stadt im Tal lag unter einem wolkenlosen Himmel, Hitze vibrierte über den Dächern, und in der schmutzgeschwängerten Luft waren die Türme der Kirchen, des Bahnhofs, die hellen Hochhausquader nur undeutlich voneinander zu unterscheiden. An den Anhöhen des Kessels stieg der Wald dunkelgrün empor. Emil erkannte den Fernmeldeturm mit seinem ufoartigen Unterbau und der gefährlich aussehenden Spitze, der aus dem staubigen Sommerlaub emporragte.

»Als erstes zum Eiswägele?« fragte er. Peter zuckte die Achseln. »Ich weiß nicht, wo sie sind. Ich habe sie seit Wochen nicht mehr gesehen.« Er hatte angefangen, an den Fingernägeln zu kauen und die Haut an den Nagelbetten mit den Zähnen zu bearbeiten, bis sie bluteten. Jetzt rupfte er mit verzerrtem Gesicht an der geröteten Schwellung seines Mittelfingers. Schnell schaute Emil aus dem Fenster. Er versuchte, sich mit den Altbauten der Sonnenbergstraße zu trösten, die sie entlangfuhren, und zitierte Hermann Lenz: »Helle Villenzimmer mit grünlichem Schein von Birkenblättern und Geishirtleästen.«

Peter reagierte nicht, obwohl Lenz, der Schöpfer des wahren Taugenichts Eugen Rapp und legitimer Erbe des Leistungsverweigerers Mörike, immer sein Held gewesen war. Emil bekam einen Hustenanfall und ließ sich keuchend gegen die Kopfstütze fallen.

Erschrocken steuerte er die Hohenheimer Straße hinunter. Vergangene Nacht war er von seinem eigenen Husten aufgewacht, einem qualvollen, abgehackten Krächzen. Wahrscheinlich hatte er sich im Schlaf verschluckt. Ungelenk hatte er sich aus dem verknäulten Laken gewickelt, um ins Badezimmer zu gehen. Auf dem Flur stellte sich Veronika ihm entgegen, die Augen aufgerissen, das lange schwarze Nachthemd an der Seite hochgerafft und in der Faust zusammengehalten. Er sah ihre bleichen Kniescheiben, die tiefen Kerben in der Haut von Hals und Dekolleté. Sie sprach laut und keifend: »Was ist los, um Himmels willen, warum hustest du so schrecklich?« Als sie ihn am Arm packte, merkte er, daß sie nicht verärgert, sondern ängstlich war. Ihre Stirn glänzte, die Lippen zitterten. »Hast du Schmerzen in der Brust?« Emil drängte sich an ihr vorbei. Sie roch nach warmer Betthöhle und Parfüm. »Ich möchte etwas trinken, pissen und dann weiterschlafen. Ich habe mich verschluckt.« Sie ließ ihn nicht gehen, klammerte sich an ihn. »Du hast noch nie nachts gehustet! Das ist doch nicht normal!« Sie folgte ihm ins Bad und presste sich an ihn, als er sich zum Waschbecken hinunterbeugte, den Mund an die verkalkte Zitze des Hahns legte und einen Schwall viel zu warmes, rostig schmeckendes Wasser trank. Prompt bekam er einen Ständer. Er konnte nicht mehr pinkeln, weil sie jetzt vor ihm stand und ihn ansah, die Augen riesig, die Hände ineinander verkrallt, die kleinen Zehen winzig, plump und bläulich auf den Fliesen. »Du mußt morgen zum Arzt gehen!« Emil zeigte ihr den Vogel. Er fand sich lächerlich, nackt und haarig auf der weißen Kloschüssel, wie ein Kind auf seinem Töpfchen. Er drückte seinen aufgerichteten Penis mit der Hand nach unten und schüttelte den Kopf. Veronika stand immer noch vor ihm, beschimpfte ihn und zupfte an ihrem Polyesternachthemd. »Wenn ich in hundert Jahren einmal huste!« Ärgerlich murmelnd hatte sie sich schließlich ins Schlafzimmer getrollt, und er erschlaffte, urinierte endlich, ein wenig befriedigendes Rinnsal.

Am Hauptbahnhof wußte Emil nicht, ob der Parkplatz überhaupt noch in Betrieb war. Trotzdem ordnete er sich an der Heilbronner Straße ein. Der Bauzaun zog sich um die Trümmer des eingerissenen Nordflügels. Seit er zum letzten Mal hier gewesen war, hatten sich die Botschaften vervielfacht. Reisende standen mit ihren Koffern davor, lesend oder im Gespräch. Peter sah auf und schüttelte den Kopf. Er weigerte sich auszusteigen.

»Ich kann da nicht hingehen. Alle werden nach den Jungs fragen, die waren bei den Leuten im Park bekannt wie bunte Hunde. Ich halte das nicht aus.« Emil spielte mit dem Schlüssel, ließ den Elefanten klingeln.

In den letzten Wochen hatte Peter nur wenige Sätze über Mia und die Kinder verloren, karg und ungeformt, als strenge es ihn an, sich zu erinnern. Seine Geschichte war derart banal, daß Emil nicht begriff, wie sie ausgerechnet Peter passieren konnte. Seine Reden ergänzten den Bericht einer sehr betrunkenen Veronika aus ›einem verwünschten Etzelweg‹ und die fassungslosen Auskünfte Carlas: »Unerhört, ich weiß nicht, was ich sagen soll. Natürlich ist Peter ein Schaf. Er hätte sich sofort einen Anwalt nehmen müssen. Väter haben inzwischen mehr Rechte. Aber sie ist anscheinend einfach auf und davon. Niemand weiß, wo sie sind.«

Einen Vormittag lang hatte Emil sich damit beschäftigt, Mias Namen durch das Internet zu jagen. Er wollte ein Wunder bewirken, wo alle anderen versagten. Dabei war er stets auf die gleichen mageren Einträge gestoßen. Auf der Seite ihres Arbeitgebers fand er ihr ovales, von dunklem Haar umgebenes Gesicht, fremd über einer blauen Bluse, hellem Blazer und Ansteckblume. Sanitas-Akademie, Schule für Gesundheitsberufe, darunter eine Telefonnummer. Am anderen Ende meldete sich die Stimme einer Kollegin. Die Frau reagierte auf seine Fragen mit deutlicher Gereiztheit: Sie sei nicht befugt, irgend jemand Auskunft über die Frau Müller zu geben. Da könne ja jeder kommen. Mias Mailadresse schleuderte Emil eine Abwesenheitsnotiz entgegen. Immer wieder rief er im Etzelweg an. Das Tuten des Freizeichens hielt er nicht länger als eine Minute aus.

Das einzige vernünftige Gespräch, das Emil im Laufe dieses Morgens führte, war das mit der logopädischen Praxis in der Schlosserstraße. Er hatte sich als Dr. Hans-Jochen Rau gemeldet. Peters Kollegin, deren Stimme zuerst warm und freundlich gewesen war, hatte sich laut geräuspert. »Ich bin in einer unmöglichen Situation. Peter ist einfach nicht mehr erschienen. Einmal hat er angerufen und mir gesagt, er könne jetzt nicht in die Praxis kommen, seine Kinder kämen jeden Moment zurück, und er müsse auf sie warten. Von einem Tag auf den anderen. Ich kenne ihn so lange. Es war mir schon länger klar, daß er nie voll einsteigen wird. Er wollte immer seine Freiheit behalten, aber er konnte sehr gut mit Kindern umgehen, auch mit alten Leuten, Schlaganfallpatienten. Sogar nach Heslach bin ich gefahren, habe Sturm geklingelt, über eine halbe Stunde vor seiner Tür gewartet. Seine Nachbarn haben mir Kaffee angeboten und einen Stuhl, aber sie wußten auch nichts. Unmöglich war das. Seine Patienten, seine Gutachten, er hat mich auf allem sitzenlassen. Ich habe jetzt eine Bekannte eingestellt, sonst hätte ich die Praxis nicht halten können. Seine ganzen Sachen, Akten, Bücher, Materialien, das liegt alles noch hier im Keller. Es ist ein Jammer.«

»Wo sind wir?« fragte Peter plötzlich, und Emil zuckte zusammen. »Auf der Neckarstraße«, antwortete er eifrig. Peter öffnete das Handschuhfach, nahm ein Päckchen Zahnpflegekaugummi heraus und drehte es zwischen den Fingern. »Mit den Jungs bin ich oft in die Wilhelma gegangen. Wir haben Proviant mitgenommen und sind bis zum Nachmittag geblieben. Das haben Papa und ich am Wochenende auch immer gemacht. Um acht waren wir dort, spätestens um elf wieder zu Hause. Da wartete die Abrechnung. Waschkörbe voller Karteikarten. Grüne Reiter für die Ortskrankenkassen, rot für die Ersatzkassen, gelb für die Privaten.«

Der Weg in die Wilhelma dauerte länger, als Emil vermutet hatte. Er wußte nicht, ob es an ihm lag oder an den vielen Umleitungen. Mehrfach mußte er gewohnte Strecken verlassen und durch Straßen fahren, in denen er seit Jahren nicht gewesen war. Die weißrot gestreiften Baustellenabsperrungen, hinter denen sich riesige Löcher im Erdreich auftaten, schienen die ganze Stadt zu verstellen. Überall war der Boden geöffnet. Unter dem aufgesprengten Asphalt der Fahrbahn lagen die Schichten des Erdreichs bloß: grauweiß gefleckter Kies, staubiger Zinnober, eingetrockneter Ocker, durchzogen von schwarzen Kabeln und Rohren, die von Rost und Kalk ummantelt waren. Bagger mit gezähnten, lehmverkrusteten Schaufeln glitten unermüdlich durch das Geröll, dazwischen liefen Scharen von Arbeitern mit gelben Ohrenschützern und Sicherheitsschuhen. Betonröhren von beängstigendem Durchmesser stapelten sich in Bushaltebuchten, Fußgänger sahen sich hilflos um, Ersatzhaltestellenschilder ragten an weit entfernten Stellen auf. Immer wieder waren Gebäude von smaragdgrünen Planen verhängt, die sich träge im heißen Wind bewegten. Auf vielstöckigen Baugerüsten ließen halbnackte Männer mit rotbraun verbrannten Oberkörpern farbbeschmierte Holzbretter von Hand zu Hand in die Tiefe gleiten. Emil suchte nach Geschäften und Kneipen, die er kannte, um sich zu vergewissern, daß er wirklich dort war, wo er zu sein glaubte. Der Thailänder in der Neckarstraße war verschwunden, statt dessen leuchtete das weißblau karierte Schild einer bayrischen Gaststätte auf.

Umleitungspfeile schickten sie durch Ostheim und hinter die Villa Berg. Der schwarze Elefant auf den Wegweisern schien ständig vor ihnen davonzulaufen. Plötzlich hingen sie auf der Uferstraße hinter dem Wasserwerk im Stau. Emil fluchte und hieb auf das Lenkrad. Peter gähnte.

Die Fahrt durch das überfüllte Wilhelma-Parkhaus war eine schaukelnde Angelegenheit, bei der Emil sich ertappte, wie er bei den engen Kurven ins nächsthöhere Stockwerk die Augen schloß und darauf hoffte, der Wagen würde diese Aufgabe auch ohne ihn meistern. Auf der dritten Ebene hatte er zu spät eingeschlagen und schrammte an einer Säule entlang. Familienkombis und Jeeps mit Kennzeichen aus dem näheren Umland von Calw bis Konstanz standen dicht an dicht.

Peter hing still in seinem Gurt. Statt zu reden, drückte er seine Fingerspitzen in die durchsichtigen Fensterchen einer leeren Kaugummipackung. Das knackende Geräusch wiederholte sich in einem unregelmäßigen Rhythmus und erinnerte Emil an Morsezeichen, die er nicht entschlüsseln konnte.

Am Haupteingang warteten Besucher in langen Reihen. Kinder spiegelten sich in den Scheiben des grüngoldenen Kassenpavillons. Sie rannten die Rabatten entlang und legten ihre Hände auf die haarigen Stämme der Palmen, kreiselten um die schlanken Metallsäulen des Pavillons und versteckten sich hinter Blumenkübeln. Ihre aufgeregten Stimmen mischten sich mit dem Dröhnen der B10 und den schnatternden Rufen der Flamingos aus den Anlagen. Emil schüttelte den Kopf und rieb sich die Augen. Als Peter sich aus dem Auto gezwängt hatte, das äußerst eng zwischen zwei Kombis geparkt war, tauchte Emil unter seinem Sitz auf, nachdem er den lauwarmen Cognac in hastigen Schlucken getrunken, sich den Hinterkopf am Lenkrad gestoßen und die Flasche mit einem heftigen Fußtritt wieder in die Tiefe befördert hatte.

Peter blieb stehen und legte seine Hand auf die Terrakottawand, die vom Torbogen des Eingangs bis zum Pavillon führte. »Fühl mal.« Er streichelte die Ornamente des Reliefs, den breiten Blätterkranz. Emil hastete täppisch auf ihn zu, um es ihm nachzumachen, froh darüber, daß Peter von sich aus etwas tat. Der ziegelrote Stein war von der Sonne erhitzt. Emils Fingerspitzen wurden schmutzig, als er sie durch die Rillen wandern ließ. »Ivo und Jörn behaupten, die Mauer sei immer warm, auch im Winter, und im Sommer würde man sich die Hände an ihr verbrennen. Wenn sie hier hereinkommen, lassen sie die ausgestreckte Hand über den Stein laufen. Die Finger werden schwarz. Verkohlt, natürlich.« Er lächelte kurz und nestelte in seiner Hosentasche, zog Dauerkarte und Personalausweis hervor.

Emil stellte sich in die Kassenschlange. Er hatte den Zoo nie gemocht. Die eingesperrten Tiere deprimierten ihn, und er kannte keinen Ort, an dem er sich mehr schämte als vor den dicken Glasscheiben der Menschenaffen-Häuser. Merkwürdigerweise ging es in einem der wenigen Gespräche mit Mia, die Emil im Gedächtnis geblieben waren, auch um die Wilhelma. Sie konnte Peters Begeisterung nicht teilen und hatte versichert, weder ihm noch ihren Jungen zuliebe sei sie bereit, noch einmal einen Fuß in den Zoo zu setzen. Als Begründung hatte sie Emil eine Geschichte aus ihrer Kindheit erzählt. Sie begann im Glaspalast des Wintergartens, neben Goldfischteich und Bananenbäumen. Alpenveilchen seien dort gewachsen, büschelweise Alpenveilchen. Mia hatte mit lebhafter Gestik ihre kindliche Begeisterung für Faultiere, Orchideen und hüpfende Tropenvögel geschildert und dann das blanke Entsetzen beim Anblick einer Maus, einer flauschigen, rundohrigen, goldpelzigen Maus. Sie hatte gerade geboren und ihre noch blinden Jungen gesäugt, eine Schar winziger rosafarbener Fleischklümpchen, mit kurzen, haarlosen Schwänzen. Und während dieser Maus, dieser Mutter, ein unzählbarer Haufen Kinder am Gesäuge klebte, benagte sie mit ihrem possierlichen Schnäuzchen ein weiteres Kind, das nicht ganz so rosig aussah wie seine Geschwister. Sie benagte einen Leichnam, während unten die Milch strömte. Mia hatte geschrien und war geflohen, gerannt bis zum Eingang, durch das quietschende Drehkreuz gewirbelt und erst unter dem Torbogen am Ende des Gangs mit den roten Reliefplatten wieder zum Stehen gekommen.

Emil kaufte sich eine Tageskarte. Peter wartete abseits der Besuchermenge. Emil nahm seinen Arm. Gemeinsam liefen sie an den Wärtern mit ihren blauen Uniformen vorbei durch den Haupteingang. Sie vermieden die Gewächshäuser, die weißleuchtend in der Hitze lagen. Peter bewegte sich langsam, aber nicht mehr so schlaff und kraftlos wie in der ersten Woche. Statt zu schlurfen, hob er ordentlich die Füße und hielt sich fast gerade. Die Außenanlagen waren dicht mit Sommerblumen bepflanzt. Emil blinzelte und sah auf eine rotgelb lodernde Fläche, die am Rand der Glashäuser entlangbrandete. Aus der Rabatte ragten die fleischigen Zinnoberköpfe von Feuerlilien empor, und Emil nahm, je länger er zwischen den Blumen und dem hellen Belag des Weges hin und her blickte, nur noch die Farben wahr.

Vor der Steinlandschaft der Brillenpinguine blieb Peter stehen. Die kleinen schwarzweißen Vögel standen mit geschlossenen Augen beieinander im Schatten. Jeder trug eine breite Metallklammer am Stummelflügel. Es sah unbequem aus, aber die Tiere schien es nicht zu stören. Emil erinnerte sich daran, daß vor einem Jahr ein Pinguin aus dem Gehege entführt worden war. Seine Schüler hatten ihm empört erzählt, der Vogel sei auf eine bestimmte Fischnahrung angewiesen. Radio und Zeitungen flehten den Entführer an, Sandy, so hieß der Pinguin, zurückzubringen, da sie ohne fachgerechte Pflege nicht überleben könne. Das Tier war nie wieder aufgetaucht. Fischgeruch hing über der Kolonie. Aus Schläuchen sprühte Wasser über die Felsen. Peter sah die Vögel nicht an. Als er auf die Tür der begehbaren Voliere zustrebte, rempelte er ein paar Leute an.

In der Freifluganlage war es stickig. Durch das elegant aufgehängte Dach aus feingestrickten Drahtnetzen schien kein Lüftchen zu dringen. Emil wäre gerne draußen geblieben. Die engen Wege verliefen sich in üppigem Gebüsch. Eine Menge

Vögel war innerhalb der Barrieren unterwegs, hüpfend, fliegend, unsichtbar raschelnd. Peter blieb stehen. Vor ihnen auf dem Weg jagten zwei Jungen, sie mochten zehn und zwölf Jahre alt sein, hinter einem braungefiederten Vogel her, der mit seinem ausgeprägten, eckig geplusterten Kopfputz lächerlich aussah. Er witschte über den sandigen Pfad und stieß ängstliche Laute aus. Der Jüngere ging in die Knie und griff nach ihm, während der andere versuchte, dem Tier den Fluchtweg abzuschneiden. Beide Kinder waren stark übergewichtig, doch bei der Jagd erwiesen sie sich als erstaunlich wendig. Fast graziös hatte sich der Kleinere auf die Erde geworfen. Mit vorgerecktem Arm, den ganzen Körper im Sprung gestreckt, hechtete er dem Vogel nach und berührte dabei dessen Schwanzfedern. Jäger und Gejagter schrien gleichzeitig auf. Auf den Zügen des Kindes sah Emil vollständiges Entzücken. In wortlosem Zusammenspiel sprang der andere Junge der flüchtigen Beute entgegen, verstellte den Weg hinter die schützende Barriere. Auf seinen zarten Krallenfüßen, dünn wie schwarzberindete Stöckchen, wippte der Vogel eilig davon, berührte kaum den Boden. In höchsten Tönen fiepend, schlug er einen Haken um seinen Verfolger und rettete sich mit einem letzten gewaltigen Hopser in einen Busch. Emil wunderte sich, warum er sich nicht einfach in die Luft erhob und flog. Schnell trat er auf die schnaufenden Jungen zu, benutzte seine Lehrerstimme: »Laßt den Vogel in Frieden! Hier darf man keine Tiere anfassen.« Die Kinder sahen erstaunt auf. Ihre verschwitzten, rot gefleckten Gesichter waren völlig arglos. Der Größere trat auf Emil zu. »Wieso? Wenn man sie kriegt, dann darf man das.« Der kleinere Junge stand auf, wischte sich die Knie ab. Emil sah im blassen Fleisch bläuliche Vertiefungen, wo sich Sand und Steinchen eingedrückt hatten.

Das Kind schaute Emil vorwurfsvoll an. »Genau, die wolln das. Beinah hättn wir ihn gehabt.« Er sprach verschmiert und undeutlich. Emil musterte die beiden, die dicken Plastiksohlen ihrer Turnschuhe, die Bermudas mit Armee-Druck, den kleinen Goldring im fleischigen Ohrläppchen des Älteren, die künstlich blondierten Haarsträhnen, verklebt von Gel und Schweiß, die mit Speck ummantelten Fuß- und Handgelenke, die weichen Bäuche unter den dünnen Shirts. Jetzt schämte Emil sich für seine Wut und kreuzte die Arme über der Brust. Es war niemand in der Nähe, der zu den beiden gehören konnte. »Diese Tiere können vor Angst sterben, wenn man sie berührt. Sie sollen hier so leben wie in der Natur.« Die Kinder starrten ihn weiter an, der ältere blaffte: »Scheiße, Mann«, wurde aber von seinem Begleiter unterbrochen, der Emil nicht weiter beachtete, sondern auf Peter zustürzte. Dieser hatte den grünen Vorhang zur nächsten Voliere hochgehoben. Emil ging davon aus, daß er von der Szene nichts mitbekommen hatte. In den Saum der Abtrennung waren Gewichte eingenäht. Peter hatte sichtlich Mühe, den schweren Stoff zu halten. Der Junge blieb vor Peter stehen und legte ihm die Hand auf den Arm. Er war schwer zu verstehen, schliff die Wörter zusammen und intonierte die Vokale so, daß sie sich kaum voneinander unterschieden. »Peter? Du bist doch Peter, oder? Komisch, dein Bart. Aber ich hab dich trotzdem erkannt. Warum bist du nicht mehr gekommen? Ich hab fast 'ne Stunde auf dich gewartet. Ich muß jetzt zu dieser Frau, aber die nervt. Die lacht immer so, und sie kennt das Pinguin-Spiel nicht. Wann kommst du wieder?« Peter ließ den Vorhang langsam zu Boden gleiten. Er trat einen Schritt zurück. Die Hand des Jungen hing ausgestreckt in der Luft. Peter scharrte mit den Füßen im Sand und begann, an der Seite seines Daumen herumzubeißen. Die Zähne lagen bloß, eckig und gelb ragten sie aus dem blassen Zahnfleisch, sein Gesicht verzerrte sich. Der Junge starrte Peter fassungslos an, der den Daumen aus dem Mund nahm und ihn an seiner Hose abwischte. Als er anfing zu reden, entspannten sich die Züge des Kindes allmählich. Peter bemühte sich, laut und klar zu sprechen. Emil staunte darüber, wie allein der Klang der Stimme etwas von seinem alten Selbst zurückbrachte, nur ein paar Sätze lang. »Pascal. Du bist hier. Ich kann nicht mehr in die Praxis kommen, tut mir leid. Tut mir wirklich leid.« Peter ging vor dem Jungen in die Knie und artikulierte mit deutlicher Stimme und übertriebenen Mundbewegungen: »Denk daran, daß du mit ›dem‹ und ›den‹ weitermachst. Das hattest du so gut drauf. Ich fange *den* Vogel. Ich bringe *dem* Vater ein Bier.« Ein schwaches Grinsen sprang zwischen ihm und dem Jungen hin und her, um sofort wieder zu erlöschen. Peter erhob sich und steckte die Hände in die Taschen seiner Jeans. »Jeden Tag üben, nicht vergessen.«

Dann drehte er sich um, trat durch den Vorhangspalt, klinkte die Metalltür dahinter auf und schob sich durch. Emil sah die Gesichter der Kinder, ihre vollständige Verwirrung, die weit aufgerissenen Augen. Er wußte nicht, was er ihnen sagen konnte, murmelte noch: »Er kommt bald wieder«, dann hastete er hinterher. Als er sich durch den Türspalt zwängte, hörte er die laute Stimme des Älteren: »Was war denn das für ein Penner?«

9 Nach dem Besuch der Vogelanlage klagte Peter über Schwindel und Kopfschmerzen. Er hockte unter einer mächtigen Buche und weigerte sich, weiterzugehen. Emil kaufte am Kiosk beim Amazonienhaus eine Flasche Wasser. Mehrere Leute standen vor ihm an der Kasse. Er drängelte sich dazwischen, knallte sein Geld auf den Tresen und rannte zurück, ungehaltenes Gemurmel im Rücken. Peter trank ein paar Schlucke und wollte dann zur Toilette. Emil hakte ihn unter und führte ihn langsam zum Wandelgang am Seerosenteich, hinter dem sich die Waschräume befanden. In der Kühle des schattigen Säulengangs lehnte sich Emil an die Mosaikwand und wartete.

Sie saßen auf einer Bank am oberen Ende des Teichs. Trotz der Entfernung erkannte Emil Mia sofort an ihrem enggeschnittenen gelben Sommerkleid. Sie hatte es im Jahr zuvor zu einem Kaffee- und Kirschenpflückbesuch bei Carla getragen. Es war ein auffälliges, sehr kurzes Kleid mit wildem Zitronenmuster und tiefem Rückenausschnitt, die puren Siebziger. Veronika hatte es bewundert. Das dunkle Haar hatte Mia heute zu einem Pferdeschwanz gebunden, der wie ein kleiner Pinsel vom Hinterkopf abstand. Emil kannte diese Frisur nicht an ihr. Sie wühlte in ihrer Handtasche, förderte zwei Trinkpäckchen zutage. Emil versuchte, Jörn und Ivo in der unermüdlich um den Teich rennenden Kinderhorde auszumachen. Viele Jungen hatten Kappen mit länglichem Schirm auf. Er sah die wehenden Röcke der kleinen Mädchen, ihre fliegenden weißen Beine, hörte Sandalenklatschen, die hohen Juchzer der Fänger und Gefangenen. Mia nahm eine Kekstüte heraus, ihre freiliegende Rückenpartie leuchtete zimtfarben. Der Mann neben ihr war sehr groß, auf seinem Kopf saß ein altmodischer Strohhut, der sein Gesicht verbarg. Emil konnte seine langen Beine und seine Hand sehen, die langsam über Mias Wirbel wanderte. Sie beachtete ihn nicht und kramte weiter. Emil blickte zu den halbrund geschorenen Taxussäulen hinüber, die in der Anlage verteilt standen wie mächtige schwarzgrüne Bienenkörbe. Immer wieder brachen Kinder aus dem Kreis aus, um sich dahinter zu verstecken. Mia lachte jetzt laut, ein heller, gläserner Triller, lehnte sich an die Schulter des Mannes, der sie eng an sich zog. Er beugte sich vor und nahm den Hut ab, um ihr damit Luft zuzufächeln. Die Sonne schien ihm ins Gesicht.

Es war Otto Bohnenberger, der sich hier auf der Bank räkelte. Emil erkannte sein Grinsen, das strähnige graue Haar, das unordentlich um das von der Sonne gerötete Gesicht hing. Die Frau bettete ihren schönen Gemmenkopf auf seine Hemdbrust.

Emil trat ins gleißende Nachmittagslicht. Die fleischigen Blüten der tropischen Seerosen waren weit geöffnet. Ihre rosigen Gesichter lächelten wie Mia, kühl, duftend und golden auf dem Grund. Emil war bereit zu handeln. Er würde sie einfach mitnehmen, höflich seinen Arm anbieten und sie wegführen. Ihr Mann befand sich gleich in der Nähe, auch wenn er im Augenblick nicht gerade ansehnlich war und nach Mundtrockenheit und Angstschweiß roch. Auch wenn ihm der Bart nicht stand und seine Hände nicht manikürt waren. Es war doch immer noch Peter, und Mia gehörte zu Peter. Sie würde mit ihm kommen, genau wie die Kinder, die Emil in all dem Gewimmel bis jetzt nicht hatte finden können. In letzter Zeit dauerte es immer ewig, bis Peter vom Klo wieder runterkam. Kein Wunder, daß Carla den Türriegel demoliert hatte. Es konnte sein, daß Emil schnell noch an den sternübersäten Mosaikwänden des Wandelgangs, an den blühenden Kletterrosen vorbeihasten und in die überfüllte Herrentoilette eindringen mußte, ein Zehncentstück in der Hand, um die Verriegelung zu knacken und diesen Verdammten von der Schüssel zu heben, wo er festhing, die Hosen in den Kniekehlen, die Schenkel aneinandergedrückt in einem Krampf der Verzweiflung, das Gesicht halb verdeckt von einer Hand, so daß nur ein im höchsten Entsetzen aufgerissenes Auge sichtbar blieb und weiter auf das eigene Elend starrte. Gemeinsam würden sie diesen französisch parlierenden Riesen zu Boden strecken und ihm Mia entreißen, um als Sieger nach Hause zurückzukehren.

Peter trat neben Emil auf den Weg und stieß ihn an. Er sprach leise. »Ich bin müde. Laß uns gehen. Es hat sowieso keinen Sinn. Sie sind nicht hier.« Emil fuhr herum. Peters Hand war naß, ebenso sein Gesicht, der Bart und das Polohemd, das rund um den Halsausschnitt triefte. »Ich hatte Durst. Diese Tabletten von Papa machen eine Zunge wie Schmirgelpapier.«

Inzwischen saßen auf der Bank am Teich zwei Kinder und saugten eifrig an ihren Trinkpäckchen. Die junge Frau im Zitronenkleid war aufgestanden und verteilte Kekse an die beiden kleinen Mädchen, die mit aufmerksamen Augen jeder ihrer Bewegungen folgten. Auch sie trugen gelbe Kleider. Die dunklen Haare waren zu winzigen Rattenschwänzen gebunden. Otto Bohnenberger hatte sich ebenfalls erhoben. Er zog eine seiner Töchter neckisch am Zopf. Jetzt hatte er Emil entdeckt und winkte mit dem Hut in der Hand zu ihm hinüber. Emil hob grüßend die Rechte. Auch die junge Frau blickte zu ihnen hinüber, bog sich Otto entgegen, der ihr etwas zuflüsterte. Das Lächeln, das sie Emil schickte, war reizend, leer und frei von jeglichem Wiedererkennen. Veronika und Emil waren vor sechs Jahren auf Ottos Hochzeitsfeier gewesen.

Seiner dritten, wie Veronika spöttisch bemerkt hatte. In der Alten Kanzlei war die Braut verlegen errötet, als Otto über der Bouillon Klopstocks ›Rosenband‹ rezitiert hatte.

Emil verneigte sich kurz in Richtung der jungen Frau am anderen Ufer des Seerosenteichs. Wie hieß sie nur? Er legte Peter den Arm um die Schultern und zog ihn mit sich fort.

Emil hatte nur noch eines im Sinn – schnell aus dem Zoo heraus und in die ›Schlange‹. In dem kühlen Gewölbe wollte er Trost finden, er und Peter mit ihm. Emil konnte sich nicht vorstellen, auf welche Weise das geschehen sollte, aber er war sich sicher, daß alles gut werden würde, wenn sie nur dort säßen und ihre Viertelesgläser mit den grünen Henkeln vor sich stehen hatten, während die vertrauten Gesichter von der Holzwand herunterblickten. Er wollte sich unter den schwarzen Linien zusammenkauern, mit denen die unterschiedlichen Schöpfer der Zeichnungen jedes Antlitz zu einem Freund gemacht hatten, einem guten, mit allen Seelenregungen seines Gegenüber vertrauten Freund. Vor diese Schar der Getreuen mit Peter hinzutreten und ihre Hilfe zu erflehen, war Emils eigentliches Ziel.

Im Wilhelma-Parkhaus blieb er eine Weile hinter dem Steuer sitzen. Mit dem Zeigefinger fuhr er die silbernen Kreise in der Lenkradmitte nach. Die Flasche unter seinem Sitz war fast leer. Er trank sie hastig aus. Der warme Alkohol schmeckte widerlich, aber er fiel mit ätzender Schärfe über den Knoten in seiner Brust her und löste ihn auf. Peter war unter dauerndem Gemurmel neben ihm eingenickt. Als sich die Reihen ringsum geleert hatten, Benzingeruch zu ihm hereinstieg und nur noch die weißen Streifen der Parkplatzbegrenzungen auf dem Boden zu sehen waren, ließ Emil den Wagen an. Fast elegant nahm er die Kurven, mußte sich auch nicht peinlich aus dem Fenster hängen, als er den Parkschein in den Automatenschlitz steckte. Die Schranke hob sich langsam. Das beruhigte Emil. Wenn der Parkschein noch gültig war, konnte er nicht allzulange fassungslos herumgesessen haben.

Sicher steuerte Emil durch den Berufsverkehr. Als am Olgaeck die grünspanige Dachkuppel der Technischen Oberschule aus dem abendlichen Dunst auftauchte, riß er, ohne den Winker zu setzen, das Steuer herum. Zwischen zwei vertrockneten Rasenstücken bog er rechts ein und stellte den Wagen in der Alexanderstraße ab.

Über die Lorenzstaffel stolperten sie auf die Olgastraße hinunter. Emil zog Peter hinter sich her. Vor der Katharinenkirche standen Rosen- und Holunderbüsche im ungemähten Gras. Der Christopherus im Wandmedaillon trug schwer an seinem Jesuskind, das mit der Weltkugel in der Hand auf dem breiten Rücken des Riesen thronte. Hinter dem Schellenturm schob Emil seinen Begleiter über den Gehweg, vorbei an den angeketteten Olivenbäumen vor dem Schaufenster des Blumenhändlers. Peter blieb vor einer Schale mit gelbblühender Fetthenne stehen. Das Zeug wuchs im Etzelweg aus allen Mauerritzen. Er bückte sich, um die saftstrotzenden, rosigen Blattspieße zu berühren. Eine junge Frau in erdbeschmierter Schürze trat aus dem Laden und sagte »Bitte nichts anfassen«, worauf er sich wortlos abwandte und weiterschlich. Emil hätte die Floristin am liebsten durch die Scheibe gestoßen, nur weil sie unwissentlich einen der wenigen Momente zerstörte, in denen Peter von sich aus Interesse an etwas zeigte. An der Bushaltestelle der Linie 43 blieb Peter stehen und zeigte auf ein Geschäft an der gegenüberliegenden Straßenseite. »Da wollten Ivo und Jörn immer hin.« »›Pappnase und Co.‹«, las Emil. »Sie wollten Fingermonster, Glibbermasse, Jonglierbälle.« »Gehen wir rüber, kaufen wir ihnen ein Paket von dem Zeug. Wenn du sie siehst, kannst du sie damit überraschen.« Emil erschrak über den kieksenden Ton, den die künstliche Munterkeit seiner eigenen Stimme verlieh. Peter wandte sich ab. »Ich könnte den ganzen Laden leerkaufen. Sie würden von mir nicht mal einen Kaugummi annehmen.« Er lehnte sich an die Hauswand. Der Bus hielt, Menschen drängten sich an ihnen vorbei. Aus dem Lokal weiter vorne kam der Duft von frischem Kaffee. Geschirr klapperte, Leute standen geduldig aufgereiht neben der mannshohen Eiswaffel am Eingang.

»Einmal hab ich sie noch gesehen.« Peter kratzte sich am Kopf. »Ein paar Tage nachdem sie ausgezogen ist. Plötzlich stand dieses Auto vor dem Haus, die Jungs hinten drin. Ein schwarzer Volvo. Wahrscheinlich von ihrem neuen Typen. Mia ist ausgestiegen und hat ihnen zugerufen, sie sollten sitzen bleiben, sie komme sofort wieder. Normalerweise hätten sie nie auf sie gehört. Sie sind immer zu mir gerannt, haben sich auf mich gestürzt. Sie benehmen sich, als seist du der Messias, hat sie mal gesagt. Jetzt blieben sie drinnen. Lauerten unbeweglich auf der Rückbank. Wie zwei bissige Hunde. Sahen zu, wie wir uns anschrien. Die Fenster waren zu, obwohl es so heiß war wie heute. Innen an den Scheiben hingen diese Schattenspender in Fußballform. Ihre Gesichter verschwammen dahinter wie durch ein Sieb. Sie saßen ganz still und starrten nur. Beide hassen Fußball. Warum, weiß ich nicht. Wenn die Nachbarskinder auf der Wiese am Wald gebolzt haben, saßen sie immer oben auf dem Tor und haben Sprüche geklopft. Aber alle haben das akzeptiert. Es war in Ordnung.«

Peter rieb mit seinem Daumen über die Nasenwurzel, die Haut rötete sich. »Sie hatten Angst vor mir. Ich sah es in ihren Augen. Und ich hatte auch Angst. Ich konnte nicht zum Auto gehen und ihnen sagen, sie sollen aussteigen. Ich wußte, sie würden es nicht tun.« Er ließ Emil stehen und ging weiter bis an die Kreuzung. Die Olgastraße stieg mächtig und stark befahren bergan. Emil preßte seine flache Hand auf den gelben Signalgeber der Ampel. Das Metall war heiß und klebrig. Peter fing plötzlich wieder an zu sprechen: »Ivo, Jörn und ich haben uns nur angesehen, ich weiß nicht, wie lange. Mia kam wieder, sie hatte eine Tasche voller Papierkram in der Hand und stieg ein. Ich bin zum Auto gegangen und habe die Hand ausgestreckt, um die Tür zu öffnen. Da ist Ivo zusammengezuckt, nur eine winzige Bewegung, die durch seinen Körper lief wie ein elektrischer Schlag. Ich konnte mich nicht mehr bewegen, stand einfach nur da. Mia stieg ein. Sie hat die ganze Zeit geredet, ich hörte nichts davon. Erst als der Wagen losfuhr, sind die Kinder lebendig geworden. Sie haben sich umgedreht, in diesen schrecklichen Sitzen, haben an ihren Gurten gezogen, sich hingekniet und durch die Rückscheibe geschaut. Meine Arme waren wie gelähmt. Sie haben gewinkt. Ich nicht.«

Emil fühlte sich vollkommen hilflos. Eine alte Frau mit zwei vollgepackten Einkaufstüten rempelte ihn an und schüttelte den Kopf, als sie sich an ihm vorbeidrängte. Er war ihr dankbar dafür, daß sie das Gespräch unterbrach, ihn von Peter abschnitt, der einfach weitertrottete, ohne eine Antwort abzuwarten. Emil war nicht in der Lage, anders auf diese Geschichte zu reagieren als mit dem Satz: »Komm, da vorne ist die ›Schlange‹. Wir setzen uns in den Keller und bestellen was Kaltes zu trinken.«

Vor der ›Schlange‹ standen keine Stühle. Auch die Tafel mit den Tagesangeboten fehlte. Die Tür war verschlossen. Emil rüttelte an der Klinke. Als er schließlich hilfesuchend den Kopf hob, hinauf zu den bekannten Gesichtern, dem grinsenden Reptil mit der gespaltenen Zunge, dem apfelbackigen Buben mit dem Löffel, fuhr er zurück. Die altersschwarze Bohle, aus der die geschnitzten Figuren sonst so lebendig heraustraten, war verschwunden. An ihrer Stelle leuchteten mehrere hellgelbe Zimmermannsbalken. Er roch ihren Harzduft und sah, wie die Spreißel dicht und fasrig von dem frisch geschnittenen Holz abstanden. Emil zitterte so sehr, daß er sich auf die Stufen setzen mußte. Es war Peter, der ihn hochzog. »Schon wieder irgendwelche Bauarbeiten. Warum regst du dich denn so auf? Ist doch völlig egal. Ich muß jetzt was trinken, mir ist es gleich, wo.«

Emil war außer sich. Es konnte nicht sein, daß die ›Schlange‹ plötzlich verschwunden war. Das Schild an der Tür sah er erst, als Peter es ihm zeigte. Ein amtliches Schreiben in einer Klarsichthülle, festgepappt mit braunem Klebeband. Ein Fetzen, auf den es schon geregnet hatte, verwischte Stempel, zerlaufene Druckerfarbe, eine hingeschmierte Unterschrift. »Jetzt komm wieder runter, Emil! Warum müssen wir ausgerechnet hier rein? Es wird renoviert, da steht es doch.« Ganz erwachsen klang er, resigniert und erschöpft. Als sei Emil derjenige, dem man das Händchen halten mußte.

Peters blasses Gesicht, seine undurchdringliche Miene und die Zunge, die fortwährend über die aufgesprungenen Lippen fuhr, hielten Emil davon ab, ins nächste Haus zu stürzen und nachzufragen, was hier vorging. Auch war die Kanalstraße an diesem Abend vollständig tot. Von der Planie her dröhnte der Verkehr, ihr Hinweg war voll drängelnder Menschen gewesen. Hier gab es nur Peter, der mit den Schultern zuckte. Sie drehten um und schlichen in die Richtung zurück, aus der sie gekommen waren. Neben dem Kiosk am Olgaeck leuchtete ein grünes Schild: ›Bülbül-Döner‹. Emil ging darauf zu und hielt Peter die Tür auf. Sie setzten sich an einen Fenstertisch.

Peter rührte seinen Döner nicht an. Er zupfte die violetten Kohlschnipsel aus dem Fladenbrot und legte sie sorgfältig nebeneinander auf dem Tellerrand ab, bis er aussah, als wüchsen ihm Fransen. »Mir wird schlecht, wenn ich das nur rieche. Ich habe dir doch gesagt, daß ich nichts will.« Dafür trank er reichlich. Emil hatte ihm in einem Moment der Sentimentalität Sprite bestellt – ein Peterle-Getränk, das im Arzthaushalt tabu gewesen war und deshalb bei den Bubs als nie versiegender Quell sprudelte. Die Flasche war mit Kondenswasserperlen bedeckt, die unter Peters Fingern zerflossen. Emil selbst trank Rotwein. Zwischendurch stopfte er sich Fleisch und Weißbrot in den Mund. Er schlang. Die ungekauten Brocken glitten schmerzhaft durch den Schlund und wurden von der Speiseröhre widerwillig weggepreßt. Obwohl er sich krümmte, konnte er nicht aufhören. Deine Esserei wird dich noch umbringen! Er hörte Veronikas Stimme in seinem Kopf, diese Mischung aus Nörgelei und Besorgnis. Emil leckte sich die Soße von den Fingern und sah aus dem Lokal nach draußen auf die Charlottenstraße. Die Sonne stand schon tief. Der Himmel über den Dächern, das bunte Blech der vorbeifahrenden Autos und die sommerliche Kleidung der Passanten wirkten wie ausgewaschen. Eine Männerstimme sang sanft und traurig aus den Boxen von der Decke. Schwerer Bratdunst erfüllte den Raum und vermischte sich mit dem scharfen Geruch frisch geschnittener Zwiebeln. Durch die Tür wehten Abgase herein.

Immer neue Männer kamen aus dem Porno-Kino nebenan. Die meisten blieben kurz auf den Stufen stehen, die aus dem Foyer auf den Gehweg hinunterführten, und sahen sich verwirrt um. Manche blickten auf ihre Armbanduhren oder Telefone, als wären sie überrascht von der Länge der Zeit, die sie in den klimatisierten Räumen verbracht hatten. Sie stierten auf die gelben Wagen der Stadtbahn, die in einer weiten Kurve die Alexanderstraße hochzockelte, auf die blauen Leuchtbuchstaben des Hotels ›Espenlaub‹ gegenüber, als entstammte dies alles nicht ihrer eigenen Gegenwart, sondern einer beunruhigenden Zukunft. Viele entschlossen sich erst dazu, den Imbiß zu betreten, nachdem sie die Farbaufnahmen von Fleischgerichten und Teigtaschen draußen auf der Scheibe betrachtet hatten.

Weil Peter so durstig war, stellte sich Emil wieder an den Tresen und verlangte zwei weitere Flaschen Sprite. Er sah das spiegelnde schwarze Haar des jungen türkischen Kellners, seine langen Wimpern, die Schönheit der von hervortretenden Sehnen geschmückten Arme und die abgrundtiefe Verachtung in seinen Augen. Oder war das nur Einbildung? Die erschöpften Besucher des Sex-Kinos mußten mit Essen und Trinken versorgt werden, um wieder in der Realität anzukommen. Nein, der Blick des Kellners war voller Liebe und Begeisterung. Geschmeidig bückte er sich, baute die Flaschen mit leisem Klirren auf und füllte Emils Glas erneut. Die dunkle Flüssigkeit zitterte unter dem fettigen Lippenabdruck am Rand. Wohlwollend blickte der junge Mann zur Tür, durch die wieder eine neue Gruppe hereinkam. Jetzt lächelte er, hob grüßend den Arm. Emil war erleichtert, daß er sich nicht getäuscht hatte. Seit den Ereignissen in der Wilhelma zweifelte er ernsthaft an seiner Wahrnehmung. Vorsichtig ging er zurück zum Tisch. Den Stiel des Glases hielt er zwischen zwei Fingern. Mit der anderen Hand umklammerte er die glitschigen Flaschenhälse.

Als Peter nach dem Weinglas griff und es in einem Zug leerte, zuckte Emil zusammen. »Peter, ich bitte dich!« Peter wischte sich mit dem Handrücken über den Mund. Der Wein hatte Lippen und Zähne blau eingefärbt. »Mach dir keine Gedanken.« Langsam stand er auf und ging nach vorne. Der junge Türke führte ein elektrisches Messer an dem schon sichtlich verkleinerten Döner entlang, der sich langsam drehte. In schmalen Streifen fiel das Fleisch auf die Blechschaufel, die der Mann darunter hielt. Peter griff in seine Hosentasche und holte einen Geldschein heraus. Den nachgeschenkten

Wein trank er noch am Tresen aus und ließ sich ein weiteres Glas geben, das er zurück an den Tisch brachte. Er setzte sich neben Emil.

»Ich bin heute nacht wieder aufgewacht. Um drei Uhr elf war das. Mein Vater hat mir einen Radiowecker neben das Bett gestellt. Die Zahlen leuchten rot im Dunkeln. Ich kann nur wegen der Medikamente schlafen, aber nie sehr lange.«

Er riß noch mehr Krautfäden aus dem kalten Döner. Peters Atem roch unangenehm. »Um drei Uhr elf bin ich im Etzelweg jede Nacht aufgewacht, weil Jörn genau dann seinen Albtraum hatte, wochenlang denselben. Es ging um einen Fuchs. Er kroch aus seinem Deckbett hervor und biß ihn in die Wade, so fest, daß er jedesmal weinte. Die Tränen liefen ihm aus den geschlossenen Augen. Dabei schlug er um sich, schrie und trat, griff nach seinem Bein, aber er wachte nicht auf. Das einzige, was half, war, sich neben ihn zu legen und ihn fest zu umarmen. Ich habe die Kinder oft in den Park mitgenommen; jedesmal, wenn ich dort zur Nachtwache eingeteilt war. Wir haben viele Tiere gesehen: Fledermäuse, Kaninchen, Käuzchen, einmal auch einen Fuchs. Er hat Männchen an einem Papierkorb gemacht und sich Abfälle herausgezogen. Die Jungen lagen im Zelteingang auf dem Bauch, keine vier Meter entfernt. Sie konnten sich kaum sattsehen.«

Mit einer langsamen Bewegung schob Peter seinen Teller von sich und seufzte dabei. Ein paar Gäste drehten sich nach ihnen um. Peter schien weder die Flaschen und Gläser vor sich noch das staubige Kunstblumensträußchen in der Tischmitte zu sehen. Ein Weinglas und eine halbvolle Sprite-Flasche stürzten um, während Peter leise weitersprach: »Mia schläft so fest. Sie wacht nicht mal auf, wenn das Telefon klingelt. Als die Kinder Babys waren, mußte ich sie zum Stillen wachrütteln. Sie wird Jörn nicht hören.«

Bevor Emil antworten konnte, stand Peter schon wieder auf. Es gab im Lokal noch einige Männer mit Bärten und bekleckerten T-Shirts, allein ihm folgten die Blicke. Sein tastender Gang und der auf den Boden geheftete Blick unterschieden ihn von allen anderen. Emil trocknete die Tischplatte und seine Hosen mit Papierservietten und verfluchte sich dafür, daß er nicht sofort nach Hause gefahren war. Nach Hause zu Carla, die wahrscheinlich schon seine Mailbox mit besorgten Nachrichten gefüllt hatte. Er hätte sie längst anrufen müssen.

Peter bestellte noch einen Wein und kam zurück. Er stieß sich die Tischkante in die Hüfte, schien das aber nicht zu merken »Peter, bitte, hör damit auf. Es ist nicht gut für dich!«

»Es spielt schon lange keine Rolle mehr, was für mich gut ist und was nicht. Es ist in Ordnung.« Er hob das Glas an die Lippen. »Mein Vater hätte mich längst hier rausgezerrt. Sie beide. Sie verstehen nicht, daß das alles nichts bringt. Auch die Tabletten nicht. Ich merke überhaupt nichts davon. Es ist wie ein Schmerz, der nie aufhört. Ich will das nicht mehr.«

Emil konnte nichts erwidern. Er sah an Peter vorbei aus dem Fenster. Vor dem Trödelladen mit seiner Schaufensterreihe voll afrikanischer Masken, Vasen und geschnitzter Stühle stand eine kleine Frau in einem hellen Sommermantel. Sie war ganz in das Kleidungsstück eingeknöpft, ihr dünner Hals ragte über dem Kragen empor, das Haar war grau und strähnig. Emil konnte sehen, wie der Wind es zerzauste. Sie hielt eine Plastiktüte an ihren Zipfeln und schüttelte sie aus wie einen Kissenbezug. In der Tüte waren Körner gewesen, vielleicht Mais. Aus der Entfernung konnte Emil nichts erkennen, nur den breiten gelblichen Strom, in dem sie sich auf den Gehweg ergossen. Die Tauben kamen aus allen Richtungen. Sie liefen, hüpften, flatterten übereinander. Die Frau schüttelte die letzten Körner aus der Tüte und stülpte sie um.

Die Vögel am Boden schlossen sich zu einer purpurgrauen, wogenden Decke, in deren Mitte die Frau mit geschlossenen Augen stand. Die gefiederte Schar lief ihr über die Füße. Sie lächelte und reagierte in keiner Weise auf das Kopfschütteln und Schimpfen der Vorübergehenden. Peter sagte nichts, obwohl sein Blick dem Emils gefolgt war. Er legte den Kopf auf die Tischplatte.

Im Lokal war es ruhig, die meisten Gäste saßen schweigend, die Köpfe tief über ihre Teller gebeugt. Aus den Boxen zog ein neues Lied seine schweren, süßen Schleifen über den Essern. Der Kellner hinter dem Tresen fiel ein. Er schloß halb die Augen und wiegte sich in den Hüften, während seine Hände geschickt Gläser spülten und in ein Abtropfgerüst stellten. Peter hob den Arm und winkte ihm zu. »Bitte, bring mir noch einen Wein!« Emil packte ihn am Handgelenk. »Du hast jetzt genug getrunken, es reicht. Ich seh mir das nicht mehr länger mit an!« Vorsichtig, als löse er die grapschende Hand eines Kindes, bog Peter Emils Finger einen nach dem anderen auf. Er schüttelte den Kopf und sagte leise: »Ich muß auf die Toilette, bitte, laß mich los.« Emil spürte, wie er rot wurde. Er vermied es, aufzusehen, während Peter nach hinten zu den Waschräumen ging. Der Kellner brachte leise summend ein neues Glas Wein. Emil leerte es hastig. Plötzlich stand Peter wieder neben ihm. »Können wir gehen?« Die Übelkeit überfiel Emil unvermittelt. Er hatte ihre Vorboten, Schwitzen, Herzklopfen, das ungeduldige, fast ausgelassene Pochen im Magen, schon die ganze Zeit ignoriert. Mit einer Faust im Mund gelang es ihm, durch den klappernden Perlenvorhang in die Toilette zu hasten, wo er sich in einem vielfarbigen Schwall erbrach.

In dem winzigen Verschlag roch es nach künstlichem Zitronenduft. Die grünen Kacheln waren feucht und schmierig. Emil ließ sich auf dem Rand der Kloschüssel nieder und wischte sich den Mund ab. Fast alles war danebengegangen, seine Schuhe vollgespritzt. Er lehnte den schmerzenden Kopf gegen die Wand und schloß die Augen. Der Putzmittelgeruch erinnerte ihn an Carla. Er wußte, daß sie sich über diese Assoziation ärgern würde.

Vorgestern abend kam sie mit laut knallenden Absätzen durch seinen Flur gelaufen, durchs Wohnzimmer und hinein in die Küche, in schief getretenen, längst ausgedienten Tanzschuhen, die jetzt an Putz- und Gartentagen Frondienst leisten mußten. Sie hatte sich keinen Deut darum geschert, ob Emil Besuch wollte oder nicht. Er war allein, mit einem Glas Lauffener Katzenbeißer und einem Teller kalter Nudeln.

»Ich bin eine gute Mutter, nicht wahr?« Ihre Augen waren so weit aufgerissen, daß man die geäderten Augäpfel rings um die Iris sehen konnte. »Ich bin jetzt eine gute Mutter, und ich war damals eine gute Mutter. Der Vorname vom Reh, Emil, weißt du noch, das fand er immer so witzig: Kartoffelpü. Weißt du nicht mehr, wie wir immer im Garten gesessen haben, unter der Markise? Und wenn es kalt war, im Wohnzimmer auf dem Teppich. Er hat überhaupt alles auf dem Fußboden gemacht, sogar die Hausaufgaben. Kniffel haben wir gespielt, stundenlang. Wenn er mit diesem blau bedruckten Block ankam, wußte ich, daß der ganze Nachmittag verloren war. Wir haben es so gut zusammen gehabt, auch wenn Hajo oft nicht dasein konnte.« Sie schniefte, ein Tropfen hing an ihrer Nase, mit einer ungeduldigen Bewegung wischte sie ihn ab.

»Als ich gestern in die Praxis gefahren bin, habe ich das Radio aufgedreht, es kam was Seichtes, ›Mamma Mia‹ von Abba. Ich habe mitgesungen, nur zwei Minuten, länger geht ja kaum ein Song. Außer ›Whiter Shade of Pale‹.« Sie verzog das Gesicht. »Es tat so gut, ihn kurz zu vergessen. Ich denke ja nicht an ihn. Es ist viel schlimmer. Ich spüre ihn, seinen

Kummer, drückend wie Magenschmerzen – wenn ich wach bin, wenn ich schlafe, immer.« Emil hatte eselhaft mit dem Kopf genickt. Sie sah ihn nicht an, zerfaserte den Gürtel ihres Leinenkleides mit den Fingernägeln. »In der Praxis war es gut. Das Telefon klingelte die ganze Zeit, die Türglocke auch. Ein Notfall kam, nichts Besonderes, bloß ein Kreislaufkollaps, aber die Zeit war ruck, zuck um und ich wieder draußen.« Carla sprach weiter: »Da stand sie, mit ihrem Einkaufskorb. Edith, du kennst sie doch, Prinz Eisenherz in schlohweiß. Ihr jüngster Sohn war mit Peter auf der Grundschule. Sie wohnt im Klotzbockweg, ihr Mann ist Ingenieur. Geplänkel über das Wetter, die Hitze, ganz schlecht für den Garten, die Demos in der Stadt, wohin das noch führen soll. Plötzlich legte sie mir die Hand auf den Arm und sah mich mitfühlend an. ›Das tut mir ja so leid mit dem Peter. Ich habe gehört, daß er wieder bei euch wohnt.‹ Sie war nicht die erste, die davon anfing. Wir leben schließlich auf dem Dorf. Sie fragte, was er habe. Ich gab meine Standardantwort: Er ist ein wenig erschöpft, der Beruf, die junge Familie, das kennt man ja. Es hat keinen Sinn darüber zu reden. Es ist eben nicht dasselbe wie ein gebrochenes Bein. Aber sie ließ nicht locker. ›Ich geh ja immer zum Joggen rauf in den Wald, da hab ich ihn gesehen, in eurem Garten. Ganz still saß er im Liegestuhl. Weißt du, wir haben uns ja alle gefragt, warum er damals nicht Medizin studiert hat. Der Peter, der müßte einfach mal mit den richtigen Leuten zusammenkommen, das würde ihn bestimmt auf andere Gedanken bringen. Oliver und Sven sind beide an den Wochenenden mit ihren Familien bei uns. Da könnten sie sich doch mal treffen.‹ Und wenn sich der Peter ein bißchen zusammenreißen würde, dann bekäme er sicher bald einen neuen Job!« Carla ballte die Fäuste. »Ich hab sie einfach stehengelassen. Du kannst solchen Leuten nichts erklären. Im Moment ist es sowieso am besten, ich rede mit niemandem darüber. Meine Freundinnen vertröste ich bei jedem Anruf.« Sie schniefte. Emil kannte ihre kleine Clique, Frauen, die sie sich mit viel Mühe aus anderen Zusammenhängen als Dorf und Praxis gepickt hatte. »Ich schaffe es nicht, sie zu sehen. Eigentlich wäre ich längst dran, ich schulde schon ein großes Kaffeetrinken. Aber wenn sie von ihren Männern und ihren Reisen erzählt haben, kommen zum guten Schluß die Kinder. Alle gesund und glücklich und verheiratet. Lauter gute Mütter mit guten, guten Kindern. Da kann ich nicht mehr mithalten.«

Carla angelte sich ein paar bleiche Makkaroni von Emils Teller und schob sie in den Mund. »Ich hab schon acht Pfund zugenommen, seit die Geschichte angefangen hat. Es ist das einzige, was hilft. Ich kann erst aufhören, wenn mir richtig schlecht ist. Als ob es in mir ein Loch zu stopfen gäbe.« Sie griff noch einmal zu, eine halbe Nudel fiel ihr aus dem Mund und blieb auf dem Fußboden liegen. »Nach dem Kaffee holen fast alle ihre Zigarettenetuis raus. Es sind ja keine kleinen Kinder da und keine Schwiegertöchter. Man rückt zusammen. Die Handys piepsen, die Displays leuchten. Fotostunde. Wir aschen in die Kuchenreste, zeigen Bilder herum: von unseren Enkeln, von unseren glücklichen Söhnen!«

Sie weinte, schluckte Nudeln und Rotz, sah Emil an: »Ich schaff es nicht, mich dem auszusetzen, Emil, ich schaff das einfach nicht. Ich habe keine Enkel mehr. Weißt du, was ich sage, wenn meine Mädels anrufen?« Emil zuckte die Achseln. »Ich sage: Hajo und ich haben gerade eine schwierige Phase, wir müssen uns auf uns selbst konzentrieren. Das kommt in all diesen langen Ehen vor, das verstehen sie. Ein Mann ist nicht so schlimm wie ein Kind, der geht nicht auf deine Rechnung. Daß Männer komisch sind, darin sind sich alle einig. Das Kind aber, das hast du allein zu verantworten. Was aus ihm wird, wie es ihm geht. Du darfst auch nicht fett werden oder aufhören, dir die Haare zu färben. Du hast nicht gut genug aufgepaßt. Es ist natürlich deine Schuld, wenn etwas schiefläuft. Und das, obwohl ich fast immer zu Hause war. Oder du! Ein Schlüsselkind hätte noch eher ein Recht darauf, überzuschnappen.« Sie riß ein Stück Zewa von der Rolle und putzte sich die Nase. »Am meisten Angst habe ich davor, daß doch eine auf die Idee kommt, hier nach dem Rechten zu sehen. Wenn sie dann Peter und mich vorfindet, im Bad, wie ich versuche, ihn zu überreden, daß er sich wäscht. Oder ißt. Oder atmet!«

Carla ließ den Kopf hängen und heulte hemmungslos. Emil ging hinüber zu Peter, der auf dem Bett lag und auf den Fernseher schaute. Veronika kam nach Hause. Die Frauen blieben in der Küche und tranken zusammen wasserklaren Obstler. Hauptsächlich Zwetschgen, mit Einsprengseln von Brettacher, Ontario und Geißhirtle. Carla schlief mit dem Kopf auf dem Küchentisch. Hajo erschien gegen halb neun. Er holte seine Frau. Er hob sie ohne Umschweife vom Stuhl. Die langen Beine mit den abgewetzten roten Riemchenschuhen baumelten über seinen rechten Arm. Sie drückte den Kopf gegen seinen Hals, ihre Waden waren blaß und stoppelig. Hajo trug sie langsam und ächzend über die Schwelle der Bubs. Veronika hielt den beiden die Tür auf. Ihre Zigarette glühte Emil rot und einsam entgegen, als er durch den dunklen Garten gelaufen kam.

In der Toilette des Döner-Lokals rollte Emil ein paar Bahnen Klopapier ab, zerknüllte sie und warf sie über das Erbrochene am Boden. Er schob mit dem Fuß einen Haufen zusammen, trat aus der Kabine, spritzte sich am Waschbecken reichlich kaltes Wasser ins Gesicht, reinigte notdürftig Hemd und Hose, spülte den Mund aus und trat wieder in die Imbißstube. An seinem Tisch stand ein unberührtes Glas Rotwein vor seinem leeren Platz. Auf den übrigen Stühlen saßen drei junge Männer in glänzenden Jogginganzügen und engen Shirts, die eifrig an zusammengerollten Lahmacuns kauten und die Augenbrauen hochzogen, als er auf sie zukam. Peter war verschwunden.

10

Die Kinder schliefen schon seit Stunden, aber Mia hatte noch nicht gewagt, sich hinzulegen. Sie saß in einem Liegestuhl und schaute in Georgs schwarzen Garten. Grillen zirpten laut und metallisch in der Dunkelheit. Der Mond war fleckig und blaß, doch sein Licht zeigte deutlich die Umrisse der Bäume und Sträucher ringsum. Auf der gegenüberliegenden Seite glitt der Nachtzug nach Mailand wie ein leuchtender Wurm am Fuße der Berge vorüber. Die Nacht war kühl und roch nach Holzrauch und Thymian, der zwischen den Steinplatten wucherte. Sein Duft wurde stärker, als Mia ihn auf ihrem Weg in die Küche zertrat, um ihre Jacke, Zigaretten und das Handy zu holen. Hinter dem Fliegengitter brannte eine Hängelampe. Der Rand des milchigen Glasschirms war gekräuselt wie eine Rüsche. Aprikosengelbes Licht fiel auf die polierte Tischplatte, über Müslischalen und Becher, die sie für den nächsten Morgen zurechtgestellt hatte, auf das Geschirr in der Spüle, die blanke Espressokanne. Auf der Bank an der Wand schlief die Katze. Ihr Schwanz bebte über den Vorschulheften der Jungen.

Mia rieb sich die Augen. Sie traute sich erst ins Bett, wenn sie so müde war, daß sie taumelte, gegen Türrahmen und Wände stieß und sicher sein konnte, daß ihre Erschöpfung für eine mehrstündige Schlafspanne ausreichte. Sonst war sie dazu verdammt, sich bis zum Morgen um sich selbst zu drehen wie ein Hähnchen am Spieß. In den letzten Wochen hatte sie sich angewöhnt, kurz vor dem Zubettgehen mehrere Gläser Wein hastig hinunterzukippen, mit zusammengekniffenen Augen und angehaltenem Atem. In Georgs Küche gab es ein gemauertes Regal, in dem die Flaschen nach Jahrgängen sortiert lagen. Sie bediente sich aus der obersten Reihe. Der Wein schmeckte herb, und Mia fror, als sie ihn schluckte. Ein heißer Tee wäre ihr lieber gewesen. Sie vertrug nicht viel und hoffte, bald den ersehnten Dämmerzustand zu erreichen, der ihr gerade noch erlaubte, die ungewohnte schmale Treppe hinaufzusteigen und sich in das bleiche Viereck zu stürzen, das der Mond durch das Oberlicht auf das breite Bett warf. Fast immer schlief sie in ihren Kleidern ein. Wenn sie in den frühen Morgenstunden naßgeschwitzt und zitternd aufschreckte, wußte sie oft nicht, wo sie sich befand. Ungeschickt streifte sie Jeans oder Sommerkleid ab und zog ihr Einhorn-Schlafshirt an. Dies steckte, zu einem ordentlichen Päckchen gefaltet, unter dem Kopfkissen und roch noch immer leicht nach dem Komponenten-Waschpulver aus dem Etzelweg. Peter hatte das Zeug wieder und wieder gekauft, obwohl sie ihm gezeigt hatte, daß es nicht einmal die harmlosesten Flecken herausbrachte und die gesamte Wäsche mit einem Grauschleier überzog. Das Einhorn-Hemd war knielang, sein Baumwollstoff schmiegsam und altersmürbe. Das Lächeln des Fabeltiers auf der Vorderseite war nach Hunderten von Waschgängen zu einer melancholischen Grimasse abgeschliffen, das Horn sah ohne seine Pailletten aus wie ein verdrehter Stock. Ihre Mutter hatte das Nachthemd aus einem Schnäppchen-Markt mitgebracht, als Mia noch Studentin war. Im Wohnheim und in ihrer Ludwigsburger WG hatte sie es oft getragen. »Jetzt wird sie Lehrerin, mein Fässle!« Der Stolz in den Augen der Mutter hatte fast wehgetan. Als Mia mit Peter zusammenzog, war ihr das Hemd peinlich gewesen. Seit ihrem ersten Studentenjob auf dem Messegelände am Killesberg variierte Mia das Kostüm der adretten Hostess, in die sie sich damals verwandeln mußte. Verblüfft hatte sie festgestellt, daß sie sich in der geliehenen Aufmachung aus

Bluse, Blazer und kurzem Rock sicher und sexy zugleich fühlte. Es bestand keine Notwendigkeit, je wieder von dieser beschützenden Uniform abzuweichen. Die wenigen Dinge, die nach dem Tod der Mutter aus dem mageren Weiberhaushalt in der Geislinger Straße übriggeblieben waren, kamen auf den Sperrmüll. Nur wenn Mia für Ivo und Jörn Pudding kochte, rührte sie Zucker und Puddingpulver in einem Keramikbecher zusammen, auf dem sich zwei nackte Comicfiguren, Männlein und Weiblein, an den Händen hielten und lächelten. »Liebe ist … wenn dir morgens jemand den Kaffee bringt«, stand in der Sprechblase über ihnen. Der Henkel war mit Pattex geklebt, das die Bruchstelle bräunlich verkrustete. Wenn das Mädchen Mia zur Schule aufbrach, stand der Becher in der Küche auf dem Klapptisch. Zitronentee-Granulat bedeckte seinen Grund, die sandfarbenen Köttel eines winzigen Hasen. Mia ließ heißes Wasser direkt aus dem Hahn darüberlaufen und rührte heftig um. Stechende Süße fuhr bis in den Magen und ließ den Speichel heftig fließen. Die Mutter schlief um diese Zeit noch, sie arbeitete bis spätabends in einer Krankenhauswäscherei.

Unter den zusammengewürfelten Ausstattungen ihrer Kommilitoninnen fielen Mias Besitztümer nicht weiter auf, weil auch Mittelstandskinder für die erste Bude aus den Kellern ihrer Eltern keine Designerstücke mitbekamen. Schon die Grundschülerin Mia spürte die Häßlichkeit, den Zorn und die Verachtung aus jedem beschmierten Briefkasten, jedem eingetretenen Kellerfenster ihrer Wohnsiedlung zwischen den Gleisen der U 9 und dem Industriehafen.

Mia goß sich nach. Der Wein rann dunkel in das dünnwandige Glas. Alles in Georgs Haus war schön und geschmackvoll, das Ergebnis von Mühe, Zeit und Geld, von der liebevollen Suche nach besonderen Dingen, die über Jahre hinweg zusammengetragen worden waren. Um den langen

Holztisch in der Küche standen acht geschnitzte Stühle, von denen keiner dem anderen glich. Neben dem Kamin hing der Schürhaken, sein Griff war ein Männerkopf mit Turban. Seit Georgs Abfahrt hatte sie kein Feuer gemacht. Im düsteren Bauch des Kamins lag ein weißgrauer Aschehaufen. Der Küchenboden war mit Terrakottaplatten gefliest. Neben der Tür zum Garten wuchs eine steinerne Bank aus der Wand. Auf ihr verschlief Georgs Katze Orangina den größten Teil des Tages. Ivo und Jörn liebten das alte Tier mit dem schwarzgelb gefleckten Fell und den grünen Augen, das so zerrupft und räudig aussah, als seien Motten über seinen Pelz hergefallen. Sie fütterten die Katze regelmäßig und hockten lange vor ihr, um den zottigen Bauch zu kraulen, den sie ihnen wohlig schnurrend entgegenreckte.

Seit Wochen befanden sie sich jetzt hier im Tessin, in einem Ferienhaus, das eigentlich eine Villa war. Sie lag am Ausgang einer kleinen Ortschaft, hoch über dem Ufer des Sees. Hinunter ins Tal fuhr man etwa eine halbe Stunde über enge Serpentinen. Die grauen Granithäuser des Dorfes klebten an den Hängen, ein stechend blauer Himmel breitete sich über den Bergen aus, und wenn man sich am Platz vor der Kirche über eine Mauer lehnte, konnte man ein Stück des Lago Maggiore aus dem Dunst emporflimmern sehen. Georg hatte Mia und ihren Söhnen das Haus angeboten, so locker, wie man eine Tasse Kaffee anbietet.

»Warum geht ihr nicht nach Trarego? Das Haus steht die ganze Zeit leer. Willi kommt in diesem Sommer gar nicht nach Europa, und ich muß diese Doku fertigmachen. Es ist genau das Richtige für euch. Da gibt es ein ganzes Zimmer voll Spielzeug und Comics. Willi kann sich nicht davon trennen. Deine Jungen werden ständig in Dorf und Garten unterwegs sein. Es ist ein Paradies. Ich bringe euch hin, zeige euch alles und hole euch wieder ab. Und das Katzenvieh kommt auch mit, das ist seine Sommerfrische dort gewohnt.«

Mia war dankbar für Orangina, dankbar für den Garten mit seiner weiten Rasenfläche, seinen Oleanderkübeln, Feigen- und Apfelbäumen, den Beeten voller Salbei, Rosmarin und Oregano, dankbar für das Kinderzimmer im ersten Stock, wo Ivo und Jörn jetzt schliefen. Es hatte einen Holzfußboden und Fenster mit dunkelgrünen Klappläden, vor denen sich die Berge entlangzogen wie ein breites, gezacktes Band. Die Fenster zeigten auf eine zweite Terrasse hinaus. Hier wuchs Wein an einem Holzgerüst empor, runzlige blaue Trauben mit dem Geschmack von Heidelbeeren.

Es war der erste Sommer, den sie und die Kinder ohne Peter verbrachten. Seit Ivos Geburt waren sie immer gemeinsam verreist, auf italienische oder französische Campingplätze oder in spartanische Ferienwohnungen. Einmal hatte Mia Peter zu einem Pauschalurlaub an der türkischen Riviera überredet. Die spontan im Internet gebuchte Woche wurde ein Fiasko. Ivo und Jörn hatten sich weinend an Peters Beine geklammert und waren aus der Kinderbetreuung geflohen, vor den mit Tiergesichtern geschminkten Animateuren und den Disco-Hits, die am Pool aus den Boxen dröhnten. Peter hatte angeekelt die an Bar und Büffett stehenden Menschenschlangen, die vollgehäuften Teller und sonnenverbrannten, tätowierten Körper betrachtet. Zwei Tage lang sprach er nicht mit Mia, verließ morgens mit den Jungen das Hotelzimmer und fuhr mit dem öffentlichen Bus zu einem weit entfernten Strand, den fast nur Einheimische besuchten. Mia blieb schmollend im Hotel. Einzig der Name Keloglan war es gewesen, der sie hergelockt hatte; irgendwo hinter den Hügeln mußte das Kaff liegen, aus dem ihr Vater stammte, der Türke, der verdammte, der Betrüger, der sich irgendwo in Istanbul ein schönes Leben machte, mit Frau und Kindern, von denen er nie etwas erzählt hatte. Sie hatte lange auf die Karte gestarrt und sich nie getraut, dort hinzufahren.

Mias Handy leuchtete und zuckte auf dem Gartentisch. Als sie danach griff, stieß sie beinahe das Glas und die Flasche herunter. Georgs Gutenachtgruß war durchsetzt mit italienischen Scherzchen, für die sie ein Wörterbuch gebraucht hätte und die sie deshalb ignorierte. Sie hatten sich das Telefonieren hier oben abgewöhnt. Es war beschämend, auf der Terrasse zu stehen, zu schreien und von einer Ecke in die andere zu laufen, um dem besten Empfang nachzujagen, während vor ihr die Berge in schauerlicher Massigkeit emporwuchsen, als stellten sie sich Georgs Stimme absichtlich in den Weg. Rasch tippte sie eine Antwort: »Waren auf der Almwiese (dein toller Tip). Im Bach gebadet (eiskalt). Ziegen gesehen. Jungs begeistert. Alles voller Sterne. I long for you. M.« Sie versandte die Botschaft und wartete, bis das blaue Licht auf dem Display erlosch. Das dämliche Englisch am Schluß hatte sie nur eingefügt, um sich einen Hauch von Weltläufigkeit zu geben. Wahrscheinlich wäre es nicht nötig gewesen. Georg war kein Besserwisser, auch nicht fordernd. Er wußte viel, er erzählte gern davon, mehr nicht. Sie hatte den Eindruck, er genoß es, mit ihr zusammenzusein, und war froh, daß sie und die Jungs jetzt hier in Trarego saßen und auch, daß er sie – alle drei – wieder abholen und zu sich nach Hause mitnehmen konnte. Ihre wenigen Möbel standen in Georgs Keller in der Stuttgarter Bismarckstraße. Sie würde nichts davon brauchen. Seine große Altbauwohnung wirkte wie Aladins Schatzhöhle, golden, purpurrot und vollständig verdüstert von geschnitzten Schränken, riesigen Porzellanvasen und Orientteppichen, die an den Wänden hingen und den Boden bedeckten. Georg war ein Sammler, doch schien ihm die Jagd, das Telefonieren, das Steigern auf Auktionen, Feilschen mit Antiquitätenhändlern und Flohmarkthaien wichtiger zu sein als die Gegenstände selbst, die nach ein paar Tagen der Bewunderung im Wust verschwanden. Ihr Umzug war seine Idee gewesen. »Es ist doch genug Platz, ihr braucht nichts mitzubringen, höchstens für die Kinder. Mich stört das nicht. Wir räumen hier ein bißchen zusammen. Was euch nicht gefällt, stellen wir in den Keller. Ein paar Sachen wollte ich ohnehin verkaufen. Das wäre wenigstens ein Anlaß, sich mal darum zu kümmern.«

Mia sah in den Nachthimmel. Scharf und hell standen die Sterne in der Schwärze über ihr. Sie fing gar nicht erst an, Linien zwischen den leuchtenden Punkten zu ziehen, um der Übermacht dieser Menge vertraute Bilder entgegenzusetzen, legte ihren Kopf auf die eiserne Tischplatte, die noch warm war von der Tageshitze, hörte das unermüdliche Schaben der Grillen und wünschte sich, nichts mehr denken und nichts mehr fühlen zu müssen.

Bevor Georg zurück nach Stuttgart gefahren war, hatten sie hier draußen gevögelt, auf der Wiese unter dem Apfelbaum. Mia fand es zuerst albern, sie tat es lieber im Bett bei geschlossener Tür. Es hatte zu viele unbequeme und aufgestörte Erlebnisse im Freien gegeben, in den Höfen in der Geislinger Straße oder auf dem weitläufigen Großmarktgelände am Neckarufer. Aber Georgs Erregung war schließlich auf sie übergesprungen. Sie hatte in sein begeistertes Lachen eingestimmt, als er ihr Kleid aufknöpfte und es in das Gebüsch schleuderte. Von der Küche war eine Lichtbahn in den Garten gefallen, in der Nachtfalter tanzten. Gräser kitzelten Mias Rücken, der herbe Mostgeruch eines heruntergefallenen Apfels stieg ihr in die Nase. Sie behielt die Augen offen, um Georgs Gesicht, seinen breiten Brustkorb über ihr, das dunkle Laub der Baumkrone im Blick zu haben. Selbst auf dieser südlichen Wiese war ihr Peters Körper noch gegenwärtig. Sie dachte daran, wie er sie zum letzten Mal umarmt hatte. Auch das war im Freien gewesen, im Schloßgarten, unter einem Baumriesen.

Sie schüttelte sich, um diese Gedanken loszuwerden, und versuchte, sich die Nacht mit Georg vorzustellen. Vom Nachbargrundstück war das Dröhnen einer Fußballübertragung herübergeweht, unterbrochen von Pfiffen und italienischen Flüchen. Georg hatte den Kopf gegen ihren Hals gepreßt und ununterbrochen gemurmelt, bis er kam. Ihren Namen. Kosewörter. Meine Schöne. Unglaublich. Daß ich. Dich habe. Peter hatte nie viel gesprochen, wenn sie so zusammenlagen. Er besaß im Bett eine ungeheure Souveränität, die keine Worte brauchte. Mit ihm hatte sich Mia frei und unbeschwert gefühlt, nie den Eindruck gehabt, sich beweisen zu müssen. Georg redete nicht nur beim Vögeln, er wechselte auch die Positionen, sprang sogar einmal auf, um Wein aus der Küche zu holen, und machte gleich danach weiter.

Die ersten Jungen, mit denen Mia geschlafen hatte, waren ihresgleichen gewesen. Meist aus der Nachbarschaft. Sie verstand ihre Gesten, ihre Sprache, sie wußte, daß Kai, der ihre Hand packte und mit ruppigen, entschlossenen Bewegungen seinen Penis rubbeln ließ, der Sachen sagte wie ›Ja Baby, gib's mir!‹, Pornofilme imitierte, die er mit seinen Kumpels zusammen gesehen hatte. Heute gab es das überall, aber in den Achtzigern waren es die Typen mit den selbstgestochenen Tattoos aus den schlechten Vierteln gewesen, die mit den Körpern ihrer Freundinnen das nachstellten, was sie auf den Leinwänden der Kinos am Hauptbahnhof, auf Videokassetten ihrer Väter und Brüder gesehen hatten. Sie hatte mit ihnen getrunken, geraucht und sich nicht darüber beschwert, wenn Kai, Zoltan oder Mehmet ihr mit dem Handrücken auf den Mund schlugen, weil sie endlich die Fresse halten sollte. Sie alle verschwanden nach und nach hinter der riesigen Mauer, die Mias mäßiges Abitur zwischen ihnen errichtete.

Zwischen diesen Jungs und Peter lag eine Reihe von Kommilitonen, die wenigsten einprägsam, die meisten freundlich und sanft, trotz ihres bemüht harten Grundge-Outfits. Sie dachte an Stefan, ihren ersten Freund an der Pädagogischen Hochschule. Als sie seinen Schwanz packte und heftig zu wichsen begann, setzte er sich auf und sah sie mit großen Augen an. Erst allmählich hatte sie begriffen. Die Mädchen, durch deren Hände diese Studenten vor ihr gegangen waren, bezogen ihre Vorstellungen von Sex nicht nur aus amerikanischen Filmen, sondern auch aus ›Narziß und Goldmund‹ und ähnlichen Vorlagen, die sie in den Bücherwänden ihrer Eltern fanden. Sie hatte schnell gelernt und würde es auch diesmal schaffen, sich anzupassen. Peters selbstvergessene Hingabe vermißte sie trotzdem.

Mia stand auf, schob das Fliegengitter zur Seite und schlüpfte in die Küche. Die Katze zuckte mit den Ohren. Mia blickte über die Borde mit Geschirr, die armlange Pfeffermühle, die blauen Pappschachteln mit italienischen Nudeln, Karamellpudding, Pilzrisotto und fühlte sich fremd. Sie gehörte nicht hierher. Sie gehörte in den Etzelweg, zu ihrem erbärmlichen Sofa, dessen Bezug löchrig und scheckig geworden war nach Jahren des Besabberns und Bekletterns: »Laß die Kinder doch frei sein!« In den Etzelweg mit seinen keksdünnen, seit dem Einzug nicht mehr gestrichenen Wänden, den vermackten Türen und wackeligen Möbeln. Peters indische Wandbehänge waren ausgeblichen, am Herd funktionierten nur noch drei Platten. Für Kleidung, Haushaltsgegenstände und kleinere Möbel zog Peter mit den Jungen ungeniert über Flohmärkte, die Mia nicht ertragen konnte. Der Geruch der Altkleider, die Anhäufung ärmlichen Krempels peinigte sie bis zur Übelkeit. Mia haßte ihre Wohnung schon lange, genau wie das ganze Heslach. Die Böblinger Straße mit ihrer schäbigen Bazar-Atmosphäre glich allem, was sie hinter sich lassen wollte. Ein paar Schritte entfernt aber standen die Einzelhäuser mit Garten, um ihr täglich vorzuführen, was sie nicht erreichen konnte. Mia war in den Etzelweg gekommen mit dem Wunsch, bald weiterzuziehen, mit Peter, dem Arztsohn, als Leitstern. Die Kinder wurden größer, und sie waren immer noch dort. Peter schien völlig zufrieden zu sein. Genau wie seine Schutzgeister, die das ganze Versagertum verständnisvoll abnickten. Carla hatte auf ihr vorsichtiges Antippen hin so entschlossen die Schultern gestrafft, wie Mia es selten erlebt hatte: »Der Peter hat schon nach dem Abitur gemerkt, daß der Beruf seines Vaters für ihn nicht das Richtige ist. Er hat sich für einen anderen Weg entschieden. Ich finde, er macht das sehr gut, mit den Kindern und seiner Halbtagsstelle. Er ist einer von diesen neuen Vätern, nicht wahr? Wie froh wäre ich damals gewesen, wenn Hajo so viel Zeit zu Hause verbracht hätte wie mein Sohn.«

Am Vordereingang des Hauses in Trarego stand, metallene Lettern an der dunkelgelben Wand, ein Name: ›Casa Cornelia‹. Mia hatte gestutzt und Georg gelacht. »Wie die römischen Kaiserinnen. Meine Mutter war«, Georg grinste erneut, »in zweierlei Hinsicht gebildet: hochgebildet und eingebildet.«

Trotz dieser Spöttelei hatte Mia das Gefühl gehabt, sich diesem Haus und auch Georgs Mutter vorstellen zu müssen, indem sie ihren eigenen Namen laut aussprach und der Aufschrift versicherte, wer sie war. Ich bin Mia. Meine Mutter hat mir diesen Namen gegeben. Zu mehr als drei Buchstaben hat es nicht gereicht. Die Maria habe ich später selbst dazugestellt. Mia ist die Abkürzung von Maria. Niemand weiß, daß mein Name aus einem Songtext kommt. Von Abba: ›Mamma Mia‹. Die Mutter hatte schon ziemlich geladen, als sie davon erzählte. In der Pförtnerloge der Klinik lief das Radio. Obwohl sie starke Wehen hatte, ließ der Kerl sie warten. Weil sie keinen Mann dabeihatte, der Dampf machte. Sie stand da, gekrümmt von Schmerzen, und mußte sich dieses schwachsinnige Lied anhören. Und als sie mich im Arm hatte, später, und die Hebamme sagte: Hier ist die Mama, da habe sie gedacht, jetzt sind wir ganz allein, Mama und Mia. So ist der Name entstanden, Mama und Mia, ganz allein auf der Welt. Beschissener und kitschiger geht es wohl nicht. Das kann man niemand erzählen, und jetzt stehe ich hier und erzähle es der ›Casa Cornelia‹.

Mit Peters Eltern und auch mit diesen Nachbarn, Emil und Veronika, die allesamt an ihm klebten wie an einem Fliegenpapier, hatte Mia nur selten über ihre Mutter gesprochen. Die meisten ihrer Ausflüge zum Schwarzen Berg waren geprägt von Anspannung und Konzentration. Sie schwieg und lächelte die meiste Zeit, um keine Fehler zu machen, nicht preiszugeben, wie unsicher sie sich in der Gegenwart von Peters Eltern fühlte und weit mehr noch im Wohnzimmer der Bubs, wo mehr Bücher standen, als sie je in einer Privatwohnung gesehen hatte. Die enge Verbindung dieses seltsamen Pärchens zu Peter war Mia ein Rätsel. Sie fühlte sich unentwegt eingekreist, bombardiert von unverständlichen Anspielungen: Gedichtfetzen, Orten und Namen. Hinzu kam die schiere Anzahl der Wächter über den Mann an ihrer Seite. Hinter ihr hing nur der Schatten der Mutter. Peter war von vier Leuten umgeben, die sein Leben geteilt hatten und bei jeder Gelegenheit ihre Besorgnis zum Ausdruck brachten.

Doch der weiße Bungalow seiner Eltern und das brotkrustenfarbene Hexenhaus der Bubs waren auch Sehnsuchtsorte. Staunend, neidvoll und gierig hatte sie als Kind die Heime ihrer Freundinnen betreten, alte Weingärtnerhäuser mit Fachwerk und schmucke Neubauten an den grünen Hügeln hinter dem Markplatz, keine zehn Gehminuten entfernt von der Geislinger Straße, wo die langen, angegrauten Wohnblökke, getrennt durch schmale Grasstreifen, an das Hafengebiet stießen. Am Schwarzen Berg ging es Mia ähnlich. Mit einem Strauß Gerbera und Schleierkraut war sie dort nacheinander vor zwei Türen gestanden, um an Carlas wie an Veronikas Lächeln sofort zu merken, daß sie wieder eine Falle übersehen hatte. Die Gerbera wurden von Carla ohne Schleierkraut in einer hohen Glasvase, von Veronika mit einem Armvoll Grünzeug aus dem Garten in einen Tonkrug arrangiert und viel zu laut bewundert. Fast dankbar dachte sie an die Mutter. Sie war gut verstaut in einem von Cotoneaster überwachsenen Reihengrab auf dem Wangener Friedhof. Ein armseliger Platz für einen armseligen Tod, von der Straße weggewischt von einem alkoholisierten Autofahrer. Es gab für Mia nur noch die eigene Blamage. In das mürrische Gesicht mit der vorgeschobenen Unterlippe konnte sie nicht mehr hineinschreien. Für den Besuch bei den ›Gegenschwieger‹ hätte die Mutter zu den obligatorischen Trevirahosen ihre braune Bluse getragen und dazu die ›Augenkette‹: blauglotzende Emaillekugeln in goldener Talmifassung, die über den schweren Brüsten aneinanderklackerten. Erst nach dem Türkei-Urlaub war Mia klargeworden, daß dieser Feiertagsschmuck vom Vater stammen mußte. Der wütende Proletenstolz der Mutter hätte vor ›Peters Leuten‹ nicht haltgemacht. Mit Kennermiene wäre sie auf die Schmuddelecken beider Haushalte losgegangen. Bei Carla gab es sicher wenig zu mäkeln. Veronika hingegen bot viele Angriffsflächen. Der Hochmut der Mutter über den Dreck, den ›Droosch‹, die Sauerei bei ihren betuchten Arbeitgeberinnen kannte keine Grenzen. Oft lief sie abends durch die winzige Wohnung in der Geislinger Straße, fuhr mit dem Finger über eine Schranktür, klappte die Klobrille hoch und sagte: »Bei mir kann jeder reinkommen, hier stinkt's net, hier bäppt's net. Die hen Geld, aber

Drecksäu, Drecksäu!« Aus tiefster Überzeugung nahm sie bei ›ihren Damen‹ nie etwas zu essen an. Das höchste der Gefühle waren eine Tasse Kaffee oder ein Glas Wasser. Mit einem angewiderten Seitenblick verschmähte sie die gönnerhaft angebotenen Eßwaren, wenn diese schon angebrochen waren, nahm höchstens Konserven mit nach Hause. So bewahrte sie ihre Würde und schuf sich bei ihren nichtsahnenden Arbeitgeberinnen den Ruf einer integren, genügsamen Person, einer ›Perle‹.

Schon immer hatte Mia bei Besuchen geklaut, systematisch und erfolgreich, wie ein diebisches Tier. Was die Mutter in den Wohnungen ihrer Damen mit Todesverachtung vermied (›Ehrliche Frau, dt., sucht Putzstelle‹), trieb Mia bei Schulfreundinnen, Kaffeeeinladungen, im Müttertreff und bei Peters Familie zur Perfektion. Sie entwendete Parfüm, Kosmetika, Schmuck, Wäsche, Nippes, Bücher und Schreibgeräte und hatte die Frechheit, ihrem Opfer ins Gesicht zu sagen: »Wie lustig, ich hab genau das gleiche!« oder »Ich hab mir das auch gekauft, als ich es bei dir gesehen habe, weil es mir so gut gefallen hat.« Nie wurde sie auch nur verdächtigt. Sie stahl Veronika eine silberne Pillendose und Carla eine Tube teure Nachtcreme aus dem Reformhaus. Ihr wütendes Zusammenraffen hörte erst auf, als Ivo geboren wurde. Der Etzelweg war eine Verheißung gewesen, drei Zimmer, der erste Garten, die Möglichkeit, sich zu entwickeln.

Mia ließ die Küchentür einen Spaltbreit offen, falls die Katze später durch das stille Haus streifen wollte. Die Jungen gerieten jedesmal in Entzücken, wenn das Tier sich nachts unter ihre Decken wühlte. Nach den Fischen im Etzelweg hatten sie bis jetzt kein einziges Mal gefragt. Es war alles so schnell gegangen. Peter und die Kinder waren ihr stets wie ein dreiköpfiges Wesen erschienen, fest zusammengewachsen durch ihr Geschlecht, durch die ungeheuren Mengen an

Zeit, die sie miteinander verbracht hatten, durch die Energie, die Peter darauf verwandt hatte, Ivo und Jörn auf seine Seite zu ziehen. Denn das waren sie, immer auf seiner Seite. Nicht bereit, von ihrer Mutter auch nur einen Vorschlag anzunehmen.

Sie war selten mehrere Tage lang mit den Jungen allein gewesen. Manchmal hatte Peter Fortbildungsseminare besucht oder war mit Freunden zum Wandern in den Schwarzwald gefahren. Ivo und Jörn erwarteten ihren Vater dann jedesmal ungeduldig zurück. Mia wußte, daß sie sich ihre schwache Position im Familiengefüge selbst zuzuschreiben hatte. Von Anfang an hatte Peter die Führung übernommen, mit einer Selbstverständlichkeit, als sei er es gewesen, an dessen Brust die Kinder getrunken hatten. Mia mußte das akzeptieren. Was konnte sie diesen Wesen schon Wertvolles mitgeben, sie, Mia, drei Buchstaben aus einem blöden Song, Geislinger Straße, dritter Stock links?

Jetzt, in Trarego, staunte sie Tag für Tag, wie leicht es ihr fiel, mit Ivo und Jörn umzugehen. Sie gehorchten aufs Wort. Widerspruchslos putzten sie sich die Zähne, halfen beim Tischdecken und gingen zur verabredeten Zeit ins Bett. Alles, was im Etzelweg schwergängig gelaufen war, begleitet von Diskussionen und Protesten, funktionierte hier wie von selbst. Sie fragten nicht nach Peter. Es schien so, als habe die Wucht ihrer Geschichte sie schweigsam gemacht, ihnen alle Fragen ein für allemal ausgetrieben. Mia hatte rasch gehandelt, fast wie im Traum, und wie im Traum war alles, was noch vor ein paar Monaten unverbrüchlich gefestigt zu sein schien, in unglaublicher Geschwindigkeit davongeglitten und auseinandergefallen.

Am Fuß der Treppe tastete Mia nach dem hölzernen Handlauf, stieg vorsichtig die Stufen hoch. Aus dem Kinderzimmer konnte sie die regelmäßigen Atemzüge der Jungen hören. Mondlicht fiel durch die Fenster, es roch nach Bettfedern und Kinderschweiß. Auf dem Boden lagen Stapel von Disney's ›Lustigen Taschenbüchern‹ und ein aufgeschlagenes Märchenbuch, dazwischen muskelbepackte Kämpfer aus Plastik, einer davon mit grünem Skelettkopf. Ivo hatte sich freigestrampelt. Sein magerer weißer Hintern ragte in die Luft. Sie zog ihm die Pyjamahose hoch und deckte ihn zu, befühlte das Laken, das zum Glück trocken war. Er hatte plötzlich angefangen, einzunässen, was Mia ungeheuer peinlich war. Die Matratze wurde eingeschäumt und in die Sonne gelegt. Ivo führte sie eine Stunde nach dem Einschlafen noch einmal auf die Toilette, wo er leise jammernd pinkelte. Sie mußte vor ihm stehen und ihn stützen, damit er nicht von der Schüssel fiel. Er schlief im Sitzen weiter und drückte sein heißes Gesicht gegen ihre Beine. Jörn lag auf dem Rücken, sein Mund stand offen, er schnarchte leise. Sein dunkles Haar war naß, Wimpern und Wangen salzig verkrustet. Als sie die beiden streichelte, bewegten sie sich ächzend und schlugen blind ihre Hand weg. Sie waren den ganzen Tag draußen gewesen, hatten im Garten gespielt, das Dorf erkundet, die engen Gassen und hohen Mauern, an denen überall Eidechsen saßen, das kühle, steinerne Waschhaus, durch das der Bach aus den Bergen rann. Nach dem Mittagessen durften sie sich im einzigen Lokal des Ortes ein Eis holen. Die alten Männer auf der Bank am Eingang winkten ihnen bereits zu. Beide Kinder hatten schon ein paar Worte Italienisch gelernt und waren stolz, wenn ihr Gruß erwidert wurde und es ihnen gelang, alles einzukaufen, was Mia ihnen auftrug.

Mia bückte sich, sammelte die Bücher auf und stellte sie in ein Regal. Sie griff daneben, der Stapel löste sich und polterte zu Boden. Beide Jungen regten sich heftig, Ivo stöhnte laut. Jörn warf sich herum. Sie hörte das mahlende Knirschen seiner Zähne. Keiner wachte auf. Mia blieb starr in ihrer Ecke stehen und wartete, bis die Körper unter den dünnen Laken wieder still wurden.

Die Geschichte für Ivo und Jörn war ihr eingefallen, als sie im Etzelweg die wenigen Kartons packte: den Schnellkochtopf, das gelbe Geschirr, ein Fotoalbum. Ein Bild flatterte zu Boden. Gartenfest, Peters Geburtstag. Menschen, die mit Bierflaschen in der Hand auf der Wiese standen. Ein strahlender Peter, umringt von Veronika und Emil, Hajo und Carla. Auch Eva stand dabei, blond und schlank in einem blauen Sommerkleid.

Es war Mia immer leichtgefallen, sich Geschichten auszudenken. Sie liefen aus ihr heraus wie Wasser. Zu allen Zeiten waren sie nötig gewesen, um zu erklären, zu helfen, zu schmücken: Sie erzählte von ihrem Vater, der in der Türkei am Meer ein großes Hotel hatte, in dem sie jeden Sommer umsonst wohnen durfte, und der vieles schickte, was man nur dort kaufen konnte: die verwaschenen, schlechtsitzenden Sachen, die ihre Mutter aus der Rotkreuz-Kleiderkammer bekam, die bunten Plastikarmreifen, Haarspangen, T-Shirts und Lamy-Füller, die Mia bei ihren Raubzügen stahl. Für ihre Söhne hatte sie sich kurz gefaßt. Oft waren die kurzen Geschichten die besten. Sie bohrten sich ohne Umschweife ins Gedächtnis und blieben dort haften. Der Papa hat sich in eine andere Frau verliebt und möchte uns nicht mehr haben. Er hat gesagt, wir sollen Platz machen und weggehen, damit sie hier einziehen kann. Er hat uns nicht mehr lieb, nur noch diese andere Frau. Aber ihr müßt keine Angst haben, ich habe schon ein neues Zuhause für uns gefunden. Wir halten zusammen, wir drei. Folgsam hatten sie ihr beim Packen geholfen, fast apathisch ihre Habseligkeiten zusammengesucht. Viel hatten sie ja nicht. Spielzeugfrei macht den Kopf frei, noch so ein Spruch. Nur um das Aquarium hatte es ein Riesentheater gegeben. Mia hatte schließlich einen Zettel für die Steidles geschrieben, bitte füttern, den sie später in der Handtasche verschwinden ließ. Peter war im Park gewesen, der sture Hund. Ein Aktionscamp über mehrere Tage. Sitzblockadentraining. »Ich muß jetzt Flagge zeigen, das ist wichtig. Die brauchen mich dort.«

Der Auszug aus dem Etzelweg war ursprünglich Georgs Idee gewesen. Nein, das war gelogen. Es war ihre Idee. Seit Jahren schon. Ach was, Jahre. Doch, seit mindestens zwei Jahren. Die ständigen Streitereien um seine mangelnde Bereitschaft, Pläne zu machen, voranzukommen, raus aus Heslach. Etwas aufzubauen. Sich neu zu bewerben, in einer Klinik zum Beispiel. Nebeneinkünfte zu finden. Die Kinder besser zu fördern. Ganz sicher war sie sich seit April. Seit der Sache mit seiner vollen Stelle. Mit der Teilhaberschaft an Evas Praxis, die er einfach abgelehnt hatte. Aber ohne Georg wäre sie nicht ausgezogen. Er hatte den letzten Anstoß gegeben. Alleinerziehend wollte sie nicht sein. Das kannte sie. Das wollte sie nicht für die Kinder. Georg hatte es möglich gemacht. »Wenn dein Lebensgefährte ein solcher Luftikus ist, warum machst du dann nicht einen scharfen Schnitt? Kommt zu mir, bei mir ist Platz.« Ja, das konnte man sagen. Platz zum Liegen. Allein sein Bett – größer als unser ganzes Schlafzimmer.

In der stickigen Luft des Kinderzimmers schüttelte Mia heftig den Kopf. Sie verzog den Mund und biß sich auf die Lippen. Diese Nächte im Schloßgarten, zu denen Peter die Kinder mitgeschleppt hatte, waren der Gipfel gewesen. Einmal hatte sie die drei dort besucht, aus Sorge. Vielleicht auch, um ein letztes Mal guten Willen zu zeigen. Was sie dort sah, hatte sie entsetzt. Ivo und Jörn hingen Grashalme und vertrocknete Schlammbröckchen in den Haaren, ihre Gesichter waren dreckverklebt. Die Jungen glichen ihr auf fast schon lächerliche Weise, dunkelhaarig, lockig, zimthäutig, Keloglan pur. Es war leicht, sich einzureden, daß sie allein ihr gehörten. Sie rannten unentwegt zwischen diesen ganzen Verrückten, diesen Baumanbetern, Hippies, Punks und Pennern herum. Aus dem zertretenen Rasen wuchsen schiefe Behausungen, die grausige Parodie einer Stadt. Durch das ganze Chaos wandelte Peter, den hier jeder zu kennen schien. Mia hatte über die vielen älteren Leute gestaunt. Die meisten machten einen gesetzten, behüteten Eindruck, wohlfrisiert, gut gekleidet, als seien sie Verirrte in diesem bizarren Narrendörfchen. Erst die grünen Anstecker enttarnten sie. Auch Hajo und Carla hätten durchaus hier sein können. Emil sah sie nicht, obwohl er nur zu gut in diese Welt gepaßt hätte, torkelnd und Gedichte rezitierend, dieser Flaschengeist. Wahrscheinlich hatte er Peter den ganzen Schwachsinn eingeredet. Mia hatte ihre Provianttasche vor den Kindern abgesetzt, die sie nicht ohne Begeisterung begrüßt hatten, aber sofort wieder davongerannt waren. Sie war verwundert darüber gewesen, so viele Kinder, sogar Babys, um diese Uhrzeit im Park zu sehen.

Sie bückte sich nach den Plastikfiguren auf dem Fußboden und tastete über die wutverzerrten Gesichter der kleinen Kämpfer. Masters of the Universe. Sie konnten nur wenig jünger sein als Mia und dünsteten immer noch einen schalen Plastikgeruch aus. Peter war plötzlich auf sie zugekommen und hatte sie umarmt. Er war erhitzt und roch rauchig. Mia erinnerte sich, wie widerlich sie die winzige blutverkrustete Verletzung an seinem Mundwinkel gefunden hatte. Sie machte sich von ihm los und trat einen Schritt zurück. Seine Jeans waren fleckig. Sie hatte den Eindruck, es liege ihm etwas daran, sie zu besudeln, seinen Schmutz wie ein Brandzeichen auf ihrer Kleidung zurückzulassen. Sie mußte sich kurz setzen, weil ihre Füße vom langen Stehen vor der Klasse geschwollen waren und schmerzten. Der Stamm der ungeheuren Platane, unter der sie sich niederließ, war dick umwickelt mit pfauenblauer Seide. In den Ästen über ihr raschelten Transparente. Überall brannten Kerzen und Laternen, mehrere Feuer flackerten in der Nähe. Mia sah nach oben und erkannte das dickliche Brillengesicht Eduard Mörikes, darunter Peters schwarze Druckschrift, schimmernd unter der Laminierung: »Ah, Sternenlüfteschwall wie rein / Mit Haufen dringet zu mir ein!« Trommelschläge hallten durch die Dämmerung, begleitet von Grilldunst. Weitere Verse schwangen über ihr in der von Insekten durchschwirrten Luft. Peter war ihrem Blick gefolgt, und Mia hatte schnell weggesehen. Einen Vortrag über Mörike hätte sie jetzt nicht ertragen. Unter dem Nachbarbaum schlüpfte ein jugendliches Pärchen umständlich in einen knisternden roten Schlafsack. Ein riesiger, bärtiger Mann mit Rucksack und Knotenstock stapfte an ihnen vorbei. Unter der Platane riß er den Arm hoch und zeigte auf die vom Abendwind bewegten Plakate. Seine Stimme trug weit: »Mein Herz, o sage, / Was webst du für Erinnerung / In golden grüner Zweige Dämmerung? / – Alte unnennbare Tage!« Mia hatte sich gereizt abgewandt und den Kopf geschüttelt. Sie haßte diese Typen, ihren Gestank, aus dem sie all die Schrecklichkeiten anwehten, die passieren konnten, wenn man sich nicht zusammenriß, der schmutzige Atem von Armut und Versagertum.

Peter war in dieser Hinsicht naiv. Er unterhielt sich am Marienplatz und in der Böblinger Straße dauernd mit diesem Abschaum, ließ sich das Geld aus der Tasche ziehen, glaubte sogar die Geschichten, die sie ihm aufbanden. Immer waren die anderen schuld, die Frauen, die sie verlassen hatten, die lieblosen Eltern. In der Geislinger Straße hatte es viele Alkoholiker gegeben, die schon morgens zwischen den Blocks herumschwankten. Ihre Exkremente lagen in den Durchgängen und Treppenhäusern und zwangen die Kinder, mit angehaltenem Atem Slalom zu laufen.

Auch an diesem Abend hatte Peter dem Penner nachgestarrt wie einer Erscheinung aus einer anderen Welt. Mia hatte ihn unsanft angestoßen und nach den Kindern gefragt, die in der immer dunkler werdenden Parklandschaft nicht mehr zu sehen waren. Peter winkte lässig ab: »Die Jungs kennt hier jeder. Wir sind wie eine große Familie.«

Sie preßte die Finger um die harte Spielzeugfigur, bis sie schmerzten. Peter hatte seine Hände unter ihre Bluse geschoben und ihren Hals geküßt. »Ich habe von dir geträumt. Davon, dich hier zu lieben, im Gras, unter diesem Baum und dem Sternenlüfteschwall.« Er roch aus dem Mund nach irgendeiner Grillsoße. Sie hatte ihn weggestoßen und war aufgestanden und gegangen, am Schluß sogar gerannt, voller Ekel und Wut. Erst am nächsten Nachmittag kamen die drei nach Hause zurück. Ivo und Jörn waren voller Zecken. Wie dunkle Warzen saßen sie in den zarten Kniekehlen, auf den Schulterblättern und zwischen den Zehen. Mia hatte darauf bestanden, daß der Kinderarzt sie entfernte. Sie packte die Jungen ins Auto und fuhr zu Dr. Lindenbruch. Nach dem Termin standen sie im Heslacher Tunnel im Stau. Die Kinder schliefen, sie waren total überanstrengt, ihre Köpfe hingen schlaff nach vorne. Mia erzählte Peter, daß der Arzt Bettruhe angeordnet habe. Noch am selben Abend telefonierte sie mit Georg.

Die Schule würde ihnen dabei helfen, mit der Veränderung umzugehen, allein schon die Tatsache, daß sie den Hort besuchten, den ganzen Tag dort wären, von acht bis siebzehn Uhr. Das war nötig, wenn sie die Vollzeitstelle annehmen wollte, die man ihr in der Sanitas-Akademie angeboten hatte. Endlich. Kein gutes Gehalt, aber sie würde über die Runden kommen. An die Sicherheiten eines Beamtenjobs reichte nichts heran, trotzdem konnte sie froh sein über diese letzte Chance. Der heimliche Auszug aus dem Etzelweg war beklemmend gewesen. Der einzige Moment, in dem Mia Erleichterung verspürt hatte, war, als sie den Karton mit den silbernen Dosen voller Sportlernahrung in die Mülltonne gekippt hatte. Mit blechernem Rasseln waren sie in die stinkende Dunkelheit gefallen. Den Karton hatte sie zu einer flachen Platte zertreten und hinterhergeworfen. Eine reine Verzweiflungstat war das gewesen. Im nachhinein fragte sie sich, wie sie auf diese Anzeige hereinfallen konnte: »Verdienen Sie 3000 Euro und mehr! Sind Sie ehrgeizig, zielorientiert, kommunikationsstark?« Aber das war typisch für sie, die hektisch nach einer Lösung suchte und dabei gegen Wände lief. Erst später war ihr eingefallen, daß die Mutter in der Geislinger Straße eine Zeitlang abends mit glänzenden Augen Kugelschreiber zusammengeschraubt hatte. Mia erinnerte sich noch, wie sie von einem richtig anständigen Stundenlohn sprach. Und so bequem, beim Daheimhocken! Irgendwann standen zwei Männer in der Tür. Viel Gel im Haar, helle Jeansjacken, speichelglänzende Zähne. Es war laut geworden. Materialkosten, Prozeß. Wochenlang hatten sie von Toast und Nudeln mit Tomatenmark gelebt.

In der Schule ahnten ihre Freundinnen damals nicht, wie schwer sie arbeitete für ihre nicht einmal überragenden Noten. Mia schuftete gegen Vorurteile in Lehrerköpfen an – sie war das dunkelhaarige Kind einer unförmigen Alleinerziehenden und damit eigentlich eine Kandidatin für die Hauptschule. Dazu kam, daß die Mutter an Elternsprechtagen genauso in die Wäscherei oder zu ihren Putzstellen ging wie zu den Hausaufgabenzeiten. Als Mia sich in der Pädagogischen Hochschule einschrieb, Bafög beantragte, war es für die Mutter so, als hätte sie den Wunsch geäußert, zum Mond zu fliegen – sie tat etwas, das eigentlich nicht zu schaffen war.

Mia war sich sicher, daß es ihr deshalb auch nicht gelungen war, das Referendariat abzuschließen. Sie konnte die

Kinder nicht bändigen, ihr fehlte die Sicherheit, sich hinzustellen und die Führung zu übernehmen. Mehrfach war sie vor der Klasse gescheitert, so kläglich, daß sie kaum noch vollständige Erinnerungen an diese Momente hatte. Ein paar Einzelheiten waren geblieben: das Grinsen des Drittkläßlers in der vordersten Reihe, der Essiggeruch der Folienstifte, mit denen sie die Kartoffelpflanze vierfarbig aufgemalt hatte, ihr eigenes Stammeln und Stottern, der steigende Lärmpegel in der Klasse, das Brennen ihrer Handballen, in die sie die Fingernägel gegraben hatte, und die flüsternd zusammengesteckten Köpfe der beiden hospitierenden Prüfer und ihrer Fachbereichsleiterin. Sie wäre knapp durchgekommen, hätte sie nicht geschmissen. Am bittersten war das verständnisvolle Lächeln auf dem Gesicht jener älteren Lehrerin gewesen, die ihr die Hand auf die Schulter gelegt und mit warmer Stimme gesagt hatte: »Ich bin so froh, daß Sie selbst es sind, die diese Entscheidung trifft.« Vor Erwachsenen fürchtete sie sich nicht. Die wollten ja lernen, waren höflich, statteten Mia von Anfang an mit jener Autorität aus, die man sich bei den Kindern erst erarbeiten mußte. Daß sie nach jahrelanger Tätigkeit als Mädchen für alles und nach endlosen Fortbildungen in der Sanitas-Akademie wieder zu unterrichten begonnen hatte, empfand sie als Glück. Auf der Homepage des Instituts stand neben ihrem Foto: Maria Müller, Pädagogin (PH). Dozentin für Linguistik, Rhetorik und Techniken des Lernens.

In der Dunkelheit vor dem Fenster riefen die Käuzchen, heisere, bellende Schreie, hinter denen Mia ohne Georgs Belehrung nie Vögel vermutet hätte. Die Kinder warteten jeden Abend ungeduldig darauf, ihre plumpen Umrisse durch die blaue Luft huschen zu sehen. Wenn sie morgen früh erzählte, daß sie sie gehört hatte, würden sie mit den Füßen aufstampfen: »Verdammt, warum schlafen wir immer vorher ein!«

Beide Kinder würden in dieselbe Schule gehen, jeder in eine andere erste Klasse, sie waren nur ein Jahr auseinander. Der gemeinsame Schulweg, das Zusammentreffen in den Pausen konnte Sicherheit geben. Mia war begeistert gewesen von der Ernsthaftigkeit, mit der die Jungen an den Tests teilgenommen hatten, die man ihnen in Gesundheitsamt und Grundschule vorgelegt hatte: ein Bild malen, Zahlen erkennen und Würfelpunkten zuordnen, komplizierte Sätze nachsprechen. Wie eifrig sie sich bemüht hatten, alles schnell und sauber zu erledigen. Keine Spur von Träumerei, kein Geträdel. Als ahnten sie, daß der neue Weg eine Gelegenheit war, die sie dankbar annehmen mußten. Peter hatte Ivo vor einem Jahr, als der Brief der staatlichen Grundschule aus Heslach kam, mit Hilfe von Kinderarzt und Erzieherinnen noch ein Jahr zurückstellen lassen. Ein ›Kann-Kind‹, das erst im September sechs wurde, durfte noch ein Jahr im Kindergarten bleiben. Mia war das nicht recht gewesen, aber sie hatte sich gefügt. Peters Autorität in Bildungsfragen übertraf ihre Pädagogikstudium. »Es ist einfach viel zu früh! Du bist doch das beste Beispiel dafür, daß in diesen Seelenknästen alles kaputtgemacht wird. Ich werde die Jungs da nicht hinschicken.« Er hatte über Privatunterricht zu Hause nachgedacht, Infos aus dem Internet gezogen, alles, was nach Leistung roch, Rätselblöcke, Übungsbücher, aus dem Etzelweg verbannt und sich mit den Erzieherinnen im ›Hasenhäusle‹ angelegt, als dort Vorschulmaterial ausgeteilt worden war.

Die Atemzüge der Kinder waren wieder ruhig und regelmäßig. Mia schlich aus dem Zimmer. Ein Legostein bohrte sich in ihre nackte Fußsohle, und sie trat noch fester darauf, um zu spüren, wie der Schmerz zu ihren Haarwurzeln hochschoß. Tränen liefen ihr über die Wangen. Im Türrahmen blieb sie stehen, konnte nicht aufhören, Ivos Armbeuge anzustarren, in der sein alter, grauer Bär jetzt kopfüber eingeklemmt hing, und Jörns runde Backe, auf der eine Locke klebte. Das Verlangen, sie abzuküssen, sich zu versichern, daß es ihnen gutging, war ungeheuer. Sie drehte sich hastig um und verließ den Raum.

Im Flur schaltete sie die Lampe ein. Auf einem geschnitzten Tischchen lagen verstaubte Hortensienblüten in einer Porzellanschale, darüber sah sie ihr Gesicht im Spiegel und verharrte einen Augenblick. Natürlich fragte sie sich, ob es auch nur einen Moment gegeben hatte, der ihr das Recht zu alldem einräumte, das Recht, das dreiköpfige Tier auseinanderzureißen, dessen Einzelwesen jetzt jaulend und einnässend die Nächte durchheulten. Das Recht, die erstbeste Gelegenheit beim Schopfe zu packen und zu verschwinden. Vielleicht war es ja nicht die erstbeste, sondern die letzte Gelegenheit. Wie alt war sie? Wie lange würde ihr noch jemand seine Hilfe anbieten, nur weil er sie niedlich fand? Wie viele Vollzeitstellen würde man ihr noch hinterherschmeißen? Und Hilfe hatte sie gebraucht, allein wäre sie niemals mutig genug gewesen, zu gehen, nicht mit den Jungs zusammen.

Georg hatte ihr geholfen, die Schule für die Kinder zu finden. Für alles, worüber sie sich nächtelang den Kopf zerbrach, fand er in kürzester Zeit eine Lösung. Durch seine Arbeit kannte er Unmengen von Leuten. Er zeigte ihr diese wirklich fortschrittliche Grundschule, konfessionell, daher auch nicht unbezahlbar. Für Mia als Alleinerziehende würde es Ermäßigung bei den Gebühren geben. Georg wußte Bescheid über Musikunterricht und Frühenglisch, über die besten Sportvereine, Nachmittagsbetreuung, Jugendkunstschule, alles, was Peter ablehnte. Georg war selbst Vater und hatte es geschafft, seinen Sohn einigermaßen unbeschadet durch die Scheidungsquerelen zu bringen. Willi war zum Studium in die USA gegangen und arbeitete jetzt als Physiker in Boston. Sie hatte ihn noch nicht kennengelernt. Auf den Fotos in der Bismarckstraße lächelte ein großer junger Mann mit rasiertem Schädel und Georgs Augen.

Der Silberrahmen des Spiegels war angelaufen. Fliegendreck saß auf dem Glas, schwarze Male auf ihren Lippen, ihrer Stirn. Morgen putze ich dich, dachte Mia.

Jeden Tag putzte sie ein Stück des Hauses. Bei ihrer Ankunft hatten tote Insekten auf den Fensterbänken gelegen. Sand und Blätter wehten über die Dielen. Spuren der langen Monate, in denen niemand hereinkam außer der alten Nachbarin, die lüftete und die Heizung prüfte. Mia wischte, fegte und scheuerte. In dem kleinen Alimentari an der Hauptstraße hatte sie mehrere Flaschen Putzmittel gekauft, wahllos gegriffen, was stark aussah. Die Schönheit der Räume trat durch die Sauberkeit noch klarer hervor, und Mia hatte das Gefühl, sie könnte auf diese Weise etwas von sich selbst zurücklassen. Was für ein Gedanke! Verächtlich blickte sie auf ihr Spiegelbild, wellig und clownhaft in dem alten Glas, nackte braune Schultern, ein weißes Leinenkleid, die goldene Kette mit dem Anhänger. Die Perle in der schweren Schale klebte in der feuchten Grube zwischen ihren Schlüsselbeinen. Grüne Seifenreste unter den Fingernägeln, ein Trick der Mutter. Immer die Hand in die Seife krallen, das schützt. Ihre Zunge war purpurn vom Wein.

Die Mutter trug zum Putzen einen ärmellosen rosengemusterten Kittel. Sie brachte den Kittel und ihre Schuhe, flache Plastiklatschen mit geriffelter Sohle, in einer großen Umhängetasche mit Katzengesichtern von zu Hause mit. Außerdem eine orangefarbene Dose, die einmal Vanilleeiscreme enthalten hatte. Darin waren Toasts mit Margarine und Zukker. Die Mutter hatte immer Vesperbrote dabei. Diese Brote aß sie mit Mia in der Küche oder, wenn es nicht gerade regnete und sehr kalt war, auf dem Balkon. Alle Wohnungen, in denen die Mutter putzte, hatten einen Balkon. Dann zog die Mutter Mia den Reißverschluß am Anorak bis zum Kinn hoch. Sie selbst rauchte und biß zwischendurch riesige Stükke ab. Der Zahnabdruck stand in der bleichen Fettschicht, das körnige Knirschen des Zuckers vermischte sich mit dem stechenden Geschmack der Margarine, die noch stundenlang am Gaumen klebte. Die Mutter war dick, ihre Arme von gänsehäutigem Fleisch beladen, die verhornten Ellbogen weißlich abgerieben, das schlechtgefärbte, kurze Haar fettig, die Nylonstrumpfhose zerrissen. Der gelbe Ring um die Fersen, die rauhen Knöchel über dem einschneidenden Rand der Schuhe. Die kleinen braunen Augen, die geäderten Wangen. Die blauroten, von Putzwasser aufgeweichten Hände. Ein starker Schweißgeruch ging von der Mutter aus. Eingehüllt in diesen Geruch, fuhren sie nach Hause. In der überheizten Straßenbahn sah Mia meist aus dem Fenster. Oft war es schon dunkel, die gepflegten Gartenstraßen der Halbhöhenvillen, aus denen sie kamen, verschwanden schnell: Im Schellenkönig und Heidehofstraße, Gänsheide und Gerokstraße, Steingrübenweg und Im unteren Kienle. Die Linie 9 brachte sie zurück nach Wangen. Sie sah den roten Lichterkranz über der grauen Riesentonne des Gaskessels schweben, die verschwommenen Schaufenster von ›Stilmöbel Nau‹ in der Hackstraße, voll mit dünnbeinigen, vergoldeten Tischen, Stühlen und Spiegeln, die menschenleere Schwärze in den niedrigen, langgestreckten Gebäuden des Schlachthofs, wo am Morgen noch Rinder und Schweine als blutige Hälften an mächtigen Metallhaken herumgeschoben worden waren. Die Bremsen quietschten, Mia stützte den Arm auf das Tischchen mit dem tanzenden, grauweißen Karomuster. Irgendwann sackte sie gegen die Mutter, die sonst so selten Berührungen gestattete, dann aber den Arm um das erschöpfte Kind legte, das auf dem klebrigen, leberfarbenen Plastiksitz einschlief.

11

Mia trat mit ihrer Zigarette auf die Terrasse. Die Müdigkeit war verschwunden. Es hatte keinen Zweck, jetzt im Bett zu warten, bis der Morgen graute und die Kinder sich regten. Sie würden unter ihre Decke kriechen und die kleinen, harten Füße, eiskalt vom ersten Lauf durch das taufeuchte Gras, gegen Mias nackte Oberschenkel pressen. Wenn sie laut kreischte, kicherten sie. Sie kreischte so laut wie möglich, nur um zu wissen, daß sie sie zum Lachen bringen konnte. Sie drückte die Zigarette in Georgs blattförmigem Aschenbecher aus und zündete sich sofort eine neue an. Georg rauchte selten, meistens Zigarillos. Sie lachte über sein genießerisches Gepaffe, hoffnungslos verdorben von den Gepflogenheiten der Geislinger Straße. Wer dort nicht auf Lunge rauchte, war eine Memme.

Mia mußte husten, der Tabak schmeckte strohig und bitter. Sie sah auf die schwarzen Berge, die gelben Punkte der Straßenbeleuchtung, den purpurbraunen Nachthimmel. Auch wenn sie versuchte, an Georg zu denken, sah sie statt dessen Peter. Er stand im Etzelweg vor dem Haus und erlebte das Ende jener Geschichte, die sie den Kindern ein paar Tage zuvor erzählt hatte. Unrasiert und in einem schmutzigen T-Shirt, hatte er so verkommen ausgesehen, daß sie einen Moment lang versucht gewesen war, alles rückgängig zu machen. Ihre Wut kam zurück, als er zu reden begann. »Was tust du den Kindern da an!« Sie ging in die Wohnung und nahm die letzten Unterlagen aus der häßlichen ledernen Dokumentenmappe, die Carla ihnen einmal zu Weihnachten geschenkt hatte. Sie brauchten ja Ausweise, wenn sie nach Italien fuhren, Geburtsurkunden für die Einschulung. Peter schrie schließlich sogar, und sie brüllte zurück. »Wie kommst du dazu, ihnen dein Penner-Leben zuzumuten! Sie haben was Besseres verdient, und ich auch!« Die Kinder blieben auf der Rückbank. Wie still sie da gesessen hatten. Es war ein Wunder, ein schreckliches Wunder, vollbracht von ein paar Sätzen.

Sie schloß die Verandatür und ging ins Schlafzimmer. Durch das Oberlicht schien der Mond. Aus dem faden Grau des Zimmers traten die Deckenbalken und der bauchige Umriß der Kommode hervor. Die Gitter des Eisenbetts warfen verschlungene Schatten. Mia setzte sich auf die Bettkante und lauschte der höhnischen Frage des Raumes: Was willst du denn hier? Sie versuchte, sich etwas vorzustellen, das ihr keine Angst machte. Den neuen alten Job. Ivo und Jörn als Erstkläßler. Georg.

Georg war Redakteur bei einem regionalen Fernsehsender. Sie hatten sich kennengelernt, als er eine Sendung über Weiterbildung im Gesundheitswesen gedreht und dafür die Sanitas-Akademie besucht hatte. Mia war überrascht gewesen, wie kurz der Film geworden war, den sie schließlich im Nachtprogramm zu sehen bekam. Für diese wenigen Minuten hatten Kameraleute und Techniker tagelang in den Räumen am Feuersee herumgehangen, redend, kaugummikauend und telefonierend. Georg war ihr von Anfang an aufgefallen, weil er sich kleidete wie ein englischer Graf aus einer Vorabendserie. Mia hatte zuerst nur auf seine karamellfarbenen Lederschuhe mit den silbernen Schnallen geachtet, auf die karierten Hosen und das Tweedjackett mit senfgelbem Seidenfutter. Er schien nichts zu tun außer herumzustehen, Kaffee zu trinken und gelegentlich mit den Kameramännern Witze zu reißen. Langsam schlenderte er durch die Gänge, redete und fuchtelte dabei mit seinen großen Händen. Ständig kam er in Mias Büro, lehnte sich mit dem Hintern an ihren Schreibtisch, nahm Stifte von der Tischplatte, drehte sie zwischen den Fingern, las Papiere laut vor, telefonierte zwischendurch und stürzte wieder hinaus. Am zweiten Tag gingen sie zusammen Mittagessen. Danach liefen sie beide allein um den Feuersee und zur Johanneskirche, deren spitzenloser Turm wie geköpft aus den Baumwipfeln ragte.

Georgs Gesicht war groß und flächig, die Augen lagen tief in den Höhlen, darüber wuchsen struppige Brauen. Das dichte Haar war von grauen Strähnen durchzogen, und auch seine Haut wirkte grau. Der Mann mit dem Steingesicht hatte ihn Fred, der Ergotherapie-Dozent, scherzhaft genannt. Georgs Züge wirkten tatsächlich starr und unbeweglich. Das einzig Lebendige war der Mund, ein breiter, scharf konturierter Mund mit vollen Lippen, der ständig redete, lachte, sich spöttisch verzog und auf den Mia öfter sah als in Georgs Augen, die sein Gegenüber nie fixierten, hellgrau und stumpf waren wie der Zinnbecher voller Kugelschreiber auf ihrem Büroschreibtisch. Als die Filmerei vorbei war, schickte er SMS und Mails voll ironischer Höflichkeitsfloskeln. Schließlich wartete er täglich vor der Akademie. Daß Mia verheiratet war, schien ihm vollkommen gleichgültig zu sein. »Verheiratet. Ich war auch verheiratet, fast zwölf Jahre lang. Mein Sohn arbeitet in den USA.« Sein Steingesicht lächelte. »Am MIT in Boston. Meine Frau wohnt mit einem indischen Zahnarzt am Rhein. Als sie ausgezogen ist, hat sie mir eine faule Katze dagelassen und einen Haufen Art-déco-Lampen. Immerhin haben wir uns darauf geeinigt, Willi gemeinsam großzukriegen. Er saß viel im Zug damals, kannte alle Schaffner auf der Strecke Stuttgart–Köln.«

Mia hatte im April zum ersten Mal mit Georg geschlafen. Es war ein Montag gewesen, der Tag, an dem sie auf dem Küchentisch im Etzelweg Evas Brief gefunden hatte. Er lag unter einer Tasse, auf deren Grund ein Rest Mate stand. Stäbchenförmige Blätter schwammen in der nach Heu riechenden Flüssigkeit. Der stilisierte Mund, das Logo der Praxis, war zu einem schwarzen Fleck zerlaufen. Peter hatte bereits um halb acht einen Patienten und war weg. Die Jungen putzten sich im Bad die Zähne und gurgelten laut. Ihre Kindergartenrucksäcke hingen über der Stuhllehne. Mia faltete den Brief auseinander.

»Lieber Peter,
ich finde es sehr schade, daß Du mein Angebot nicht annehmen willst. Bitte, überlege es Dir doch noch einmal. Es mag ja albern sein, einen Brief zu schreiben, wenn man sich jeden Tag sieht, aber ich habe immer noch die Hoffnung, daß Du die Sache anders siehst, wenn du es schwarz auf weiß hast. Sprich auch mit Mia darüber. Denk bitte darüber nach, was eine Teilhaberschaft an einer so gutgehenden Praxis auch finanziell für Dich bedeuten könnte. Ich verstehe Deine Argumentation natürlich. Man reibt sich auf, in einem Helferberuf wie dem unseren. Ich selbst arbeite seit Jahr und Tag am Rande meiner Kapazitäten. Es bliebe mir bei einer Absage Deinerseits nichts anderes übrig, als mich nach einem weiteren Mitarbeiter umzusehen, der eine solche Chance vermutlich nicht ausschlagen wird.

Sei herzlich gegrüßt
von Eva«

Mia hatte den Brief zweimal gelesen. Ihr war so schwindelig geworden, daß sie sich setzen mußte. Dann kamen Ivo und Jörn hereingestürzt, sie waren hastig aufgebrochen. Mia ging in die Sanitas-Akademie. Als sie gegen fünf nach dem Unterricht und einer viel zu langen Kollegiums-Sitzung das

Gebäude verließ, wartete Georg auf der gegenüberliegenden Straßenseite.

Ihr erstes Mal, in seiner Wohnung auf einem harten, altmodischen Sofa, war keine Sternstunde gewesen. Er kam zu schnell. Mehr mütterlich als lasziv streifte sie ihm das Gummi ab und verknotete es sorgsam. Sie wunderte sich über die weißen Haare auf seiner Brust und um seinen Schwanz, seinen starken Körpergeruch unter dem teuren After-Shave und über das hektische Programm, das er anfangs noch durchzog, um dann keuchend aufzugeben. Mia wußte, daß sie schön aussah, daß die zwei Kinder, die ihre Bauchdecke überdehnt, die Brüste gesenkt und die Kniekehlen mit blauen Äderchen durchzogen hatten, nicht wirklich zählten. Bei Georg war sie die Königin, das spürte sie an jeder seiner Bewegungen.

Peter hatte gerade die Kinder gebadet, als Mia nach Hause kam. Der Geruch nach Rosmarinseife zog bis in den Flur, in dem drei Paar lehmverschmierte Wanderschuhe standen. Daneben lag ein umgekippter Rucksack, aus dem nasse Pullover, Tannenzapfen, Stöcke und eine leere Literpackung Eiscreme auf das Linoleum gerutscht waren. Die Küchentür stand offen. Mia bemerkte schon von der Fußmatte aus die Mehlspuren auf dem Boden. Auf dem Tisch standen eine fettige Pfanne mit hellen Teignasen am Rand und ein aufgeschraubtes Marmeladenglas, daneben verschmierte Teller. Die Kinder tanzten, fadenscheinige grüne Handtücher aus Carlas Ausschuß um die Hüften, durch das Wohnzimmer und winkten ihr zu. Ihre Arme sanken herab, denn Mia hatte noch im Mantel angefangen zu schimpfen, bis alle drei stumm in einer Reihe vor dem Sofa standen.

Peter wurde selten laut. Auch an diesem Tag hatte er die Jungen mit ruhiger Stimme durch das Abendritual geführt: Schlafanzüge anziehen, kämmen, Zähne putzen. Sie hörte ihn durch die dünne Wand singen und erzählen. Er las fast nie vor, immer nur die Lektüre seiner Kindheit. Zwei Bilderbücher, die Mia aus der Stadt mitgebracht hatte, waren wortlos im Flur neben dem Altglas aufgestellt worden. Ivo und Jörn schienen überhaupt kein Interesse an ihnen zu haben. Mia hatte die Küche aufgeräumt und heißes Wasser in die Pfanne laufen lassen. Sie benutzte einen scharfen Reiniger. Es befriedigte sie, wie Peter die Augenbrauen zusammenzog, als er den stark nach Putzmittel riechenden Raum betrat.

Alle ihre Argumente hatte er mit einem Lächeln, diesem verdammten ruhigen Lächeln, vom Tisch gewischt. Das sei nicht wichtig. Sie kämen doch zurecht. Er wolle nicht noch mehr Zeit in Evas Klitsche verbringen. Seit die Kinder da seien, spüre er noch stärker, wie kurz sein Leben sei. Und auch ihres. Das wolle er nicht verballern, um Krankenkassenleistungen zu erbringen. Jörn habe heute zum ersten Mal einen Witz erzählt. Er stand auf und breitete die Arme aus, in dieser selbstgewissen Messias-Haltung. Sie hätte ihn am liebsten geschlagen. Er sprach weiter und lächelte dabei immer noch. »Wäre ich in der Praxis gewesen, hätte ich vielleicht gehört, wie ein fremdes Kind sein erstes sauberes ›s‹ gesprochen hätte. Natürlich ist das ein Erfolg, aber will ich das? Ich will lieber Ivo und Jörn begleiten. Wie lange sind sie noch so klein? Was bekomme ich für die Zeit, die ich bei Eva lasse?«

Mia war in den Flur gerannt und hatte die leere Eisdose vom Boden aufgehoben. Sie spürte das glatte Plastik fast schleimig zwischen ihren Fingern, als sie den Deckel abriß und Peter den Behälter hinhielt. Verständnislos starrte er auf die abgenagten Brotrinden am Boden der Dose und auf Mia, die schrie: »Was du bekommst? Geld bekommst du! Geld! Geld, das dringend nötig ist, damit deine Kinder nicht so etwas als Vesperdose benutzen müssen! Damit sie hier rauskommen, aus diesem Dreckloch! Schau dich doch mal um! Wie lange sind wir jetzt hier? Du hast alles gehabt, alle Chancen, und sie, sie sollen nichts kriegen!« Peter hatte sie verdutzt angeschaut und erneut den Kopf geschüttelt. »Du findest immer nur Dinge wichtig. Dinge zu haben. Das spielt für die Jungs keine Rolle. Und für mich auch nicht.«

Auf Georgs antikem Eisenbett faßte sich Mia an den Hals und griff nach der breiten Goldkette, die kühl durch ihre Finger lief. Die Perle schimmerte in der gehämmerten Schale des Anhängers, umkränzt von Brillanten. Das Gold leuchtete warm. An der Schließe trug es einen Stempel. Für die Beisetzung der Mutter hatte Mia das Schmuckstück zur städtischen Pfandleihe in der Gerberstraße getragen. Für seine Auslösung hatte sie die halben Semesterferien durchgekellnert.

Die Kette stammte aus einer Altbauwohnung in der Sonnenbergstraße. Mia erinnerte sich daran, daß die Mutter und sie erst wenige Male dort gewesen waren und daß die Bewohnerin im Gegensatz zu den anderen Damen während des Putzens fast immer zu Hause blieb. Sie nahm keine Notiz von der Mutter, die mit Staubsauger und Schrubber um sie herumfuhrwerkte, und beachtete auch Mia kaum. Die saß eingeschüchtert auf einem Schemel in der Diele und sah durch mehrere ineinander übergehende Zimmer bis zu einem roten Sofa vor einem rundbogigen Fenster. Meistens lag die Frau mit angezogenen Knien darauf. Ein Arm hing schlaff herab, sie blickte nicht auf, abgetaucht in das Buch, das gegen ihre Oberschenkel lehnte, und bewegte nur leicht die Hand, um die Seiten umzublättern. Der Duft ihres Parfüms zog zu Mia hinaus und mischte sich mit dem Aroma aus der Kaffeetasse, die vor ihr auf einem Tischchen stand. Das Kind hatte nicht gewagt zu fragen, was die Frau da eigentlich tat, sondern sich nur über ihre vollständige Versunkenheit gewundert. Später war die Lesende auf dem Sofa für Mia zum Bild einer geglückten Existenz geworden. In den ersten Jahren im Etzelweg fühlte sie tiefe Zufriedenheit, wenn sie Peter mit einem Buch auf der Couch liegen sah. Ich habe es geschafft, dachte sie. Nach und nach hatten ihre Gefühle für den stillen Lesenden sich gewandelt: er war ein naiver Trödler, den sie am liebsten aufgescheucht und gejagt hätte, damit er irgend etwas tat, für seine Kinder, für sie alle.

Im Sommer vor Mias Einschulung war die Wohnung mit dem roten Sofa zum Umzug vorbereitet gewesen. Die Möbel hatte man bereits ausgeräumt. Mia war erschrocken darüber, wie kahl dieser anheimelnde Ort jetzt wirkte. Vertraute Dinge, an denen ihr Blick sonst hängenblieb, waren verschwunden: der lange bunte Teppich im Entree, von dem sie heute sagen konnte, daß es ein antiker Shiraz war. Die Ölgemälde, die Bücherregale, deren Umrisse noch grau auf den Wänden zu sehen waren. Jeder Schritt hallte durch die weiten, leeren Räume. Staubmäuse schwebten in den Ecken, und das Parkett zeigte honiggelbe und dunkelbraune Tönungen, je nachdem, ob dort Möbel gestanden hatten oder nicht. Die Sofa-Frau war in großer Unruhe durch die Zimmer gehuscht, hatte in ihrer Handtasche gewühlt und war dann verschwunden: »Ich muß kurz weg, die Fenster nicht vergessen!«

Die Mutter hatte lange gearbeitet, viele Eimer schwarzes Wasser in die Toilette geschüttet. Sie putzte die Fenster, wusch die Türen, sie fegte die Stuckdecken mit dem Besen ab, war blaßrot und schnaufte. Mia wußte noch, daß sie in der dämmrigen Küche auf Klappstühlen saßen, die die Mutter vom Balkon hereingeholt hatte, daß sie Leitungswasser tranken und warteten. Die Frau war nicht wiedergekommen. Die Mutter regte sich in ihrer triefenden Erschöpfung. Sechs Stunden hatte sie geputzt. War es wirklich so lange gewesen? Was hatte Mia gemacht, sechs Stunden in einer leeren Wohnung? Sechs Stunden, das waren sechzig Mark. Die Mutter erhob sich schwer und kümmerte sich nicht darum, daß der Klappstuhl umkippte, auf den Fußboden schlug. Sie ging durch alle Räume, überraschend schnell, der Boden zitterte unter ihren Schritten. Sie lief ins Treppenhaus. Mia hörte, wie sie unten bei der Nachbarin klingelte. »Das weiß ich nicht. Ich kann keine Auskunft geben.«

Die Mutter kam zurück und riß den Kühlschrank auf. Sie fluchte: »Tot umfallen soll sie, die Sau, die Krott, die Fudd!« Schreiend stand sie vor dem offenen Kühlschrank, fegte eine Tube Senf, ein halbvolles Marmeladenglas, ein paar Kartoffeln in ihre weitgeöffnete Tasche. Die Katzengesichter wurden ausgebeult. Sie rannte in die Toilette, steckte Putzmittelflaschen ein und ein nasses Handtuch, trat im Flur gegen einen Pappkarton. Zerknülltes Zeitungspapier verteilte sich raschelnd auf dem Parkett. Mia lief ihr hinterher wie ein kleiner Hund und beobachtete jede Bewegung. Im Bad öffnete die Mutter erst die großen Spiegelschränke über dem Waschbecken und schnalzte ärgerlich mit der Zunge, als sie in die sauber ausgewischte Leere blickte. Vor der Badewanne streckte sie die Hand aus und nahm ein hellblaues Seifenstück aus der gemauerten Schale. Doch anstatt es in die Tasche zu stecken, ließ sie es einfach fallen. Mit einem dumpfen Ton schlug es auf der glänzenden Emaille auf. Wieder griff die Mutter in die Schale. Zwischen ihren Fingern schwangen die breiten Goldbänder einer Kette. Das weiße blicklose Auge einer Perle saß in seinem schimmernden Behältnis. Sie bückte sich hastig und legte die Seife zurück an ihren Platz. Die Kette stopfte sie vorne in ihren Kittel.

Die Mutter schob Mia zurück in die Küche und füllte ein großes Glas bis zum Rand mit Wasser. »Trink das aus.« Sie führte Mia ins Wohnzimmer, unter das Fenster mit dem runden Bogen. Im Schein der Straßenlaternen standen die Altbauten wie fremdartige Paläste. Die Mutter befahl Mia, den

Rock zu heben. »Sonst mußt du doch immer. In der Bahn gibt's kein Klo.« Mit ihren Straßenschuhen trat erst die Mutter in die Lache, dann Mia. Gemeinsam liefen sie durch alle Räume.

Die Kette wurde in einem leeren Cremedöschen auf Watte gebettet. Mia bekam sie zum Abitur. Die Mutter wollte nicht mehr auf diesen Tag angesprochen werden. Sie sagte, sie könne sich nicht erinnern. »Ich hab immer nur bei anständigen Leuten geputzt.«

Mia hockte auf Georgs Bett in Trarego und fuhr mit der flachen Hand über das Rankenmuster der Tagesdecke. Sie hatte die Lampe angeknipst. Auf dem Nachttisch lag ein Bilderbuch. Hauffs Märchen. Zwei elegante Störche rahmten eine dicke Eule ein. Dahinter erhob sich die Silhouette einer morgenländischen Stadt. Mia mußte den Kindern jeden Abend daraus vorlesen. Das Buch kam aus dem Etzelweg, Ivo und Jörn hatten es selbst eingepackt. Sie schlug es auf. Auf der Innenseite des Pappeinbands stand in mühsamen Druckbuchstaben: Peter Rau, Am Schwarzen Berg 12, Stuttgart-Burghalde. Und darunter, in schnörkeligen Tintenschlaufen: »Für das Peterle von seinem Emil, im Sommer 1979.«

Mia hatte mit Peter auf seinem Futon gelegen, zwischen ihnen stand ein Teller mit Weintrauben. Sie erinnerte sich an die glatte Schale der Beeren, die sie mit der Zunge am Gaumen zerdrückt hatte, an die stoffbespannten Wände des Zimmers, sein unwirkliches buntes Licht und die Wärme von Peters Brust, an die sie sich geschmiegt hatte wie an eine besonnte Sanddüne. Von Anfang an hatte er ihr im Bett Märchen erzählt, angespornt davon, daß sie als Kind nie vorgelesen bekommen hatte. Sie lag mit geschlossenen Augen an seiner Seite, hörte das langsame Klopfen seines Herzens und seine Stimme. Hauffs ›Kalif Storch‹ war das erste gewesen, Grimm, Andersen und Tieck folgten. Später las Mia nach und stellte fest, daß Peter die Texte fast vollständig auswendig konnte, aber an allen möglichen Stellen verspielt abgewandelt hatte. So beschrieb er eingehend die lustvolle Vereinigung der Eule mit dem Storch und freute sich über Mias erstaunte Ausrufe und ihr Lachen. Sie hatte sich vorgestellt, wie er den Kindern vorlas, die sie zusammen haben würden. Eine nie gekannte Sorglosigkeit war bei ihr eingezogen. Peter kochte für sie, führte sie zum ersten Mal über einen Wochenmarkt, vorbei an den bunten Ständen voller Früchte und Gemüse, und er hatte Mia zugehört, als sie ihm von den Köstlichkeiten aus der Geislinger Straße erzählte: Spätzle (die von Aldi) mit Soß, Jägersoße aus der Tüte mit winzigen Pilzstückchen darin. Mia hatte sie abgelutscht, an den Tellerrand gelegt und gezählt, den kalten Papp am Schluß mit dem Löffel zusammengekratzt, den vollen Pilzgeschmack. Tütenkartoffelbrei, in kochende H-Milch gerührt, reingeschnittene Saiten, Wasser drauf, das war Kartoffelsuppe. Ein Päckchen Jagdwurst, weiße Knorpelstücke neben den gelben Eiterpusteln der Senfkörner. Die Mutter pellte den ganzen Stapel, 100 oder 150 Gramm, aus dem fettigen Plastikrund und würfelte ihn in die heiße Pfanne, goß Wasser hinein, stäubte Mehl darüber, ganz locker, daß es nicht klumpen konnte, dazu eine halbe Flasche Ketchup, gut umrühren. Die rötlichbraune, blubbernde Masse sah nicht aus wie menschliche Nahrung. Die Mutter schüttete das Gemisch über die gekochten Nudeln und füllte es in die tiefen blauen Teller. Schweigend aßen sie, bis die Pfanne leer war.

Mit einem Knall schloß Mia das Bilderbuch. Am Tag von Georgs Abfahrt nach Stuttgart hatte er sie bei den Schultern genommen, ihr Kinn mit dem Finger hochgehoben, eine Geste, der sein Lächeln alles Schulmeisterliche nahm. »Hast du ihm endlich gesagt, wo ihr seid?« Der Volvo stand mit offenem Kofferraum unter dem Feigenbaum am oberen Ausgang der ›Casa Cornelia‹. Georgs Reisetasche und ein Haufen Tennisschläger lagen darin. Sie hatte den Kopf geschüttelt. Georg ließ sie los und trat einen Schritt zurück. Er sprach gedämpft. Unten im Garten spielten Ivo und Jörn Federball. »Mia, das geht nicht. Peter wird verrückt, wenn er nicht weiß, was mit seinen Kindern ist. Was meinst du, wie ich mich damals über Gisela geärgert habe. Mehr als Ärger, Haß kommt schon eher hin. Einmal hat sie Willi in den Ferien abgeholt und ist mit ihm nach Korsika gefahren. Eine Woche haben sie sich nicht bei mir gemeldet. Ich war völlig neben mir.« Mia war wütend geworden. Sie hatte die Achseln gezuckt und sich abgewandt, aber Georg war ihr nachgegangen. »Du weißt schon, daß sie auf ihn warten? Wenn sie ins Dorf gehen, laufen sie zur Kirche und stellen sich auf die Mauer. Spähen ins Tal wie die Sperber. Ich hab sie gefragt, nach wem sie Ausschau halten. Ivo wollte nichts sagen, hat die Lippen zusammengepreßt und sauer geschaut, aber der Kleine schien richtig froh, daß er es loswerden konnte. ›Wir warten auf unseren Papa, der war noch nie ohne uns im Urlaub.‹ Ich habe keine Ahnung, was du ihnen erzählt hast, aber ich sage dir, es ist nicht gut. Es hat zwei Leute gebraucht, um sie zu machen, und es braucht auch zwei Leute, um sie großzukriegen. Sei anständig, egal, wie sehr du ihn verachtest.« Mia hatte Georg keinen Abschiedskuß gegeben. Der anständige Ritter Georg mit der Lanze. Sie war der Drachen, Peter die verfolgte Unschuld. Wie lange waren sie jetzt weg? Bismarckstraße, Trarego, bald zwei Monate. Sie stand auf und begann, sich auszuziehen, warf das Kleid über den Stuhl vor dem Schreibtisch. Wo Peter wohl jetzt war? Vielleicht bei seinen Eltern. Carla hatte inzwischen schon einige Wochenenden ohne ihre Enkel verbracht. Saß am Schwarzen Berg in ihrem Eigenheim, wahrscheinlich auf Unmengen von Zwetschgen und Äpfeln, die jetzt keiner aß. Wenn die Jungs kamen, legte sie sich mächtig ins Zeug. Vielleicht wußten sie und Hajo noch gar nichts von der ganzen Geschichte. Zu Ivos Geburt hatte Mia ein Paar Perlenohrringe von Peters Eltern bekommen, bei Jörn einen Ring: »Passend zu deinem schönen Anhänger.«

Mia schob den Stuhl zurecht und setzte sich an den Schreibtisch. Unten in Cannobio gab es ein Internet-Café. Sie brauchten sowieso ein paar Sachen, die im Dorf nicht zu bekommen waren. Frisches Fleisch, Handcreme. Sie würde ihnen ein paar Zeilen schreiben. Damit sie ihre Ruhe hatte. Vor Georg. Und überhaupt. Sie könnte die Mail an die Praxis schicken. Betreff: Persönlich, Peter. In der linken Schublade lagen ein vergilbter Block und zwei Bleistifte. Mia saß vor dem leeren Blatt und entwarf einen Brief an ihre Schwiegereltern. Es wurden mehr als vier Seiten. Am Schluß wußte sie nicht mehr, was sie eigentlich geschrieben hatte.

Sie legte sich ins Bett, rollte sich auf die Seite und wartete, bis der dämmerige Himmelsausschnitt an der Decke sich vollständig entschleiert hatte. Die Sonne füllte das Zimmer mit Hitze und gelbem Licht. Ivo und Jörn kamen herein, hinter ihnen die Katze. Sie gingen zum Frühstück hinunter in die Küche. Mia füllte den Kindern ihr Müsli ein. Die trokkene Nuß- und Haferflockenmischung rasselte in die leeren Schalen. Als sie der maunzenden Orangina das Feuchtfutter in den Napf kratzte, hielt sie vorsichtshalber den Atem an. Das Tier fraß langsam und gesittet.

12

Carla drückte das Tor mit der Schulter auf und schob sich in den Nachbargarten. Sie hielt eine große Servierplatte in den Händen, die mit einem karierten Geschirrtuch bedeckt war, und lief neben der Treppe durch die Wiese. Über die Kronen der Zwetschgenbäume am Zaun hinweg sah sie auf die Rosensträucher, die schon dicke Hagebutten trugen. Ihr glänzendes Hellgrün war orange überhaucht. Langsam stieg Carla zur Terrasse hinauf und blieb neben Emil stehen, der Teller und Besteck auf einer langen Tafel verteilte. Veronika hatte vor einer halben Stunde Küchen- und Gartentisch nebeneinandergestellt und ein dunkelblaues Bettlaken darübergebreitet. In der Nacht war ein starkes Gewitter niedergegangen. Zwar hatte die Sonne den ganzen Tag über geschienen, doch nicht kräftig genug, um die Feuchtigkeit abzutrocknen, die in Gras und Bäumen hing. Alles strömte eine Kühle aus, die Emil frösteln ließ. »Der Sommer ist zu Ende«, sagte er und zeigte in den Garten. Die Äpfel saßen rot im Laub der Spalierbäume. Goldruten blühten auf der Mauer oberhalb der Terrasse, daneben ein paar riesige Sonnenblumen, die die schweren Köpfe mit den braunen, klebrigen Blütenständen zur Seite neigten. Im silbrigen Blattwerk der Lavendelbüsche zeigten sich gelbe Spitzen, ihre schmalen Blütenlanzetten waren nicht mehr tiefviolett, sondern graublau. Dazwischen flogen träge Hummeln und Wespen herum.

»Ach, du kannst auch nur meckern! Hier sieht es jedenfalls richtig festlich aus. Wie schön, Peters alte Laternen! Wo kommen die denn her?« Carla zeigte auf die verblichenen

Papierlampions mit lachenden Gesichtern, unförmige Gebilde aus bekleistertem Transparentpapier, mit Sternenmustern durchlöcherte Röhren aus Metallfolie. Alle baumelten an einem gelben Plastikstrick, der zwischen der Dachrinne des Bub-Hauses und dem mächtigen Lebensbaum am Ende der Terrasse gespannt war. Normalerweise trockneten Emil und Veronika dort im Sommer ihre Wäsche. Neben den sachte schaukelnden Laternen hing eine Lichterkette; sie endete auf der Fußmatte in einem Dreifachstecker. Ein Verlängerungskabel kroch weiter ins Haus hinein. Die staubigen roten, gelben und blauen Lämpchen waren noch nicht eingeschaltet.

In der Nähe der Hollywoodschaukel flackerte ein Feuer. Daneben standen auf einem Küchenhocker mit Frischhaltefolie überspannte Teller voller Schweinehälse und sorgfältig eingekerbte, rote Würste. Carla musterte kopfschüttelnd Emils selbstgebaute Grillstelle: »Daß ihr euch nicht mal einen richtigen Grill anschafft! Das alte Ding, eine Schande! Dieses Ofengitter, völlig verrostet. Und die schwarzen Backsteine kenn ich jetzt fast dreißig Jahre!« Carla lachte kurz auf. Emil sah, daß sie ihre Plastiksandalen trug. Über das cremeweiße Sommerkleid war die rote Küchenschürze gebunden. Ihr Haar hatte sie locker zusammengedreht und am Hinterkopf festgesteckt. Emil kannte die silberne Spange nicht, sie war mit einem Schlangenornament verziert und sah teuer aus. Carla nahm Emil eine Papierserviette aus der Hand und schüttelte den Kopf. »Das sieht doch nach nichts aus, wenn du es einfach nur zusammenklappst.« Rasch knickte sie den blaßblauen Zellstoff über Eck, faltete die Endstücke nach oben, schlug dieses Quadrat zu einem Dreieck hoch, bog es rund und steckte die Enden hinten zusammen. Sie falzte den Knick mit den Fingernägeln nach, zupfte die Mütze zurecht und stellte sie vor sich auf den Teller. Dabei summte sie leise: »*You are my sunshine, my only sunshine, you make me happy when days are blue …*« Schnell hatte sie vier weitere Serviettenmützchen hergestellt und verteilt. Carla trat einen Schritt zurück und besah ihr Werk. »Siehst du, min Jung, du mußt nur Muddi fragen. Eigentlich sollten wir noch ein paar Blumen haben. Das sieht hübsch aus, wenn man die vorne reinsteckt.«

Durch die offene Haustür hörte Emil Veronika in der Küche klappern. Geschirr klirrte, dann knallte dumpf ein Sektkorken, sie schimpfte halblaut. Er verstand auch hier draußen den Lieblingsfluch ihres Vaters: »Herrschaftsechser!« Ein Löffel schlug hell gegen Glas, darüber legte sich der feierliche Dreiklang der SWR-Nachrichten: »Es ist 18 Uhr, die Nachrichten.«

Emil sah Carla zu, wie sie zur oberen Wiese hochstieg. Sie ging in die Hocke. Rückenschule, dachte er, braves Kind. Ihr Kleid rutschte hoch, sie rupfte in den Rasenkanten herum, wo das Gras noch länger war. »Dein Blumenmeer ist dahin. Du hast ja in letzter Zeit wie wild gemäht. Gar nicht deine Art. Aber ein paar hast du übersehen, bist eben doch nicht so gründlich.« Sie legte ihre Beute auf den Tisch. »Die letzten Mohikaner.« »Das sind doch keine Blumen, Carla, das ist Unkraut.« Sie nahm eine orangefarbene Blüte zwischen Daumen und Zeigefinger und wischte Emil damit über die Nase. Es duftete stark und medizinisch. »Man sieht wieder mal, daß du keine Ahnung hast. Und so was ist Lehrer. Das sind Ringelblumen. Und hier, Wiesensalbei, schon halb verblüht, aber noch immer schön, dieses tiefe Dunkelblau. Da ist Hopfenklee, niedlich, mit seinen gelben Bommeln, oder?« Sie ordnete winzige Sträußchen und steckte eines in jede Serviettenmütze. Dabei redete sie weiter. »Ich dachte erst, ich mache meine üblichen italienischen Antipasti, aber dann war mir so sentimental zumute, und ich hatte eine andere Idee. Schau mal.« Carla schlug einen Tuchzipfel von der

Platte zurück und zeigte Emil zehn kleine gelbbraune Blätterteigpasteten, die nebeneinander auf Tortenspitze hockten und fettige Ringe auf dem Papier hinterließen. »Es war gar kein Problem, welche zu bekommen. Ein paar ältere Kunden wollten immer welche zum Wochenende, haben sie in der Bäckerei gesagt. Ragoût fin gibt es auch.« Carla deutete mit dem Kinn in Richtung ihres Hauses. »Es steht noch auf dem Herd. Aus der Dose, wie es sich gehört.« Emil lachte. »Die Pastete Souzeraine! Da wird sich Peter freuen. Wenn er sich überhaupt noch erinnert. Ich glaube, ich habe das seit zwanzig Jahren nicht mehr gegessen.« Er ging zu der Zinkwanne neben der Treppe, nahm eine Flasche Bier aus dem Wasser und reichte sie Carla, die sich auf einem Gartenstuhl niedergelassen hatte.

Auf ihrem Hals zeigten sich rötliche Flecken. Sie drückte die kalte, tropfende Flasche gegen ihre Kehle, ließ sie hinunter zum Dekolleté wandern und auf der bloßen Haut hin und her rollen. Laut stöhnend schloß sie die Augen. Der Flaschenbügel schnalzte hoch, sie nahm einen Schluck. Emil setzte sich neben sie. »Ich habe überhaupt nicht geschlafen, nach dem Theater gestern abend. Die ganze Nacht bin ich herumgehühnert, hab meine Schränke aufgeräumt.« Sie legte die Hand auf seinen Arm und sah ihn an. Beim Tuschen hatte sie die unteren Wimpernreihen vergessen. Die fast durchsichtigen Härchen gaben ihrem Gesicht etwas Hilfloses und Erstauntes, das durch den im Mundwinkel verwischten Lippenstift und die zerrupfte Frisur noch verstärkt wurde. Emil fand trotzdem, daß sie seit langem nicht mehr so gut ausgesehen hatte. Bevor er etwas sagen konnte, sprang Carla auf, löste den Knoten ihrer Schürze, rollte sie zusammen und warf sie auf den Stuhl neben sich. Sofort riß sie das Bündel wieder auseinander und wühlte in den großen Vordertaschen. Ihre Hände kamen leer unter dem roten Stoff hervor. Sie schüttelte die Schürze aus. Der Stoff machte ein schnalzendes Geräusch. »Ich wollte dir Mias Mail endlich mal zeigen, nachdem wir den halben Nachmittag darüber gesprochen haben, und nun ist sie weg. Wahrscheinlich liegt der Ausdruck noch drüben in der Küche. Ich bin furchtbar fribbelig! Hajo hat mir ein Glas Hennessy gegeben, viel zu früh für so was. Als das nichts nutzte, hat er mich rausgeschickt. Er macht seinen Kartoffelsalat.« Sie nahm noch einen Schluck Bier. Ein halblauter Rülpser entfuhr ihr, sie errötete, kicherte und verbarg ihr Gesicht in der Armbeuge. »Achte einfach nicht auf mich, es wird immer schlimmer«, murmelte sie.

»Wo ist Peter eigentlich?« fragte Emil. »Du wirst es nicht glauben«, sagte Carla, »er räumt tatsächlich sein Zimmer auf. Heute mittag ist er ins Bad gegangen und hat geduscht. Ganz ohne Aufforderung. Als ich das Wasser plätschern hörte, dachte ich, es gibt noch Wunder.« An Carlas Schläfe zog sich eine weiße Cremeschliere entlang, und Emil mußte an sich halten, sie nicht mit dem Zeigefinger zu verwischen. Er wollte sie nicht verärgern. Der gestrige Tag war schlimm genug gewesen.

Nachdem Peter aus dem Döner-Lokal verschwunden war, hatte Emil seine Frau angerufen, die gerade dabei war, die Bücherei zu verlassen. Es war genau sieben Uhr, und die Innenstadt gellte von Trillerpfeifen, geschlagenen Kochtöpfen, Kuhglocken und Autohupen der empörten Stuttgart-21-Gegner, die sich an Straßenecken und Plätzen zum allabendlichen ›Schwabenstreich‹ versammelt hatten. Veronika und Emil suchten über eine Stunde lang am Olgaeck nach Peter. Sie waren durch Unterführungen gerannt, hatten Kneipen und Kioske, den Discounter in der Blumenstraße und die Bänke am Fischreiherbrunnen abgeklappert. Veronika war wütend und besorgt gewesen und hatte Emil während der Suche in einem fort beschimpft. Auf der gemeinsamen Rückfahrt nach Burghalde war sie still geworden. Als sie das Radio aufdrehte, um die Nachrichten zu hören, sah Emil, daß sie weinte.

Peters Mutter schoß aus der Haustür, als Veronika den Audi unter den Zwetschgenbäumen einparkte. Vom Turm der Mauruskirche schlug es neun. Während Veronika ausstieg und dem hilflos im Sitz hängenden Emil öffnete, war Carla schon an ihr vorbeigehastet und hatte Emil angeschrien, der unbeholfen ein Bein aus dem Auto schob und sich mit beiden Händen am Türrahmen festhalten mußte, um sich hochzustemmen. Einen verantwortungslosen Säufer und Spinner hatte sie ihn genannt, der alle Schuld habe, wenn ihr Liebstes jetzt endgültig vor die Hunde ginge. »Keine Nachricht, den ganzen Nachmittag lang. Eine hilflose Person ist er! Du weißt gar nicht, wie schlimm es um ihn steht! Was ist dir bloß eingefallen, ihn einfach mitzuschleppen! Hast du eine Ahnung, wie spät es ist? Gleich ist die Sonne weg, und mein Schnuck irrt irgendwo herum …« Ihr Speichel traf Emil an der Stirn.

Veronika war langsam auf Carla zugegangen, die Emil am Hemd gepackt und geschüttelt hatte. Auch in seinem Dämmer aus Alkohol und Angst hatte er die Stärke registriert, die von ihr ausging, von den unverwischten Farben ihres sorgfältig zurechtgemachten Gesichts, dem schwingenden Sommerkleid mit dem dunkelroten Rosenmuster. Vorsichtig stellte sie ihre Aktentasche auf die Erde, löste dann Carlas Hände von Emils Knopfleiste. Zum ersten Mal in all den Wochen verlor sie die Contenance und forderte sie mit gefährlich ruhiger Stimme zum Schweigen auf: »Deine Mutterschaft gibt dir keine Lizenz zum Ausflippen, reiß dich gefälligst zusammen. Wir machen uns auch Sorgen.« Das Geräusch eines heranfahrenden Autos zwang die Streitenden, in Richtung Garten zurückzuweichen, Emil erkannte Hajos Daimler. Die

Scheinwerfer leuchteten über den Kies. Emil schloß ergeben die Augen. Veronika umfaßte seine Hüfte und klopfte ihm leicht auf den Rücken wie einem Kind. Plötzlich fuhr sie zurück und gab einen überraschten Laut von sich.

Aus dem Wald kam Peter. Er schritt langsam auf sie zu. Die Scheinwerfer seines Vaters streiften die helle Stirn, tauchten sein T-Shirt in bläuliches Weiß. In der rechten Hand hielt er einen knotigen Holzstock, den er beim Gehen auf den Boden stieß. Sein Gesicht war ruhig, er hielt sich gerade. Carlas Schrei gellte laut, sie verlor ihre Schuhe, als sie auf ihren Sohn zurannte, ihn umhalste und sein Gesicht mit Küssen bedeckte. »Das reinste biblische Tableau«, knurrte Veronika. Sie mußte Emil stützen, der versuchte, zu den beiden hinüberzulaufen. »Misch dich nicht ein, du kannst das später nachholen. Sie hat schon recht, das war keine gute Idee.« Peter ließ sich von seiner Mutter ins Haus führen. Sie umklammerte mit beiden Händen seine Rechte, die immer noch den Stock hielt. Hajo stieg mit seinem Köfferchen aus dem Wagen und folgte dem Paar, ohne sich nach den Bubs umzudrehen. Veronika scheuchte Emil die Treppen hoch, indem sie ihm immer wieder ihre Aktentasche in den Rücken stieß. Er war auf einmal so müde, daß er nicht protestierte.

Hajo kam mit einer blaugrauen Steingutschüssel voll Kartoffelsalat über die Terrasse gelaufen. Er war noch für die samstägliche Vormittagssprechstunde gekleidet in Streifenhemd und Anzughose und nickte Emil zu. »Peter ist immer noch beschäftigt. Jetzt macht er Wasserwechsel im Aquarium. Er sagt, wir sollen schon mal anfangen und ihm eine Rote reservieren. Er will noch einen Brief schreiben, sagt er.« Carla eilte ihrem Mann entgegen, nahm ihm die Schüssel aus der Hand, zupfte ein Petersiliensträußchen zurecht und stellte den Salat auf den Tisch. »Er schreibt einen Brief? An wen denn? Wenn er Mia schreibt, nach Italien, das kommt doch viel zu spät an, sag ihm, er kann den Computer ...« Hajo ergriff die Handgelenke seiner Frau und hielt sie fest. Langsam schob er sie zum Tisch zurück und drückte sie in einen Stuhl. »Carla, ich bitte dich.« Er klopfte Emil auf die Schulter. »Schön habt ihr das gemacht, genau wie früher. Nur die Bäume sind höher geworden.« Er nahm die Bierflasche, die Emil ihm anbot, wischte sie an seinem Hemd ab, drückte den Bügel hoch, nahm einen langen Zug und fuhr sich mit dem Handrücken über den Mund. »Peter sollte noch keinen Alkohol trinken.« Emil zeigte stumm auf das Clausthaler in der Wanne. »Ja, ich sehe schon, ihr wißt inzwischen Bescheid. Ein gutes Team sind wir vier.«

»Ja, das finde ich auch«, sagte Veronika und trat an den Tisch. Sie genoß sichtlich die begeisterten Ausrufe der anderen, als sie die leicht schwappende Bowle absetzte. In der durchscheinenden Flüssigkeit trieben Erdbeeren und die dunkelroten Stengel frischer Minze, dicht besetzt mit winzigen Kohlensäureperlen, die in langen Ketten vom Schüsselboden aufstiegen. Emil fuhr mit dem Zeigefinger über den gewölbten Glasdeckel, der mit Kleeblättern bemalt war. Zur Feier von Peters sehr mäßigem Abitur hatten Veronika und er in dieser Schale eine Bowle angesetzt. Die Walderdbeeren dafür hatte Emil auf einem Spaziergang rund um den Gängelbachweiher gesammelt. Auch Kullerpfirsiche waren serviert worden. Die dottergelben, mit Gabelstichen punktierten Früchte rotierten langsam in Veronikas Sektschalen. Peter kicherte in einem fort: »Besoffene Kugelfische!« Hajo weigerte sich, »diese schlechte Leistung auch noch zu begießen«, und Carla stimmte ihm zu. Beide blieben zunächst beleidigt im Haus, wo ihre vorwurfsvollen Schatten hinter den Wohnzimmergardinen umherhuschten, bis Veronika sie, den Daumen auf der Türglocke, in den Garten hinausscheuchte. Im Morgengrauen waren die Bubs in der Hollywoodschaukel erwacht: Veronika links, Emil rechts, Peter in der Mitte, alle mit taufeuchten Kleidern und einem fürchterlichen Kater. Ein paar Tage später hatte Peter sich dafür entschieden, die Logopädie-Ausbildung zu beginnen.

Veronika setzte sich neben Emil. »Kaum zu glauben, gestern noch im Tal der Tränen und jetzt ein Gelage.« Sie hatte sich die Lippen dunkelrot geschminkt und trug ein schwarzes Wickelkleid, das vorne mit einer silbernen Brosche zusammengehalten wurde. Während sie die Bowle schöpfte, fand Emil sie sehr blaß. Ihr Haar war heute vollständig ohne Spray und fiel fedrig in die Stirn. Die Kelle klingelte leise gegen den Rand des Gefäßes, Erdbeeren plumpsten in die Gläser. Auf dem Dachfirst begann eine Amsel ihr Abendlied. Die vier prosteten sich schweigend zu und tranken mit andächtigen Schlucken. Hajo stellte sein Glas als erster ab. »Eben habe ich noch mal angesehen, was Mia geschrieben hat. Ihre halbe Lebensgeschichte. Vielleicht lest ihr es später auch. Trotzdem entschuldigt das nichts. Das muß man sich mal vorstellen, einfach abzuhauen, mit den Kindern. Von Rechts wegen dürfte sie das gar nicht. Eigentlich hätten wir gleich die Polizei …«

Carla unterbrach ihn. »Hajo, das spielt jetzt wirklich keine Rolle. Wichtig ist nur der letzte Abschnitt.« Sie holte Luft und deklamierte: »›Ich möchte nicht, daß irgend jemand unglücklich wird, weder die Kinder noch Hajo und Du, noch Peter, so enttäuscht ich von ihm auch bin.‹« Sie stocherte mit der Gabel in ihrem Getränk herum, angelte eine triefende Beere heraus, steckte sie in den Mund und schluckte hastig. Ein kleines Rinnsal lief ihr Kinn herab, sie merkte es nicht und sprach weiter. »Vielleicht bin ich unvernünftig, aber ich möchte mich heute abend einfach nicht mit diesen Dingen beschäftigen. Für mich zählt nur, daß ich weiß, wo meine Enkel sind und daß ich sie bald wiedersehen werde. Und daß mein Schnuck zum ersten Mal seit Wochen wieder ansprechbar ist. Euer komischer Ausflug scheint geholfen zu haben, Emil.«

Emil grinste. »Ich leg mal was auf den Grill.« Carla hielt ihn am Ärmel fest und schüttelte den Kopf. »Nein, ich meine das ernst. Zum ersten Mal habe ich wieder das Gefühl, alles könnte noch gut werden. Vielleicht lag das wirklich an eurer Ochsentour gestern. Peter hat durchgeschlafen. Sonst geistert er jede Nacht durchs Haus. Er denkt, ich merke das nicht, aber ich tue ja auch kein Auge zu. Natürlich ist er heute früh nicht mit uns aufgestanden. Aber als er in die Küche kam, so gegen halb zwölf, war er geduscht und angezogen. Fragte mich, ob das Bügelbrett noch immer im Keller steht. Ich sagte, ich mach dir das schon, aber er meinte, nein, er wolle das selber tun. Und ging mit einem weißen Hemd über dem Arm die Treppe runter. Da bin ich gleich zum Telefon, ich wollte Hajo in der Praxis anrufen und ihm sagen, ich glaube, da tut sich endlich was. Im selben Augenblick klingelte es, und Hajo erzählte von Mias Nachricht, daß sie in Italien sind und so weiter. Ich bin fast umgekippt, das kann ich euch sagen.« Sie erhob sich und füllte ihr Glas erneut. Während sie trank, fragte Veronika: »Hat Peter denn noch irgendwas zu Mias Nachricht gesagt?« Sie sah zu Hajo hinüber, der an seinem Brillenbügel herumspielte und nicht sofort antwortete.

»Wir haben ihm nicht die ganze Mail gezeigt. Sie macht ihn ja für alles verantwortlich. Aber natürlich haben wir ihm sofort davon erzählt, als ich nach Hause kam. Er ist ganz ruhig geblieben. Das Medikament dämpft die Stimmung, im guten wie im schlechten. Aber ein bißchen enttäuschend war es schon, wie er reagiert hat. Da sag ich ihm: ›Ich weiß, wo Ivo und Jörn sind. Sie kommen bald zurück.‹ Und er nickt nur und sagt: ›Schön.‹« Hajo lächelte und zuckte mit den

Schultern. »Immerhin fand er die Idee gut, zusammenzusitzen und ein bißchen zu feiern.«

Carla rutschte auf ihrem Stuhl nach vorn. Emil konnte die verschwitzte Rinne zwischen ihren Brüsten sehen. Ihre Stimme wurde im Weiterreden lauter. »Paßt auf, zwischen Mia und Peter ist noch nicht das letzte Wort gesprochen. Ich habe vorhin mit Hajo darüber geredet. Wir könnten ihnen doch ein Haus kaufen oder eine Wohnung. Das hat Peter ja immer abgelehnt. Er wollte nie abhängig von uns sein. Gebt das Geld für euch aus, ich brauche nichts.« Veronika stieß Emil in die Seite. Er rückte ein Stück von ihr ab und schüttelte leicht den Kopf. Sie verdrehte die Augen. Carla sprach weiter: »Wenn er ihr ein wenig entgegenkommt, vor allem bei diesen Schulgeschichten und bei der Wohnsituation, dann wird das schon wieder mit den beiden. So ein Krach ist doch nicht das Ende. Wie oft wir uns schon getrennt hatten, innerlich, Hajo und ich.« Sie sah Emil an. Für einen Augenblick herrschte Stille.

Hajo und Emil erhoben sich gleichzeitig und gingen zur Feuerstelle. Hajos Glatze glänzte. Er erzählte von der Wirkung des Medikaments, von dem Spiegel, der sich jetzt in Peters Blut aufgebaut habe, und daß das Warten sich doch gelohnt habe. Je länger er redete, desto mehr Fachausdrücke brachen in seine Rede ein: Neuronentransmittersignale, Trizyklika, GABA-Rezeptoren. Dabei unterstrich er seine Sätze mit energischen Handbewegungen wie mit dem Rotstift. Emil schwieg und wendete die Würste auf dem Rost.

Unten quietschte das Tor. Peter kam in den Garten der Bubs. Genau wie seine Mutter nahm er nicht die Treppe, sondern ging quer über die Wiese. Das gebügelte weiße Hemd steckte in dunklen, neu aussehenden Jeans. Die Hosen saßen schlecht und wurden von einem geflochtenen Ledergürtel über den Hüften gehalten. Er trug saubere Chucks und grüßte in die Runde. »Na, mein Schnuck«, rief Carla ihm entgegen. »Hast du alles fertiggemacht? Was hast du denn da gefunden? Das ist ja mein alter Gürtel aus Rom! Ich glaube, am Montag fahren wir mal einkaufen!« Kopfschüttelnd sah Peter auf die Lampions, dann auf Emil und Veronika. »Ihr hebt wirklich alles auf, man könnte ein Museum aufmachen.« Carla erhob die Stimme. »Ja, das Peter-Museum am Schwarzen Berg – in meinem Keller gibt es noch viel mehr Fundstücke.«

Sie saßen sich an den vollgestellten Tischen gegenüber, Emil neben Veronika, Carla neben Hajo, Peter am Kopfende. Ab und zu stand einer der Männer auf und kümmerte sich um den Grill. Die Glut knackte leise, Fett tropfte von den Würsten, den langen Fleischstücken und verzischte in der heißen Asche.

Emil sah über die Tafel hinweg. Der Anblick der Speisen beruhigte ihn, der schiere Überfluß, die Farbigkeit und die vertrauten Düfte – das milchige Hellgrün der Zwiebelringe über den Tomatenscheiben, der buttergelbe Kartoffelsalat, der pupurn schimmernde Spiegel der Roten Grütze und die dickflüssige Vanillesoße in der Glaskanne, das wilde Durcheinander von Veronikas Curry-Nudelsalat. Unstrittiger Mittelpunkt war die Platte mit den Pasteten, auf der inzwischen nur noch ein paar fettige Krümel lagen. Als Carla das Tuch gelüftet hatte, wurde gejohlt und gelacht. Peter hatte ihre Hand gestreichelt: »Wahnsinn, Muddi!«

Verstohlen blickte Emil auf Peters Teller. Er hatte wirklich gegessen, was ihm von allen Seiten aufgetan worden war. Jetzt trank er einen Schluck aus seiner Flasche und wischte sich den Mund mit der Papierserviette ab. Ein Brotkrümel hing in seinem Bart. Emil beugte sich vor. »Entschuldige bitte, darf ich?« Mit spitzen Fingern pickte er den Brösel aus dem weichen, kräuseligen Haar. Peter lächelte. »Das passiert dauernd, ich merke es gar nicht. Eigentlich nervt der Bart.«

Emil holte Luft und sah an Peter vorbei, während er atemlos sprach: »Wie wäre es, wenn wir ihn dir abnehmen? Jetzt sofort? Gleich hier?« Peters Stimme klang freundlich, vielleicht ein wenig müde. »Warum nicht? Mach einfach.« Als Emil sich ihm zuwandte, konnte er sehen, daß Peters Blick hell und klar war. Um die Augen lagen bräunliche Schatten, das Gesicht war bleich, aber der trübe, verschlafene Ausdruck war verschwunden, ebenso die Röte auf den Lidrändern. Das Blaugrün der Iris sah nicht mehr stumpf und düster aus, sondern leuchtete fast wie früher. Emil erhob sich und stieß mit dem Knie gegen den Tisch. Gläser wackelten, die Bowle schwappte, die Frauen sahen sich an, und Hajo rief: »Nur zu Emil, das ist die beste Idee, die du seit langem hattest. Ich assistiere dir.«

Gemeinsam gingen sie ins Haus. Auf dem Telefontischchen in der Diele blinkte der Anrufbeantworter. Es war sicher Olga. Sie hatte schon morgens auf das Band gesprochen, etwas wegen einer Konferenz nächste Woche. Emil hatte sich noch nicht gemeldet. Hajo und er betraten das Badezimmer der Bubs. Emil fragte sich, ob Hajo überhaupt schon einmal hier gewesen war. Das untere Klo neben der Küche hatte er oft benutzt. Zielsicher griff er nach einem Handtuch, sein Blick streifte kurz das Drahtgitter an der Wand, an dem Veronikas Ohrringe und Ketten baumelten, die struppigen Zahnbürsten, den bespritzten Spiegel. Emil füllte einen kleinen Eimer mit warmem Wasser, nahm eine Dose Rasierschaum und eine Packung Klingen aus dem Schrank. »Einen Elektrorasierer hast du nicht?« fragte Hajo. Emil schüttelte den Kopf. »Ich nehme Nagelschere und Kamm fürs Grobe.« Hajo schlug ihm auf die Schulter, daß es brannte. »Ihr lebt wirklich in einer anderen Welt, ihr beiden.« Ihre Blicke trafen sich im Spiegel. Emil sah zu Boden. »Mein Peter auch, das weiß ich schon lange.« Hajo sprach leise, er rieb sich das Kinn. »Ich habe wirklich Angst um ihn gehabt. Aber jetzt ist er über den Berg.« Er drückte Emils Arm. »Komm, wir wollen ihn anständig herrichten. Seine Kinder kriegen ja einen Schreck, wenn sie ihn so sehen.« Emil griff nach dem Eimer. »Glaubst du wirklich daran?« Hajo legte das Rasierzeug auf das Handtuch und rollte alles zu einer Wurst zusammen. »Was Mia geschrieben hat, klang stellenweise ganz vernünftig. Sie habe gehandelt wie ferngesteuert. Sie hat uns nie viel von sich erzählt.« Er schloß die Badezimmertür. »Mein Sohn hat wohl einiges verbockt. Diese Sache im Schloßgarten, wußtest du davon? Und daß er die Kinder nicht zur Schule schicken wollte? Dabei ist er doch selbst immer gern gegangen.« Er fuhr sich mit der Hand über den kahlen Schädel. »Was weiß man schon?«

Über dem Waldrand hing himbeerfarbenes Abendrot, in das die schwarzen Kronen der Kiefern und Buchen hineinragten. Schwalben flogen in hohen Zirkeln und schrien hell und durchdringend. Peter hatte seinen Stuhl auf die obere Wiese getragen und unter den alten Mirabellenbaum gestellt, in dessen halbentrindeten Stamm Spechte ihre Höhlen geschlagen hatten. Gleich drei saßen oval und dunkel übereinander im Holz. »Das ist nicht dein Ernst, Peter! Der Stuhl steht ganz schief am Hang, die schneiden dich doch, wenn sie so arbeiten müssen. Komm wieder auf die Terrasse, das ist viel bequemer!« rief Carla besorgt. Peter blieb sitzen. »Sie schneiden mich nicht. Der Blick ist so schön.«

Hajo stellte sich hinter seinen Sohn und legte ihm das Handtuch wie einen großen Kragen um den Hals. Das Rasierzeug bettete er unter den Stuhl ins Gras. Vorsichtig zupfte er ein paar Strähnen heraus, die sich zwischen dem Hemdausschnitt und dem Frotteestoff verfangen hatten. Emil hängte seinen Wassereimer an einen Astknorpel, der aus dem unteren Teil des Baumstamms hervorragte wie ein rustikaler Kleiderhaken. Hajo strich Peter das Haar aus der Stirn, während Emil begann, mit Kamm und Nagelschere vorsichtig den Bart zu stutzen. Die Härchen rieselten auf den rauhen Stoff, die Schere klickte leise. Hajo ließ sich im Gras nieder. Emil sah auf die Terrasse hinunter. Die beiden Frauen hatten den Tisch verlassen, auf dem Gläser und Flaschen im bunten Schein der Laternen und der Lichterkette aufglänzten. Sie saßen nebeneinander in der Hollywoodschaukel und schauten zum Hang hinauf. Beide rauchten. Die bläulichen Tabakwolken mischten sich mit dem Abendlicht, die Schaukel schwang leise knarrend vor und zurück, die Fransen des Bezugs bewegten sich im Wind. Emil hörte Veronika tief inhalieren, Carla paffte kokett und hustete kurz. Sie tauschten einen Blick, lächelten. Emil fand sie sehr schön in ihren kurzen Kleidern, das helle Fleisch der Arme, den schimmernden Ansatz der Brüste. Irgendwo im Gebüsch begann ein Vogel zu singen. Laut und perlend stiegen die Töne in die Dämmerung. Veronika flüsterte: »Eine Nachtigall!« Emil zwirbelte ein Löckchen zwischen Daumen und Zeigefinger zusammen und mußte plötzlich daran denken, daß Veronika ihn früher manchmal gebeten hatte, ihr die Haarspitzen zu schneiden. »Alles gespalten, ich krieg keinen Kamm mehr durch, und der Friseur nimmt viel zu viel runter.« Sie hatte ihm gezeigt, wie er die langen, feuchten Strähnen zusammendrehen mußte, bis die zerstörten Spitzen aus dieser glänzenden Kordel hervorsprangen wie feiner rötlicher Draht, der dann vorsichtig abgeschnitten werden mußte. Sie benutzte damals ein Apfelshampoo, »wie Yoko Ono«, und hinterher war der Küchenfußboden bedeckt mit einem feinen, flaumigen Teppich, den Emil mit dem Handfeger zusammenkehrte.

Emil tunkte die Hände ins Wasser, schüttelte die dunkelblaue Dose und hielt sie schräg. Zischend entlud sich der Rasierschaum in seine Handfläche und quoll in weißen Flokken zwischen den Fingern hervor wie Schlagsahne. Vorsichtig strich er die Masse über Peters Kinn und Hals, kleisterte sorgfältig Oberlippe und Wangen zu, bis das halbe Gesicht unter einer dicken, schneeigen Maske verschwunden war. Er zögerte, bevor er die Klinge ansetzte, und sah zu Hajo hinüber, der sich auf der Wiese ausgestreckt hatte. »Möchtest du?« fragte er halblaut, aber der schüttelte den Kopf. »Mach nur, ich hab da keine Erfahrung mehr, bin schon so lange mit dem Elektrischen zugange.« Peters Augen begegneten ruhig Emils Blick über den flockigen weißen Kranz hinweg. Er saß vollkommen still und hielt die Hände im Schoß gefaltet. Emil begann am rechten Ohr. Er schabte vorsichtig und trat immer wieder an den Baum, um den Scherkopf im Eimer auszuspülen. Der Schaum durchsetzte sich mit den abrasierten Härchen, die in der Creme saßen wie Dill in einer hellen Sauce. Am Kinngrübchen und an den Kieferknochen hielt Emil inne, ging ein wenig in die Knie. Er hatte Angst, Peter zu verletzen, aber die Klinge glitt sicher über jede Unebenheit. Er stützte sich mit dem linken Arm an der Stuhllehne ab, als er langsam und stetig die Stoppeln an der zurückgebogenen Kehle entfernte. Es wurde dunkler. Carla und Veronika waren zwischendurch ins Haus gegangen und mit einer Reihe von Windlichtern zurückgekommen, die sie auf dem Tisch verteilt hatten. Hajo steckte Fackeln in die Rasenkante. »Hab ich im Carport gefunden. Was man nicht alles aufhebt.« Emil sah Peters Brauen dunkel und dicht über den Augen stehen, die er inzwischen geschlossen hatte. »Peter, ist das so angenehm?« fragte er in das schweigende Gesicht hinein und verstrich mit sanften, kreisenden Bewegungen eine neue Portion Schaum. Peter machte »Mmhm«, Emil fuhr mit den Fingerspitzen die knöcherne Linie der Wangen nach, den Schwung der Oberlippe mit ihrem spitzen Amorbogen, bemühte sich, den Mund nicht mit dem Schaum zu bedecken, tupfte sachte, wischte hier ein wenig Seife weg, spülte immer wieder den Rasierer aus. Das Wasser im Eimer war schwarz. Der Schaum trieb in winzigen Inseln auf der Oberfläche, die sich ständig teilte. Emil strich über Peters Gesicht, das jetzt vollständig vom Bart befreit war und hager, nackt und verletzlich aussah. Er griff nach seinen Händen. Die Worte kamen von irgendwoher: »Daß ich in dem Flug der Zeit Deine kleinen Hände halte.« Er wußte nicht, ob er sie nur dachte oder wirklich aussprach, sich dabei sofort selbst zensierend. Diese Hände sind nicht klein. Der Augenblick, in dem er die langen Finger des anderen Mannes in seinen eigenen nassen Fäusten preßte, schien sich endlos auszudehnen, und er wagte nicht, aufzusehen.

»Mein Gott, hat er abgenommen«, rief Carla. Erst jetzt bemerkte Emil, daß alle um ihn und Peter herumstanden. Sie bildeten einen Halbkreis und sahen zu, wie er rasch das Handtuch von Peters Schultern nahm, sein Gesicht sorgfältig abtrocknete, bis auch die letzte weiße Flocke verschwunden war und Peter die Augen aufschlug. Veronika trug einen Papierlampion an einem Stecken, Carla ein Teelicht in einem Weinglas, das sie vorsichtig am Stiel umfaßte. Das unruhige Licht traf Peters Gesicht, er drehte den Kopf weg.

»Ich geh mal rüber und wasch mich, es juckt irgendwie. Danke, Emil.« Peter stand auf, schob den Stuhl zurück und umarmte Emil, drückte die kühle, glatte Wange gegen seine. Emil fühlte durch den dünnen Stoff des Hemdes die knochigen Schultern und hielt ihn fest. Peter trat einen Schritt zurück, lief durch den dunklen Garten auf das Haus seiner Eltern zu. Aus seiner Gesäßtasche schaute ein gefaltetes Stück Papier, das sich leuchtend weiß von den dunklen Jeans abhob. Er schloß die Tür auf und verschwand. Im Treppenhaus ging das Licht an. Emil wandte sich ab, nahm den Eimer beim Henkel, sah die hellen Schaumreste sich auflösen, dachte an Peters Haar auf der Wiese, die winzigen Stoppeln, den wehenden Flaum, gerade richtig, um ein Mäuse- oder Vogelnest damit auszupolstern. Er bückte sich, um im Kerzenschein Klingen und Rasierschaumdose zusammenzusuchen. Von der Terrasse erklang Musik. Auf der Fußmatte stand der tragbare CD-Player aus der Küche der Raus. Es mußte Carla gewesen sein, die Cat Stevens eingelegt hatte, dessen harmlose Melancholie unter simplen Gitarrenakkorden über sie hinwegspülte wie süße Limonade.

Unter dem Mirabellenbaum stand noch immer der leere Stuhl. Das Handtuch hing naß und schlaff über der Lehne. Hajo und Veronika saßen wieder am Tisch und unterhielten sich leise. Ab und zu sah Veronika auf und blickte zum Nachbarhaus hinüber, wo inzwischen fast alle Fenster erleuchtet waren. Carla faßte Emil von hinten um die Hüfte. »Wie schön hast du ihn gemacht! Das ist ein Unterschied zu gestern, nicht wahr? Gestern nacht hab ich noch gedacht, bis ich die beiden Lütten wiedersehe, haben sie wahrscheinlich auch Bärte.« Sie stolperte, Emil hakte sie unter. Sie setzte sich neben ihren Mann und hielt ihm ihr leeres Glas hin. »Morgen fahre ich in den Etzelweg und putze dort durch. Vorhin habe ich bei Maler Schöller angerufen. Die haben Zeit, trotz Ferienende. Am Dienstag können sie anfangen. Wieder so ein Wunder. Alles wird gestrichen, die Türen gelackt, vielleicht könnte man auch einen neuen Boden reinlegen. Hajo, was meinst du? Dann wird sie schon sehen, daß er sich Mühe gibt. Und in der Praxis, bei dieser Eva, ist auch noch nicht aller Tage Abend. Er kann immer noch einsteigen, wenn es ihm wieder bessergeht.« Hajo stimmte zu. »Vorhin beim Essen hat er ganz schön reingehauen.« »Ja, die Rote Grütze und die Pasteten, da kann mein Schnuck nicht widerstehen.«

Das Gespräch verstummte über den von bunten Soßen verschmierten Tellern. Erschöpfung lag über der kleinen

Tafelrunde. Emil fand nichts dabei, schweigend an seiner Bierflasche zu nuckeln, sich zurückzulehnen, in den Himmel zu starren, an dem die Sterne und ein großer gelber Halbmond erschienen waren. Carla hing unbeschäftigt im Arm ihres Mannes und nippte an einem letzten Glas Bowle. Hajos Finger waren unter den Stoff über ihrer Schulter geschlüpft und spielten dort in selbstverständlicher Besitznahme. Veronika zerpflückte mit halbgeschlossenen Augen ihre Serviette, drehte die Ringe an ihren Fingern, wippte mit dem Fuß im Takt der ›Lady D'Arbanville‹, Musik, die sie zu einem anderen Zeitpunkt wahrscheinlich unter Protest ausgeschaltet hätte.

Ohne Peter erschien Emil die ganze Zusammenkunft unwirklich und unvollständig, gleichzeitig fühlte er sich erleichtert. Es war möglich, sich fallenzulassen, die Wachsamkeit zu unterbrechen. Er sah hinüber zu Veronika, die ihm rauchend ihr Profil zuwandte. Als der leise zirpende Anfang eines neuen Songs erklang, stand Emil auf und verneigte sich vor seiner Frau: Sie erhob sich und lehnte sich in seinen pathetisch vorgestreckten Arm, die Mundwinkel spöttisch hochgezogen. Er zog sie an sich, ergriff ihre Hand und sang mit: »*I'm looking for a hard headed woman, one who will take me for myself, and if I find my hard headed woman, I will need nobody else.*« Es war mehr ein Herumschieben als ein Tanz, eine schiefe Drehung zum unvermittelten Einsatz der Streicher, der plötzlichen Wildheit in der Stimme des Sängers. Veronika folgte Emils ungelenken Bewegungen mit graziösen Schritten. Er staunte über die Höhe ihrer Absätze, das leuchtende Rot der Zehennägel. Von ihren Schuhen sah er hoch in ihr Gesicht, bemerkte, daß sie bis auf den Lippenstift heute abend ungeschminkt war. Ihre Pupillen waren weit und schwarz im schummrigen Licht ringsum, das dennoch stark genug war, um Emil die absackende Kontur ihrer Wangen, das unerbittlich hervorkriechende Silber des Haaransatzes zu zeigen. Er beugte sich vor und küßte sie vorsichtig auf die Lippen. Während sie sich weiter bewegten, sicherer geworden in den letzten Takten des Liedes, schlang sie ihre Arme um seinen Hals und erwiderte den Kuß.

Am Tisch stellte Carla das Geschirr zusammen. »Schau dir die Turteltäubchen an!« Sie griff sich eine Schüssel, kratzte Kartoffelscheiben zusammen, hielt Hajo den Löffel hin: »Komm, jetzt iß auch auf, was du gekocht hast, oller Schwabe!« Er verzog das Gesicht. »Carla, ich glaube, du hast zuviel getrunken!« Sie lachte. »Das läßt sich in dieser Nachbarschaft kaum vermeiden.« Die geschäftigen Geräusche, mit denen sie jetzt Teller und Platten aufeinanderstapelte, übertönten die Musik. Emil ging zum Haus, um die Anlage lauter zu stellen. Als er den anderen den Rücken zudrehte, hob er seine Finger an die Nase und roch den kühlen Minzduft seines eigenen Rasierschaums und darüber Veronikas Jasmin. Veronika stand noch immer in der Mitte der Terrasse und wiegte sich zum Takt der Musik, bis mit einemmal Gesang von der Straße hochbrandete: zwei Männerstimmen, eine tief und voll, die andere dünn, hoch und unsicher. In ihrer Gegensätzlichkeit vereinigten sie sich zu einem durchdringenden, schrägen Duett, von dem jedes Wort deutlich durch die Bäume klang. Veronika trat unter die Laternenschnur und beugte sich lauschend vor. Ein Windhauch hob den schwarzen Kreppstoff ihres Kleides bis über die Knie. Ihr Haar fiel in weichen Strähnen um das Gesicht, das vom Licht eines roten Lampions angestrahlt wurde.

»Zwei schwarze Rößlein weiden
Auf der Wiese,
Sie kehren heim zur Stadt
In muntern Sprüngen.
Sie werden schrittweis gehn

Mit deiner Leiche;
Vielleicht, vielleicht noch eh
An ihren Hufen
Das Eisen los wird,
Das ich blitzen sehe!«

Carla trat mit der leeren Pastetenplatte an den Rand der Terrasse und spähte auf den dunklen Weg. »Jetzt schau dir diese beiden Hallodris an, mit ihren Rucksäcken und Taschenlampen! Wo die herkommen, völlig abgerissen! Jetzt gehen sie an eure Mülltonnen! Ach, die suchen Pfandflaschen, schaut nur! Wie Pat und Patachon sehen sie aus. Guck mal, Veronika, der Große hat einen Bart wie ein Waldschrat. Und der Knüppel! Und der Kleine, der trägt ja sogar einen Anzug, ganz zart ist er und weißhaarig. Ein seltsames Paar.« Veronika winkte, bis die beiden Wanderer in Richtung Burghalde verschwunden waren. »Das sind alte Bekannte, Benutzer aus der Bücherei, etwas verschroben.« Sie lächelte Emil zu und begann, die zerknüllten Servietten einzusammeln. Hajo stellte seine Bierflasche ab. »Wo ist eigentlich Peter? Er ist schon ziemlich lange weg.« »Ich dachte, er wäre ins Bad gegangen, er wollte sich doch das Gesicht waschen.« Emil drückte seine Zigarette aus. »Ich glaube, es ist besser, wir gehen mal rein.« Die anderen folgten ihm, jeder trug einen Stapel Geschirr.

Im Haus der Raus brannte im gesamten unteren Stockwerk das Licht. Peters Chucks standen nebeneinander unter dem Schlüsselbrett, zwischen Carlas Pumps und Hajos Budapestern. Es war stickig und roch nach gekochten Beeren und Ragoût fin. »Peter!« rief Carla an der Treppe. »Vielleicht hat er sich hingelegt. Ich mach mal klar Schiff in der Küche. Kannst du mir bitte die Tür aufmachen, Veronika?«

Emil und Hajo liefen hintereinander die Stufen hoch. Auch der obere Flur war hell erleuchtet. Die Kinderzimmertür stand offen, dahinter war es dunkel bis auf den bläulichen Neonschein des Aquariums. Emil trat als erster ein. Die Keilfleckbarben schossen vorbei, ihre Schwarmordnung ein lokkeres, purpursilbernes Dreieck. Am Boden schwammen die Buckelköpfe um einen umgedrehten Blumentopf, aus dessen Seite ein dreieckiges Stück herausgebrochen war. Der kleinste verschwand mit wehenden Flossen in diesem Versteck, die anderen dümpelten weiter draußen herum und sahen mit strafenden Augen in die Gegend. Die Schublade der Kommode war nicht ganz geschlossen, der grüne Plastikstiel eines Keschers schaute hervor.

Peters Bett war ordentlich gemacht, die Decke penibel über Eck gefaltet, das Kissen aufgeschüttelt. Das Fenster stand offen, und der Nachtwind bewegte die Vorhänge über dem Außensims. Auf dem Schreibtisch standen die beiden Pappgesichter, die Ivo und Jörn gebastelt hatten. Beide starrten mit ihren ungelenk umrandeten Augen auf die Sprossenwand neben dem gegenüberliegenden Regal.

Peter hatte Carlas alten Gürtel um die oberste Sprosse geschlungen. Seine Füße hingen eine Handbreit über dem Boden. Emil konnte nur für den Bruchteil eines Augenblicks in sein Gesicht schauen. Er hob die Hände an die Ohren, als Hajo zu schreien begann und die Frauen in Entsetzen und Unruhe die Stufen emporhasteten. Emil trat ans Fenster und sah hinüber in seinen Garten, der still in der Dunkelheit lag, durchflossen vom Wind im Gezweig der Bäume, auf die stillen schwarzen Köpfe der Sonnenblumen und das bunte Licht der im Luftzug schwingenden Laternen. Mit gesenktem Kopf drehte er sich um. Er nahm Peters Hand, die noch warm und sehr feucht war, und hielt sie so lange, bis man ihn zwang, sie loszulassen.